講談社文庫

ダブル・プロット

岡嶋二人

講談社

ダブル・プロット　目次

ダブル・プロット

記録された殺人

初出：週刊小説　'84年6月1日号

《渡辺昭彦《わたなべあきひこ》の証言》

はい、僕はそろそろ帰ろうかと支度をしていた時でしたから、あれは……七時過ぎだったと思います。ええ、夜の。あの男が、植松さんはどこにいるのかって、部屋に入って来たんです。えっ……？

あ、はい。僕は、一階にいました。営業部は一階にあります。植松さんの分析部は三階ですけど、営業は一階の玄関からすぐの部屋にあるわけです。

そうですね、社員はもうあまりいませんでした。営業にいたのが、僕とあと二、三人。二階は、全員帰っていたみたいですし、三階も植松さんだけだったようですね。時間の不規則なのは調査の連中ですけど、このところ夜の時間帯を対象にしたリサーチっていうのも、あまりなかったみたいだし、残業はさほど……ええ。

それで、あの男が、植松さんはどこだって、訊いたんですよ。――いや、殴《なぐ》り込《こ》みみたいな感じじゃなかったですよ。そうですね、割と穏やかに、植松さんはどこへ行けば会えますか……そんな口調だったかな？

で、三階だと教えたわけです。分析部だから、上がって行けばわかりますって……だって、まさか、あんなことになるなんて思ってなかったですもの。ほんとに、穏やかな感じに見えたんですよ。まあ……もちろん、羊の皮を被ってたってことなんでしょうけど。

そうだなあ、時間というと、どのくらいだったんでしょうね。さほど経ってなかったと思いますけどね。とにかく、僕は帰ろうと思って、支度してたんですから。部屋にいた連中と、ちょっと馬鹿っ話みたいなことしてましてね、そしたら……いきなり、上で植松さんの叫ぶ声がしたんですよ。

何するんだ！　やめてくれ！

すごい声でしたよ。あと、なんだか聞きとれないような声と、大きな……なんだろうな、とにかくなにかが倒れるような音が聞こえたんです。

びっくりしましたよ。僕と、営業部の何人かで上へ行きました。どうしたんだ？　なんて叫びながらね。三階へ上がると、分析室のドアが開いてて、覗《のぞ》いて、もっとびっくりしました。

だって、刑事さん、ご覧にならなかったですか？　部屋中が、血だらけになってるんですから……。もう、なんと言うか、どうなってるのか、誰もわからない。大の男が何人もいるのに、部屋へ飛び込むこともできないんですからね。

とにかく、床に男が二人倒れていて、二人とも血で真赤になってました……ぞっとしますよ、今でも。

それで、刑事さん、死んだんですか？　あの男。植松さんが無事だったって聞いて、ようやく、ほっとしたんですけど……。

《植松広太郎《うえまつこうたろう》の証言》

いえ……初めて会った男でした。

どうして、僕の名前を知ってたんだろう？　ええ、僕にも、植松さん？　と訊いたんですよ。そうですが、と答えるとなんだかほっとしたみたいに頷《うなず》きました。はい、ほっとしたみたいに。

誰も訪ねて来る予定はなかったし、部屋をじろじろ見回したりしていて、薄気味の悪い奴だなと思いました。なにも言わないから、用件はなんだと訊いたんです。そうしたら、妙なことを言うんですよ。

中央公園を撮《と》ったやつはどれだ？

まあ、その時にやっていた仕事がそれでしたから、これだと言ったんですけど……。え？　ああ……分析フィルムのことです。ええ、その仕事で残業をやってたんです。ウチの会社のことは、ご存じないですか？　はあ、ニュー・マーケティング社というのは、まあ、平たく言えば、市場調査をやる会社です。どこかの会社で新製品を出すとか、新しい店舗《てんぽ》を作るとか、そういう時に大衆の反応とか、大衆に与える影響なんかを調べるわけですね。ええ、アンケートなんかもやります。調べてきたデータをコンピュータにかけて統計をとったり、予測をたてたり、まあ内容は様々《さまざま》ですよ。そうです。僕は、分析部におります。調査部から集められてきたデータを、まとめたり、わかりやすい資料の形にするのが分析部の仕事なんです。

ええ、あの時やってたのは、フィルムの分析作業でした。品川区の中央公園を、今度、大々的に造り変える計画があるんです。まだかなり先の話なんですが、あれだけの広い公園でしょう？　計画といっても、大変なんですよ。特に区が計画していることですからね。公園の現状がどのように利用されているかを、まず調べてみることになったんです。それで、ウチの会社に動線の調査の依頼があったわけです。

動線です――人の動きですね。あの公園には、入口が五つあります。それと、公園のすぐ脇には図書館がありますよね。ええ、中央図書館。公園の利用者は、どの入口から入って、どんな具合に動くのか、滞在時間はどのぐらいなのか、時間帯によって利用者の数はどう変化するか、図書館は公園にどう影響を与えているのか――そういった、いろいろなファクターを調べるんです。

動線を調べるのに、もっとも見やすいのはフィルムに撮ることです。ただ、朝から晩までずっとフィルムに撮ったとしたら、見返すだけでも大変ですよね。それで、微速度撮影をやるわけです。え？　いえ、スローモーションは、あれは高速度撮影です。逆ですよ。スローモーションは、一秒間に百コマとか千コマとか、時には一万コマといったすごいスピードでカメラを回して、早い動きをゆっくりと見るわけですよね。微速度撮影は、逆なんです。普通の映画が一秒に二十四コマなのを、一秒間に五コマとか、一コマとか、あるいは一分に一コマとかの撮影をやるんです。そうすると、遅い動きが早くなって動きの関係が良く見えてくるわけですね。たとえば、花が、ふわーっと咲いていくような映画をご覧になったこと、あるでしょう？　あれですよ。

そうです。この前の日曜日——つまり、一昨日ですけど、中央公園でその撮影をやったんです。公園の南側に電話局の建物がありますね。あの建物の屋上にカメラを据えて、一日、微速度撮影をやったんです。

ええと、朝五時に撮影を開始しまして、夕方の六時半まで——ようするに光のある時間をずっと撮影しました。三秒に一コマという撮影です。そうすると、一日が四〇〇フィートのフィルムに納まってしまうんですよ。ええと、普通に映写しますと、十一分ぐらいかな？　そうです。五時から夕方の六時半までの十三時間半が、十一分になるわけです。

いいえ、僕は、撮影はやりません。撮影は調査部に専門の人間がいますから。僕は、分析なんですよ。その撮影したフィルムを分析して、データの形に直す作業です。一コマ一コマを丹念に、分析するんです。

そうです。あの男は、その中央公園を撮ったやつはどれだ？　と訊いたんです。その時、そのフィルムはビューア——ええと、つまりフィルムの画像を拡大して見る機械です。そのビューアに掛かっていましたから、これですけどって答えたんです。そうしたら、あの男は、いきなり僕のところへやって来て、フィルムに手を掛けたんです。

ええ、フィルムを奪おうとしたんですよ。

当然、僕は、なにをするんだって止めようとしました。男は、リールを持ってむやり引っ張るんです。フィルムの途中が、机の縁《ふち》に当たって擦《こす》れました。あいつが力一杯やったから、キズが入ってしまったかも知れません。

とにかく、取っ組み合いみたいなことになりました。……あいつ、ナイフを持っていたんです。すごい顔をしてました。殺されるんだと思いました。向かってきたナイフを夢中で避けて、あいつの手をつかんで押し返したんです……。

なんだか、よくわからないんですが……自分の血だと思ったんです。目の前が真赤になって、それで、そのまま男と一緒に倒れて……。

気がついたら、あの男の首にナイフが突き刺さっていました。どうして……あんなことになったんだろう……。刑事さん、あいつ、誰なんですか？　なんで、あんなことになっちゃったんですか……。


「主任、両親の確認が取れました」

「そうか。持っていた免許証は、本人のものだったわけだ」

「そうです。柴山英次《しばやまえいじ》、二十一歳です」

「柴山は、車のキーを持ってたな」

「はい。車は、白のカローラです」

「だが、カローラはなかった……と」

「ええ、なんかおかしいですよね。せっかく車があるのに、柴山はニュー・マーケティング社まで、電車で来てるんです。駅から歩いて十分以上かかりますよ。どうして車を使わないんでしょうね」

「……カローラは見つかったのか？」

「いえ、まだです」

「ホテルに泊まっていたんだろう？」

「ええ、渋谷にあるビジネス・ホテルですがね」

「ホテルには、駐車場は？」

「あります。いえ、ホテルが持っているわけじゃないんですが、近くの駐車場を二十台分、契約で借りているんです」

「柴山は、そこに車を置いてない……」

「先週の土曜日までは、置いていたそうです。土曜の夜に出して、そのまま駐車場には返してません」

「しかし、柴山自身はホテルに泊まってたわけだな？」

「そうです」

「どこへ持って行ったんだろうな……。まあいい、ええと？　柴山の両親から、話は聞けたのか？」

「はい、ようやく。母親によりますと、柴山英次は、十日前に東京へ出て来ています。ホテルの調べと一致していますから、これは確かです」

「十日前ね。上京の目的は？」

「ええと、それがですね、ペンフレンドに会いに来たものらしいんですね」

「ペンフレンド？」

「ええ、瀬川邦子《せがわくにこ》という二十四歳の女性ですが、柴山は、高校の頃からこの瀬川邦子と文通をしていたようです」

「その相手に、会いに来た？　ふうん……」

「珍しいですよね、ペンフレンドなんて。ひと昔前という感じでしょう？　まだ、あるんですね、そういうの」

「そりゃ、あるだろう。いいもんだよ、文通なんていうのはさ」

「主任も、なさってたことがあるんですか」

「オレ？　オレはないよ。残念ながら。それで？　その瀬川邦子というのは——二十四歳と言ったな、何をやってる女だ？」

「証券会社に勤めているんですが、ええと、それが、ちょっとばかり妙なんですよ」

「どんなふうに」

「ええ。今週は月曜日から、会社を休んでいるんです。無断欠勤ということで……」

「月曜から？　家にはいるのか？」

「いや、あのですね、瀬川邦子は、友達と二人でアパートを借りて住んでいるんですが、同室の友達というのは、ええと、——増村慶子《ますむらけいこ》といいまして、これも二十四歳、瀬川邦子と同年です。ただ、この増村慶子はですね……」

「なんだ、勿体ぶるなよ」

「ニュー・マーケティング社の社員なんです」

「……ははあ、なるほど」

「つまり、柴山英次がニュー・マーケティング社に植松広太郎を名指しで訪ねて来たのは、ここらへんにつながりがあったわけですね」

「うむ。それで、瀬川邦子には会ったのか？」

「いえ、会えませんでした。増村慶子の話によると、瀬川邦子は日曜からアパートへ帰っていないそうです」

「帰ってない……？」

《増村慶子の証言》

はい、心配してるんですけど、まるで連絡もしてくれないんです。ええ、日曜日には、どこかへ行くとか、べつに言ってはいませんでした。あ、違うんです。アパートでじゃなくて、あたし、日曜日に品川で邦子に会ったんです。

偶然でした。あんなとこで会うなんて思ってなかったんです。ええと、中央公園の脇です。ええ、あたし、中央図書館に本を返しに行って、出て来たところだったんです。はい、時々行きます。近くにも図書館はあるんですけど、中央図書館のほうが本が沢山そろってますから。

見覚えのある赤いカーディガンが前を歩いてて、あら、邦子、どうしたの？　って声を掛けたんです。

えっと……昼ごろでした。いえ、昼は過ぎてたかしら。そのあと、あたし、ぶらぶらしてサンドイッチでも食べようと思って、お店に入った時に一時になってたから、十二時半ぐらいだったかも知れません。

　邦子のほうも、あたしに会ったのが意外だったみたいで、びっくりしてました。どこに行くの？　って訊いたら、
　もう、はっきりさせときたいから、って……顔しかめたんです。

　あのしつこい男のことですよ。前に邦子が文通してた相手なんです。

　え？　柴山……？　ええ、そうです。邦子のほうは、いいかげん厭《いや》になってたんですよ。相変わらず、彼のほうからは手紙が来るんだけど、邦子はこの一年ぐらい、ずっと返事出してないんです。

　そしたら、急に、東京へ出てきちゃったわけでしょう？　そりゃ、あせっちゃいますよ。どう思ってるんだか知らないけど、勝手に恋人ヅラされて、上京すりゃデートするのが当然、みたいな感じで近寄ってきたら、ゾッとしちゃうわ。

　会ったこと？　ええ、あたしも一度だけ、厭だから一緒に来てって邦子に言われて、それで新宿の喫茶店で会ったことあります。二十一なんだけど、変にカッコつけて大人ぶってて、厭なヤツだったわ。どうして、こんな女連れて来たって顔で、あたしのこと見るんですよ。途中で帰ってきちゃった。ええ、それだけです。あたしが会ったのは。

どうにかしてくれない？　って邦子は、あたしに相談したんだけど、あたしだって、あんなのと話するの、ゾッとしないし、自分のことぐらい自分で始末つけなさいよって言ってやったんですよね。

そしたら、邦子は、広太郎さんにガツンと言ってもらえないかしら、なんて言うんですよ。

あ、広太郎さんって、あたしと同じ会社にいる人です。あ、ご存じなんですか？

ええ、植松広太郎さん。

え？　邦子が彼に広太郎さんのことを……？　ほんとですか？　困るわ、あたし。だったら邦子もひどいわ。広太郎さんなんて、なんの関係もないじゃないの……え？

あ、広太郎さんが襲われたって……あの、柴山って人だったんですか……？

厭だわ——刑事さん、あの、邦子、どこにいるんでしょうか？　あたし、てっきりあの男といるもんだと思ってたんです。

……だって、そんな、男と女のことですもの、どこでどうなるかわからないわ。話してるうちに、ええ、あたしの好みじゃないけど、邦子のほうはまんざらでもなくなってたかも知れないし、でも……。

はい、日曜に会った時は、はっきりさせるんだって、ええ、そう言ってたんです。

あたしは、それに付き合うこともないし、夕方からは、約束もあったし……え？　そんなこと言わなきゃいけないんですか？　あの……広太郎さんと会う約束をしてたんです。

はい……。

《木田《きだ》義孝《よしたか》巡査の証言》

私は、警邏《けいら》の途中で呼び止められたわけであります。若い奥さんの声でありまして、団地の四号棟、三〇三号室に住んでいる田村という婦人です。四号棟と三号棟の間に露天の駐車場があります。田村夫人は、そこで私を呼んでおりました。

駐車場へ行き、私は婦人の訴えを聞きました。婦人は、駐車している白い車を指差し、ここはウチのスペースであると主張しておりました。この白い車が無断で駐車しているために、自分のサニーを置く場所がない。どけてもらいたいと言うのであります。

ただ、むやみにレッカー車など呼ぶわけにもいきませんので、もう少し事情を話してくれるように頼みました。

事情もなにもない、と田村夫人は言いました。この車は、日曜日の夜からずっとここに居座っているのだ。日曜日に、家族で箱根へドライブに行った。帰って来たのは夜の十時ごろであったが、ここにこのいまいましい車が置いてあって駐車できなかった。ただ、休みのことでもあるし、どこかの部屋に客でも来ていて、その客の車だろう。夜も遅いことだから、クラクションを鳴らすのも気がひける。まあ、今晩のところは、隣の中野さんのところへ置かせてもらうことにしよう。中野さんは車を修理に出しているし、一日ぐらいなら勘弁してもらえるだろう——そう思ったのだと婦人は言いました。

それで、月曜日になって車を動かそうと来てみると、白い車はまだここにある。夜になっても、依然として居座ったままだ。今日は、すでに水曜日である。もう、我慢がならないと大声で言うのであります。

そこで私は、一応、三号棟と四号棟の各部屋を回り、どこにも白い車の持主がいないことを確認したわけであります。その上で、レッカー車を手配しまして、車——これは白のカローラでありましたが、この車のナンバーを照会したところ、こちらの捜査本部でお捜しの車であると判明したわけであります。

はい。トランクに入っておりました女性の死体につきましては、私が発見したのではありません。トランクを開けるというようなことは、私は一切やっておりません。後部トランクは、婦人の言葉によりましても、ずっと閉まっていたわけであります。

「判明しました。瀬川邦子に間違いありません」

「そうか……なんだか、ややこしくなってきたな。解剖の結果を、もう一度、見直してみようか」

「はい。死因は、細いロープ状のものによる絞殺ということで窒息死です。死亡推定の日時は、日曜日の午前十時ごろから午後二時ごろまで、となっています」

「うむ、まあ日曜の昼ということだな。ええと、外傷は——」

「手足に細かい擦過傷《さっかしょう》がかなり認められる、とあります。それと、手と足に柔らかい布で縛《しば》った跡が薄くついていました。口の中に毛屑が残っていたということですから、猿轡《さるぐつわ》もかまされていたようですね。首の後ろに布を縛りつけた跡があったそうです」

「着衣の状態は」

「乱れていました。一度脱がされて、殺害された後に着せられたという感じです。カーディガンの袖のところが何かに引っ掛かったらしくほつれています。スカートの裾は破れていました。ただ、解剖結果によれば、犯されてはいない模様です」

「殺害現場を示すようなものというと……」

「服の布目に乾いた細かい土がかなり認められています。その結果はまだ出ていません」

「日曜の昼ごろというと、増村慶子が瀬川邦子に会ったと証言していたな」

「はい。中央図書館を出たところで、偶然会ったと言っています。昼ごろから十二時半ぐらいだったということです」

「死亡推定時刻に重なるな。中央図書館を出たところで偶然ねえ……おい、ニュー・マーケティング社で、あの日、一日中映画のフィルムを撮っていたんだったな」

「はい。ただ、中央図書館ではなく、中央公園の記録ということですが、ええと——午前五時から夕方六時半まで、三秒に一コマずつシャッターを切っていたとなっています」

「そのフィルムを、借りることはできないか?」


「ほう、こういう機械があるのか」

「ええ、機械も一緒に貸してくれました。ビューアと言ってました。普通の映写機だと、一コマ毎に止めて見るようなことをすると、フィルムに負担がかかってしまうのだそうです」

「ああ、よく見える。この、画面の下の数字はなんだ?」

「画面のデータです。ええと、左がフィルム番号とフレーム番号——つまり、最初から何コマ目の画面かという識別番号ですね。右が、撮影の日時です。年月日、時分秒、という順序で並んでいます」

「秒まで……へえ。正確なのか？」

「ええ、と言ってました。カメラは特殊なもので、シャッターは水晶発振のタイマーとマイコンで制御されているのだそうです。これは、中央公園横の電話局屋上から撮影されたもので、撮影は昨年の中頃から始められているそうです」

「昨年？」

「はい。データは、各季節ごとに必要なのだということです。さらに、平日と日曜祭日、土曜とそれぞれのものが撮られていまして、これは一番最近に撮ったものなわけです」

「へえ、すごいね。それで？　瀬川邦子は写っていたのか？」

「この画面では、公園のほぼ全体を写しておりますので、人間一人一人の顔までは識別できません。ただ、服装や身体つきから男女はわかります。ええと、瀬川邦子の服装は、発見された時、赤のカーディガンに白のスカートでした。それをもとにして捜したところ、フィルムに該当する女性を発見しました」

「どれだ？」

「はい、登場するところまでフィルムを送ります。ええと……12時22分51秒に、初めて画面の右下に現われます——あ、これですね」

「……ああ、なるほど。これがそうか、つまり、増村慶子と別れた後、ということだな。瀬川邦子は公園の中へ入ったわけだ。先へ、進めるのは、どうやるんだ？」

「あ、その下のスイッチです。押すたびに一コマずつ進みます。押し続けると連続してフィルムが送られます」

「ああ、なるほど、面白いな。あ、これは？」

「ええ、ここで、瀬川邦子は男に会っています。背格好から恐らく柴山英次だと思われますが、増村慶子の証言によれば、瀬川邦子は柴山英次とはっきり話をつけると言っていたそうですから、ようするに待ち合わせはこの公園だったということになりますね」

「うむ……続けて見ると、ずいぶん動きがチャカチャカしているな」

「ええ、三秒に一コマの撮影ですから。普通の映画の七十二倍のスピードで動いていることになるのだそうです」

「お？　この小屋はなんだ？」

「ええ、瀬川邦子は12時26分18秒に、柴山英次と一緒に、この小屋へ入っています。小屋は物置だそうでして、公園の事務所が管理しています」

「これで見ると、ちょっと目につきにくい場所だな」

「そうですね。ええと、よろしいですか？　ちょっと先へ進めます。――あ、ここです。12時47分21秒に、柴山英次が一人で小屋から出て来ます。そして、そのまま公園を出て行きます。ええと、12時47分54秒が、柴山の写っている最後の画面です」

「一人で……」

「はい。この後、フィルムは18時30分00秒まで撮影されているのですが、瀬川邦子のほうはそのまま小屋の中に入ったままなのです」

「最後まで？」

「ええ、そうです。死亡推定時刻は、午前十時から午後二時となっていますが、このフィルムで見る通り、十二時二十六分までは生きていたわけです。そして、午後二時を四時間半経過した六時半の時点まで、ずっとこの小屋の中にいたということになります」

「つまり、殺害現場はこの小屋ということか……」

《中央公園管理事務所長の証言》

物置と申しましても、現在は、ほとんど使用しておりません。はい。昨年に、この事務所の裏にスチールの物置を新しく作りまして、今はほとんどそちらを使用しております。

ええ、ですから、中にはロープですとか、養生芝を保護するために臨時に立てる柵の材料ですとか、そういった頻繁《ひんぱん》には使わないものを入れております。

はい、一応、鍵は——まあ、簡単なものですが、つけておりました。普段は、鍵を掛けたまま、放置しておりますような状態でして……。

はあ、いつから鍵が壊されていたのか……お恥ずかしい次第ですが、ちょっと、そのような状態でございましたので、わたくしどもでは、わかりかねるような……はい。

日曜日でございますか？　この前の？　さあ、変わったことと言って、別段ございませんでしたけれども——そうですね、二十万円の入った財布を園内で拾ったという方がおられたというぐらいのことで……さほど。

はあ、どうも、お役に立てませんで。

「ほぼ、間違いないと見ていいようですね」

「物置小屋が、殺害現場ということだな」

「はい、凶器と思われるビニール・ロープが小屋の隅に捨てられていました。それから、採取した毛髪ですが、瀬川邦子のものと柴山英次のものとが、両方確認されています」

「衣服についていた土もあったな」

「はい、照合の結果、小屋の中で採集した土ぼこりと一致しました。それと、小屋の中に針金の束が置いてありまして、そこに赤い毛糸が引っ掛かっていました。瀬川邦子のカーディガンの袖のほつれと一致します」

「うむ……。とすると、こういうことになるか。柴山英次は、日曜日、瀬川邦子と中央公園で会う約束をした。柴山のほうは、そこでうまくやろうと思ったのだが、邦子は交際をはっきり断るつもりだった。二人は、物置小屋に入ってしばらく話をしたが、別れるという話に腹を立てた柴山が邦子に襲いかかった。抵抗されて、柴山は邦子を縛り上げ、犯そうとした。ところが、ビニール・ロープが首に掛かり、邦子を殺してしまった。慌《あわ》てて柴山は、小屋から逃げ出した」

「でも、あとでその死体を運び出していますね。死体は、柴山のカローラのトランクに積んであったんですから」

「そうだな。ニュー・マーケティング社の撮っていたフィルムには、午後六時半まで小屋に近付いた者はいなかった。ということは、それ以降に運び出したわけだ」

「カローラが発見された団地の主婦は、車が日曜日の夜十時にはすでに駐車場にあったと証言しています。中央公園から団地までは、車でほぼ一時間ほどですから、遅くとも午後九時ごろには、柴山は小屋から瀬川邦子の死体を運び出したことになります」

「そうなるな……」

「どうして死体を移したんでしょうね。わざわざ自分の車に積んで、団地の駐車場に放置するというのは、ちょっとわかりませんね」

「ああ、わからんね。ただ、運び出したというのは、誰かに見られているかも知れないという恐れからとも考えられるな。まるで予期していなかった昼間の犯罪だ。しかも、人の大勢いる公園の中。誰が自分と瀬川邦子を見ていたかわからない。そこで、死体を運び出す。昼間のうちは怖くて近付けず、夜暗くなってから——そういうことかも知れないな。ただ、だったらその死体は、どこか遠くへ捨てるというのが普通だろう。団地の駐車場というのが、妙だな」

「あとで捨てようと思ってたのかも知れないですね」

「あと?」

「ええ。柴山英次がニュー・マーケティング社にフィルムを奪いに行ったのは、そのフィルムに自分が写っているのを知ったからでしょう。まず、その危険なフィルムを始末してから、死体は捨てるつもりだったのかも知れません」

「待てよ。そいつはもっと妙だぜ。だってだな、柴山英次が、どうやってフィルムの存在を知るんだ? 公園改造のための分析資料を撮影してたなんてことは、柴山にわかりようがないだろう」

「でも、柴山は瀬川邦子と話をしてるわけですよね。邦子は、増村慶子と一緒に住んでいるわけですから、慶子の勤める会社でやっている仕事のことを聞いてもおかしくないんじゃないですか。第一、そうでないと、柴山がニュー・マーケティング社に行った意図がまるで……」

「ああ、そうなんだが……しかしな、瀬川邦子は柴山英次を嫌っていたわけだろう？　たとえフィルムのことを知っていたとしても、そんなこと、柴山に話すかねえ。そりゃ、変だよ」

「ああ、そうですね。いや……もっと変なことがありますよ。どうして、瀬川邦子は柴山と一緒に物置小屋なんかに入ったんですかね？」

「その通りだ。邦子は、柴山とはっきり話をつけるつもりで会ったわけだ。それなのに、小屋に入って二人きりになった。フィルムで見るかぎり、小屋へ入る時には邦子は抵抗していない。柴山がむりやり小屋へ連れ込んだわけじゃない」

「気が変わったんでしょうかね」

「……気が変わった？」

「ええ、増村慶子も言ってたでしょう。男と女なんてわからないって。それで、柴山と……」

「馬鹿を言うなよ。はっきりさせる、と増村慶子に言って、そのあとすぐなんだぜ、小屋へ入ったのは。そんなにコロコロ変わるもんか」

「……どうも、おかしいですね」

「ああ、こいつは、もうちょっと調べたほうがよさそうだな。増村慶子と植松広太郎に絞ってやってみよう」

「植松も？」

「そう、柴山がフィルムのことを知ってたというのが、ひっかかる」

《狭山啓一《さやまけいいち》の証言》

はい。僕も分析部です。

日曜ですか？　ええ、会社へ出ました。月曜までに提出しなくてはならないものが山積みになってたんです。はい。もちろん、植松君も会社へ出て来てました。

いや、忙しかったですからね。外へ行く暇なんてなかったですよ。昼飯を食べに出ることすらできなかったんですから。ええ、植松君が、みんなのために弁当を買ってきてくれたんです。駅前に弁当屋があるんです。

ええ、でも、それだって大急ぎで行ってもらいましたからね。二十分、いや、せいぜい三十分ぐらいのものでしょう。それ以外は、ずっと――そうですね、朝の九時から夕方まで、びっちりでしたよ。

《増村慶子の証言》

なんですか？　それアリバイ調べなの？

そんなこと言われたって……証明してくれる人なんてないわ。この前も言いましたよね、中央公園の横の道で邦子と会ったって。でも、あんなことになって彼女に証明してもらうわけにもいかなくなっちゃったし……。

ぶらぶらしてただけだもの。邦子と別れて、渋谷のほうへ出たんですよね。渋谷で……ええと、なんて名前だっけ、忘れちゃった。とにかく西武デパートからちょっと入ったところにあるお店でサンドイッチを食べて。それであとは、街をぶらぶら。ええと、パルコに行ったでしょ。東急ハンズを見て、１０９に行って、道玄坂を行ったり来たり……そんなことして時間つぶしてたんだもの。

何って、約束してたんですよ。この前も言ったじゃないですか。広太郎さんと約束してたんです。七時に渋谷で会う約束だったんです。

え？　保険……？

やだ、わかったわ。それで、あたしを疑ってたんですか？　ええ、邦子は保険に入ってました。そうです。あたしが保険金の受取人。お互いに掛けっこしてたんですよ。ええ、だからあたしも入ってます。あたしのほうの受取人は邦子です。でも、刑事さん……ひどいわ。あたし、そんなこと……。

ええ、保険金は五千万円です。でも、今、そのぐらいは普通でしょう？

「保険金か——五千万なら、殺人の動機としては充分だな」

「充分すぎますよ。五万円の金のために人を殺す奴だっているんですからね」

「しかも、増村慶子のアリバイは、きわめてあやふやだ」

「ただ、どうでしょうね。フィルムを見るかぎりでは、瀬川邦子と物置小屋へ入ったのは男ですからね。柴山英次や植松広太郎ではなかったとしても、増村慶子でないことは確実ですよ」

「男装ということもある」

「いや、あれは男ですよ。あの体格ですからね。少なくとも、増村慶子の身体つきには似ても似つかない」

「まあ、そうだ……。それに、変装して殺したのなら、死体を移動するというのは矛《む》盾《じゅん》するしな」

「植松広太郎なんじゃないか、とも考えたんですが、植松のほうはアリバイがしっかりしてますからねえ」

「弁当を買いに外出したと言ってたな」

「ええ、駅前までです。往復で二十分から二十五分ぐらい。弁当を買う時間を入れて三十分でしょう。無理ですよ。ニュー・マーケティング社から中央公園までは、車を飛ばしても二時間はかかります。道路が混んでいれば、もっとですよ」

「うーむ」

「分析部の人間が、日曜には五人出社していました。植松を入れて五人です。あとの四人がすべて植松のアリバイを証言しました」

「植松は、車を運転できるのか？」

「ええ、車は持っていますが、普段はあまり乗らないようです。会社へ来るのは、いつも電車です。日曜にニュー・マーケティング社へ車に乗って来たのは二人でした。車は、会社から少し離れた空き地に置いてありました。だだっ広い、草のあちこちに生えた殺風景な空き地です。そこの車を植松が使う可能性ですが、これも無理なようです。車のキーは、両方とも持主が携帯していました。あのあたりは、閑散としたところですから、どこかへ植松が車を隠してということもできますが、しかし……」

「三十分で中央公園までの往復は不可能だ、と」

「ということです」

「フィルムが、偽装ということは考えられないか？」

「いえ残念ですが、フィルムの撮影は、分析部でやったものではないんです。調査部に専門の人間がおりまして、撮影の際は、二人が交替でカメラの監視をしていました。何かのトラブルやアクシデントに備えてのものです。たとえば、別の日に撮影したフィルムをこの前の日曜のものだと偽って、とも考えましたが、使用する機材が特殊なものですから、かなり厳重な管理がされています。植松が、調査部の人間も巻き込んで、とは、ちょっと考えられませんね」

「うむ。しかし、どこか、気に入らないんだよな。非常に都合良く、殺人の現場が撮影されているなんてのはさ。こっちにとっては有り難いことだがね」

「たしかにそうですね……」

「よし、もう一度、あのフィルムを見てみよう」

「見るって？」

「柴山英次や瀬川邦子以外の人物にも目を向けてみようというわけさ」

「……こいつは、目がチラチラするな。頭が痛くなってくる」

「植松広太郎たちは、こういうことを毎日やってるんですかね。おそろしくきつい仕事ですね」

「ああ……お？　ここに犬を連れた人がいるな。犬の散歩なら、公園の近所の人間だろう。時間は、ええと――登場が、12時14分27秒で、退場が、13時08分36秒、と」

「だいぶ長い間いたってことは、柴山英次たちを目撃している可能性もありますね」

「うん……まあ、しかし、あまり期待もできないな。ちょっと場所が離れすぎている」

「一応、調べてみます」

「ああ……あ、待て、これは？」

「え？　なんですか」

「ほら、この男さ。これ、何やっているように見える？」

「ああ……これですね。こちらにも人がいますね。記念写真ですか？」

「そうだろう。写真だよ。ほら、ええと、三十秒以上、動かない。写真を撮っているんだ。だとするとだな、いや……わからないが、このカメラの向いている先をこう、辿るだろう、そうすると……」

「ああ、柴山のほうを向いていますね。ええと、これは、12時11分45秒、ということは、瀬川邦子が現れる前ですね。柴山は、先に来て待っていたんですね」

「ああ。この男のカメラが、柴山を撮ってないかな」

「可能性としてはありますよ。柴山とそんなに離れた位置じゃないし。写っていれば、本当に柴山かどうか確かめられます」

「とするとだな……このカメラの男をどう見つけるか、だが」

「ええと、男の行動を追って見ましょう」

「……ここから、かな？」

「グループですね。ええと……十四、五人はいますね」

「うん。若いな、みんな。少し先へ送ろう」

「輪を作って——フォーク・ダンスですか」

「何かのサークルだな。あ、ちょっと戻せ」

「なんですか？　どのくらい……」

「いや、いきすぎた。ああ、ここだ。ほら、このカメラの男、これは何をやってるんだ？」

「……しゃがんでるみたいですね。ええと、立ち上がって……仲間が回りに集まってきた。なんでしょう？　あ、彼ともう一人がどこかへ行くようですね。あれ、管理事務所？」

「おい、落とし物を拾ったように見えないか？」

「落とし物……あ、そうか！」

《中央公園管理事務所長の証言》

あ、どうもご苦労様でございます。昨日はどうも失礼いたしました。今日は、また何か？

落とし物……あ、例の二十万円入りの財布ですか。はい。日曜日でした。ええ、男の方で。お二人で、届けにみえました。ええと、少々、お待ち下さい。

ああ、これです。ええ、園内での落とし物は、一応、こちらで受けまして、それを警察へ届けるという形に、はい。

ああと……これでございますね。大宮にお住まいの湯本通夫《ゆもとみちお》さん——。

《湯本通夫の証言》

クラス会だったんですよ、高校の。

ええ、久し振りでしたからね。楽しかったですよ。女の子なんて、ああやって何年かして見ると、すごく綺麗《きれい》になってるんですね。失敗したなぁ、なんて思ったりして。

え？　あ、写真ですか。はい、撮りましたよ。三十六枚撮りで丸々一本。ご覧になるんですか？　ありますよ、ちょっと待って下さい。

これです。割と良く撮れてるでしょう？　なんて、カメラが良いというだけですけどね。

あ、いいですよ。何枚、必要なんですか？　ネガを？　ネガだと、あの、返していただかないと、ちょっと困るんですけども……。

「これです」

「どれどれ……ああ、なるほど。この遠くにいる男だな？」

「そうです。で、こっちが、そこのところだけを引き伸ばして焼いた写真なんですが――」

「うむ。確かに、柴山英次だな、これは」

「間違いありませんね。残念ながら瀬川邦子が写っているものはないんですが、しかし、これで瀬川邦子殺しの犯人は柴山英次だと、決定的ですね」

「そうなるなあ……」

「不満ですか？」

「いや、不満なんてないさ。ないがね、しかし説明のつかない部分が多過ぎるよ」

「ええ、そうですね。瀬川邦子は、どうして物置小屋に自分から入ったのか？　どうやって柴山英次は、フィルムが撮られていたことを知ったのか？　なぜ、瀬川邦子の死体をカローラのトランクへ入れ、団地の駐車場に放置しておいたのか？」

「それにさ、瀬川邦子は縛られていた。手足にその跡が残っていた。おまけに猿轡までされていたらしい。フィルムにある通り、二人が物置小屋へ入ったのは十二時二十六分、柴山が出て来たのは四十七分だ。つまり、二十分ちょっとだよ。瀬川邦子は服を脱がされて犯されそうになったんだ。犯されてはいなかったが、犯すつもりはあったのだろう。猿轡はいい。公園には人が大勢いた。声を立てられたら誰かが来る。ところが、手足に残った痕跡《こんせき》をみると、縛ったのは柔らかい布のようなもので、とある。つまりこれは服を着せたまま、その上から縛ったということにならないか？　服の上から縛ってだな、どうやって女を犯せるんだ？　しかも、それを二十分の間にやっている。なにか妙だよ」

「おかしなところだらけですね」

「どうも、我々は、へんなところに潜り込んでいるような気がするね。――この、他の写真には、柴山は写っていないのか？」

「ええ、何度も見ましたが、この一枚だけです」

「小屋は、何枚かに写っているな……おい、これは？」

「は？」

「見ろよ、これ。小屋の戸口に――」

「あ……子供でしょうか？」

「小屋を覗き込んでいるような格好だな。この格好からすると、頭を中へ突っ込んでいるんじゃないか？　これを撮ったのは、何時ごろだろう」

「ええと、待って下さい。ネガのほうから、すると、順番としては……ああ、だいぶ後ろのほうですね。後ろから二番目です。湯本通夫によれば、この最後に撮った記念写真が夕方の五時近くだと言ってました。その後、クラス会の面々は、食事をしに公園を出たということです。ですから、この写真は、四時以降でしょうね」

「よし、フィルムのほうを見よう」

「あ、この男の子じゃないですか？」

「ああ、そうだな。登場の頭からみよう。すごいな、動きっぱなしだ」

「ははは、チョコマカと、忙《せわ》しないですね」

「ああ、ここが最初か。母親と一緒だな」

「もう一人、連れがいますね。連れも女性です」

「うむ。ええと、ここが16時17分か。ええと、なかなか小屋のほうへは行かないな……」

「あ、そこのところ気をつけて下さい。キズが入っているんです」

「キズ？」

「ええ、柴山英次がニュー・マーケティング社に入った時に、植松広太郎と格闘してフィルムを取り合うような形になったんです。その時に、ついたキズです」

「ああ、なるほど。はは あ……これは、ひどいキズだ。機械を傷《いた》めるかな？」

「先へ送ります。ええと……。あれ？ 出て行きますね。ああ、ここで画面から消えます。16時38分18秒です」

「おかしいな……小屋を覗いているところがないじゃないか」

「もう一度見返してみましょう。逆に回します。ええと、ここはキズですね──」

「おい、ちょっと待て」

「はい？」

「このキズ、何か変じゃないか」

「……と、言いますと？」

「ほら、一番大きなキズが、画面の右寄りを縦に走っているだろう。気がつかないか？」

「ええと……」

「ここに小屋があるんだ。このキズの下に」

「あ……」

「こいつは妙だぜ。おい、ちょっとフィルムを外してくれ」

「あ、はい……」

「よし、見せてみろ。ああ、ほら、見てみろよ。このキズ」

「ああ、たしかに。これは故意につけたキズですね。他のキズよりずっとはっきりしてる。他のものはこすったようにかすれてますが、このキズだけは、なにか削り取ったように見えますね」

「おい、このフィルムのネガは、どこにある？」

「あ、いや、ネガはないんです」

「ない？」

「ええ。これはリバーサル・フィルムなんです」

「リバーサル？」

「はい。ネガはなくて、このフィルムそのものが撮影した時のものなんです。現像すると最初からポジで上がってくるんですよ。ええと、つまり、スライド写真みたいなものです」

「ああ、ネガはなしか……」

「主任、つまり、このキズは、子供が小屋を覗いたのを隠すためだったたんでしょうかね」

「……ちょっと、もう一度掛けてくれ」

「はい」

「どうにかして……この子供を捜せないものかな……」

「母親のほうからは、どうですか？」

「ああ、そうだな。どれ？　何か持ってるな」

「あ、主任。本ですよ、本！　絵本です。ほら、白い表紙になにか青い絵が書いてあります。大きさから言っても、これは絵本ですよ」

「うん、そのようだな」

「いえ、主任——本ということは、ですよ。これは、図書館から借りたものじゃないでしょうかね」

「なるほど……それだな」

《金坂多佳子《かねさかたかこ》の証言》

日曜日ですか？　はい。買物に出ましたついでに、図書館へ寄りました。子供の本を返す期限になっていたものですから。

あの、それが、なにか……？

ええ、図書館の中で、子供のお友達のお母さんにお会いして、それで、公園のほうへ参りましたけれど……。子供を公園で遊ばせて、少し立話をしました。

小屋……ですか？　さあ、気がつきませんでしたけれど……。

あ、はい。子供は、今、外へ遊びに行ってます。いえ、すぐ近所です。はあ、あの、どのようなことをお聞きになるんですか？　のぼるは、まだ五歳になったばかりなんです。あまり、お役に立つとは……。

そうですか、では、ちょっとお待ちいただけますか。ただいま、呼んで参りますので。

《金坂のぼるからの事情聴取》

――のぼるくん、こんにちは。

「…………」

――あれ？　どうしちゃったのかな？　おねえちゃんと、お話ししない？

「…………」

――あら、どうしてぇ？　おねえちゃん、のぼるくんとお話ししたいんだ。

「…………」

――ほら、いいもの見せてあげる。これ、きれいでしょう？　ほら、こんなに光ってるのよ。

「……モン」

――え？　なあに？

「しってるもん……」

――ほんと？　じゃ、なあんだ？

「ビーダマ」

――あたり！　ねえ、のぼるくん、ビーダマできる？

「……できない」

――おねえちゃんと、ビーダマしようか？

「できないもん」

――おしえてあげる。

「…………」

――じゃ、いいわ。今度、来た時にしようね。それまで、このビーダマ、あずかってくれる?

「…………」

――そう。これ、大切なビーダマだから、大事にしまっておいてね。

「うん」

――ありがとう。あのさ、のぼるくん、中央公園って知ってる?

「くるの……?」

――え?

「また、くるの?」

――あ、おねえちゃん? ええ、来るわよ。また、のぼるくんに会いに来るんだ。

「いつ?」

――うーんと、そうだなあ、いつがいいかなあ。のぼるくんは、いつがいい?

「わかんない」

――あ、そうだ。今度、一緒に公園に行こうか?

「こうえん？」

――そう、図書館のある公園。知ってる？

「しってる」

――のぼるくん、ご本、好きでしょう。

「うん」

――なんのご本が、好き？

「えーとね、えーとね、ほら泣いちゃったとね、ほら泣いちゃったとね、なになになーんだ」

――ほら泣いちゃったと、なになになーんだ？　へえ、面白そうだな。それ、公園の横の図書館にある？

「あるよ。としょかんで、かしてもらってきたんだもん」

――あ、そうか。図書館にあったご本なのね。

「うん。たくさんあるよ。こーんなにあるよ」

――今度、一緒に行こうね。

「うん」

――この前の日曜日に、ママと公園に行ったでしょ？

「……わかんない」

――忘れちゃった？

「…………」

――ほら、ひろくんのママがいてさ、のぼるくんのママと、ひろくんのママで、公園に行ったじゃない。

「……わすれちゃった」

――思い出してよ。ほら、あのさ、公園の木がいっぱいあるところの向こうに、小屋があるじゃない？

「こやぁ？」

――そう。ほら、ちっちゃなおうちよ。のぼるくん、そのおうち覗いてたんだけどな。

「おばちゃんのいた、おうち？」

――あ、そうそう。おばちゃんのいた、おうち。のぼるくん、おうちの中のおばちゃん見た？

「あのおばちゃん、きらいだもん」

――どうして？

「……わかんない」

――おばちゃん、おうちの中でどうしてた？

「ねてた」

——ああ……寝てたのね。そのおばちゃん、赤いお洋服着てた？

「うん。きてた。赤いお洋服着て、ねてた。おこって、ねてた」

——おこって？　寝てる人は、怒ってないでしょう？

「おこってたもん。あっち行きなさいって、おこったんだもん」

——え……？　あの……おばちゃんが、のぼるくんに、あっちへ行きなさいって、言ったの？

「あのおばちゃん、きらい」

——ねえ、のぼるくん、おばちゃんは寝てたんでしょう？　寝てたのに、お話ししたの？

「おはなししたんじゃないよ。おこったの。ねてて、たばこすってて、それで、あっち行きなさいって、おこったの！」

「生きていたんです。瀬川邦子は、金坂のぼる君が小屋を覗いた時は、まだ生きていたんです」

「違うよ、時間を考えてみろ。のぼる君の覗いたのは、午後四時半ごろだ。瀬川邦子の死亡推定時刻は、午前十時から午後二時の間なんだ。瀬川邦子は、その時はすでに死んでいたんだよ」

「しかし、主任。のぼる君は、瀬川邦子が小屋の中で寝そべって煙草を吸っていたのを目撃しているんですよ。死体は、あっちへ行け、なんて言いませんよ」

「言わないさ。それが瀬川邦子だったとしたら、そんなことは言わない」

「…………」

「いいか、瀬川邦子は昼ごろに殺されたんだ。しかし、のぼる君は、小屋の中で煙草を吸っている女を見ている。だとしたら、答えは一つじゃないか」

「あ……あの」

「そうさ。小屋にいたのは、瀬川邦子じゃなかったんだ」

「…………」

「騙《だま》されたんだよ、我々は」

「いや、しかしですね、主任……増村慶子は、瀬川邦子に会ったと言っているんですよ。そして、現実に、フィルムに……」

「だからさ、それが騙されたって言っているんだ。増村慶子は、瀬川邦子に会ったと言った。しかし、邦子は別の場所で殺される運命にあった。そんなところに彼女がいるわけがない。増村慶子は、嘘を言ったんだ」

「…………」

「なんだ。まだ納得できないのか？」

「いえ……じゃあ、あの赤いカーディガンの女は」

「増村慶子だ。同居しているんだからな、瀬川邦子の服を着ることぐらい、なんでもないさ。これはな、アリバイ工作だよ。犯人は、殺害現場をごまかすことで、アリバイ工作をやったんだ。五千万円の保険金を手に入れるために、増村慶子と植松広太郎が共謀した凶悪犯罪だよ、これは」

「しかし……あのフィルムに写っていたのは、確かに柴山英次でしたよ。これは、湯本通夫の写真でも裏付けられているんです。ということは、柴山英次も共犯なんですか？」

「いや、柴山はたぶん道具にされただけだろう」

「道具？」

「ああ、アリバイ工作の道具さ。利用されただけだったんだと、オレは思うね。あまりにも、植松や増村慶子の思い通りに動いているからな。いくらなんでも、自分が犯人にされるような計画に参加はしないさ」

「でも、じゃあ、どうやって……？」

「よし、はじめから追って行ってみよう。たぶんこんなことだろう。——植松と増村慶子は、瀬川邦子に掛けた保険金を手に入れようと考えた。ここまではいいか？」

「はい」

「計画が、実行に移されたきっかけは、たぶん柴山英次の上京だったんだと思うね。柴山と瀬川邦子は、以前から文通をしていたが、邦子のほうとしては、もういいかげん厭になっていた。ところが、柴山が彼女に会うために上京してきた。増村慶子が邦子に、なんとかしてと相談を持ち掛けられたのは、事実だと思う。しかし、それが二人に計画を思いつかせたんだ。彼らは、計画に利用できるもう一つのものに気がついた」

「もう一つ……」

「ああ、中央公園の分析フィルムさ。フィルムは、データとして使われるものだった。つまり、きわめて信頼性が高い。そういうイメージを抱かせる。そのフィルムの中に、殺人の現場が写っていたら、それは決定的な意味を持ってしまうだろう。そういうことを考えたんだ。――そのためには、フィルムに犯人が登場してくれなくてはならない。いや、犯人に仕立て上げる人物がね。本人には悟《さと》らせずに、犯人にしてしまうんだ」

「…………」

「たとえばね、植松と増村慶子は、邦子には柴山を追い払ってやると言った。そして、柴山には、邦子との間を取り持ってやると近付くわけだ。柴山の上京の目的は、邦子と仲良くなるためだし、そう言われれば有り難いと思うだろう。車を貸してくれ、と頼まれたって、いやとは言わないさ」

「車を？」

「ああ、柴山のカローラだよ。カローラは、土曜の夜からホテルの駐車場になかった。つまり、この時点で、すでに植松は柴山から車を借りていたんだろう。そうしないと、日曜の計画に間に合わないからね。たとえば、植松は、自分の車が故障している、とでも柴山に言うわけだ。だが、女の子を口説くには、車の中がいい。今は、邦子は君に対して心を閉ざしているが、いや、それは突然君が出てきたから戸惑っているだけさ。まずは、オレが邦子を説得しよう。それには車がいる。ちょっと時間がかかるかも知れない。そうだな、火曜日ぐらいまで、車をオレに貸して置いてくれないか。そんなことを言って、車を手に入れるわけだ」

「ああ、なるほど」

「そして、日曜日。まず、朝早く、植松は邦子をアパートまで迎えに行く。たぶん、増村慶子と一緒に三人でドライブでもしようとか、誘っていたんじゃないかな。これは、増村慶子がもちかければ、割に簡単だったろう。しかし、邦子の行き先はドライブではなかった。邦子は、どこかで殴られ、気絶させられて手足を縛られる。猿轡までされて、そのままカローラのトランクに押し込まれる。植松は増村慶子と別れ、そのカローラに乗って、会社へ向かう。途中、駅前で弁当を買って、それから、どこかあまり人気《ひとけ》のない場所に車を置くわけだ。あのあたりには、そんな場所は結構あるからね」

「…………」

「さて、一方、植松と別れた増村慶子は、一度、アパートへ戻り、邦子の赤いカーディガンとスカートなんかを袋にでも詰めて、中央公園へ向かう。柴山英次には、あらかじめ約束を取り付けてある。邦子とのことをうまく進めるために、一度、会ってじっくり話が聞きたい、とか言ってね。柴山は、思わぬ協力者が二人も現れて嬉しくてしようがない。勇んで中央公園に出掛けて行く。それで、彼は早く着き過ぎた。増村慶子は邦子の服に着替え、柴山の待つ中央公園へ行く。図書館へは、本当に行っていたのかも知れない。本をどうのと証言していたからね。突つかれても大丈夫なように、図書館へは、実際に行ったんだろう。慶子は、公園で柴山に会う。そして、物置小屋へ誘う。誰もいない場所で話をしようと言ってね。想像だが、慶子は小屋の中で柴山を誘惑したんじゃないかな。それに柴山が乗ったかどうかは、わからない。柴山にコンドームでもつけさせて、彼の精液でも手に入れられれば、瀬川邦子の死体にもっともらしい柴山の痕跡を残せたかも知れないしね。そう考えていたのなら、慶子の誘惑は、失敗したわけだ。慶子が証言の中で、あんな男とは話もしたくない、と柴山のことを言ってるのは、柴山の印象を悪くするためだけじゃなく、振られたからかも知れないね。とにかく、でも、柴山を電話局の屋上から狙っているカメラに記録させることだけは成功した」

「なんてことを、考えるやつらだ……」

「まったくね。フィルムでは、急ぐように柴山が小屋から出て公園から去っている。それは、増村慶子の応対が彼を怒らせたからだろう。さて、植松のほうは、あらかじめ決めてあった時間を見計らい、弁当を買いに行くと言う口実で会社を出る。その足で、カローラへ戻り、トランクの中に閉じ込めてある瀬川邦子の首を締める。完全に死んだのを見届けて、弁当を持ち、なに食わぬ顔で会社に戻るわけさ」

「そして、増村慶子は撮影の終わる午後六時半が過ぎるのを待って、小屋から抜け出すわけですね」

「ああ、殺人現場がここであるような痕跡を残してね。そして、どこかで慶子と植松は落ち合う。まず慶子が、小屋の中で着ていた邦子の服を死体に着せる。そして、車を団地の駐車場へ捨てに行くわけだな。駐車場を選んだのは、死体の発見を早くしようということだったのだろう。死亡推定時刻は、なるべく正確に出してほしかった筈だからね。ただ、アクシデントが、彼らの計画の最後の部分を変更させた」

「のぼる君の目撃ですね」

「その通り。あれは、二人にとって恐怖だったのではないかな。なにせ、フィルムには、のぼる君が小屋を覗いたところがはっきりと写っている筈だからね。そこで、植松は少し冒険をやることにしたわけだ。ナイフを用意し、柴山に強盗をさせることにした。カローラを返すから、夜、会社のほうへ来てくれ、とでも言って呼び出したんだろう。そして、植松は、すぐさまフィルムの問題の部分にキズをつけ、のぼる君の姿を消した。あたかも、格闘の最中にキズがついたというようにね。もちろん、カローラのキーは柴山を殺した後、植松がポケットの中へ入れたのさ」

《増村慶子の証言》

いえ、違います。怖かったんです。

広太郎さんを殺そうなんて、最初から考えていたんじゃありません。怖かったんです。怖くて、怖くて、仕方がなかったんです。

あたしは、広太郎さんに言われた通りやっただけなんです。本当です。あたしが考えたわけじゃありません。広太郎さんです。みんな広太郎さんが悪いんです。

怖くて仕方がなかったんです。だって、広太郎さん、二人も殺したんですよ。邦子と柴山さんと。あたしには、人を殺すなんてことはできません。怖いもの。そんなことできません。

ええ、広太郎さんを殺しました。ウイスキーに薬を入れて、なんて名前の薬か、あたしは知りません。広太郎さんが用意したんです。調査部の現像室の薬品棚から持ち出したんです。最初は、その薬で邦子を殺すことになっていました。でも、首を締めたほうがいいって、広太郎さんが言ったんです。怖い人なんです、あの人。だから、もう、一生あたし、この人につきまとわれるのかと思って、それで怖くなったんです。

あたしは、脅されてやってたんです。広太郎さんに脅かされて、それで仕方なく手伝ったんです。

だから、あの……保険金は、全部、広太郎さんにあげるつもりだったんです。本当です。あたしは、お金のために、人を殺すなんてできません。お金が欲しかったんじゃないんです。広太郎さんに殺すって言われて、それで、仕方なく手伝っただけなんです。

信じて下さらないんですか？　本当のことを言っているんです。なにもかも、お話ししたじゃないですか。みんな広太郎さんのやったことなんですよ。あたしは騙《だま》されていたんです。馬鹿な女なんです。

いいえ、違います。思い出しました。あたしは、薬を入れたウイスキーを、自分で飲もうと思っていたんです。こんなことになって、怖くてしようがないから、死のうと思ったんです。自殺してしまおうって、そう思ってたんです。本当です。

そうしたら、広太郎さんが、そのウイスキーを飲んじゃったんですよ。あたしが飲ませたわけじゃないんです。間違って飲んだ広太郎さんが悪いんです。殺したんじゃありません。あれは、事故なんです。ほんとは、死ぬのはあたしのほうだったんです。

怖くなって殺したなんて、そんなこと言ってないじゃありませんか。いいえ、言いませんよ。どうして、そんなことおっしゃるんですか？　あたしは殺してません。

違うわ、違う。どうして、信じてくれないの？　悪いのは植松広太郎なのよ。あいつが全部やったんだもの。あたしじゃない。あたしは、騙されてただけなんだ。あたしは、何も知らなかったんだもの。

広太郎さん……どうして死んじゃったの？　なんでこんなに、あたしを苦しめるの……？　広太郎さん――。

こっちむいてエンジェル

初出：月刊カドカワ　'83年8月号

1

辻村園子《つじむらそのこ》の原稿はまだ出来ていなかった。

「伸子《のぶこ》チャン？　あのさあ、あたし、あしたの午後から北海道へ行かなきゃなんないのよ。それで、原稿、先に渡しときたいから、悪いけどあしたの午前中に来てくれる？」

編集部にかかってきたその連絡を、入江《いりえ》伸子が受けたのは、きのうの夕方だった。校了《こうりょう》まではまだだいぶ余裕があるが、もちろん、いただける原稿は早く受け取っておくにこしたことはない。連載のエッセイで、六枚という短いものだし、北海道から郵送して貰ってもいいのだけれど、辻村園子自身が郵送をあまり好んではいなかった。原稿が、もし、途中で事故にでもあったらいやだと言うのである。例は少ないが、過去、郵送原稿が行方不明になったということを、伸子も何度か聞いたことがある。だから早目に渡しておく、という申し出に、伸子に異存のある筈《はず》はない。

六本木《ろっぽんぎ》にある辻村園子の仕事場を伸子が訪れたのは、十一時を少し回った頃《ころ》だった。


「一回休み、てのはだめ?」

短い髪をぐしゃぐしゃと掻《か》き回《まわ》しながら、いきなり、辻村園子はそう言った。ダボシャツにステテコという、ぎょっとするようないでたちである。これが一番楽なんだ、と彼女は言うのだが、何度見てもぎくりとしてしまう。テレビなんかで見る辻村園子は、サファリ・スーツかなんかにスカーフできめていたりして、ちょっとイカしたおばさま風《ふう》なのだが、現実とそのギャップが大きすぎる。染みの浮き出た豊満な胸元をぼりぼりと掻いている姿など、彼女の愛読者の誰が想像できるだろう。

「一回休み……あの、先生、それは……」

伸子は慌《あわ》てて訊《き》き返した。

「いや、もう、参っちゃってさァ。きのうからイライラさせられどおしなんだよ。まったく、やんなっちまうわ」

これは話がまるで違う。早く渡すというので来たのに、一回休みなんて、たまったものではない。

伸子は、とにかく靴を脱ぎ、マンションの玄関横のメール・ボックスから取ってきた分厚い郵便物の束をダイニングのテーブルに置いた。

「テーマは、もう、お決《き》まりなんですか？」

「決ってりゃ、書いてるわよ」

辻村園子は、メガネを丸い鼻の上に載せ、さっそく郵便物の仕分けをはじめた。差出人をチラッと眺《なが》めては、四つの山に分けている。何度も見ている光景だから、仲子にはその区分けの意味がわかる。一番嵩《かさ》のある山は、読者からのファン・レターの類《たぐい》で、暇《ひま》があれば読むというもの。返事などは、ほとんど出さない。次に多いのは、ダイレクト・メールの類で、これは即、屑籠《くずかご》行きである。その手前は出版社やテレビ局からの仕事上の書簡。一番薄い束が友人などからの私信である。封は、小さな山から順に切られる。

「きのうから、電話が鳴りっぱなしさ。うるさくて、仕事に手がつきやしない。ちょっと静かになったと思ったら、けさになってまた、直接伺《うかが》いますなんて、かけてくるんだからね。どうしようもないよ」

便箋《びんせん》の文面を斜めに読みとばしながら、辻村園子は言った。

「そんなに、あちこちから電話があったんですか？」

仲子は、レンジにヤカンをかけ、お茶をいれる用意をしながら訊き返す。

「あちこちじゃないのよ。同じ馬鹿がやってんだから、頭にくるわ」

「同じ馬鹿？　あの、イタズラ電話かなにかですか？」

「本人としては、イタズラじゃないんだろうけど。いるんだ、ときどき、こういう手《て》合《あ》いの馬鹿が」

辻村園子は、ふん、と鼻を鳴らしたが、それは電話の馬鹿に対してではなく、手紙の内容に向けたものであるようだった。彼女の手は次の封書にかかっている。

「それ、どういう馬鹿なんですか？」

「なんだか知らないけど、悩みごとがあるんだってさ。相談にのってくれってことらしいね。冗談じゃないよ」

ははあ、と伸子は理解した。

辻村園子は、あるテレビの番組で、人生相談のコーナーを持っている。彼女の書く小説が男女の愛憎、女の生きる姿をテーマにしたものであるところから、相談の内容も、離婚とか浮気の問題がほとんどだ。身を乗り出すようにして相談者の話を聞いている辻村園子の姿を見て、視聴者はある錯覚を持つ。この人なら、自分の悩みも親身になって聞いてくれるだろう、という錯覚である。だが、個人的にやって来る相談者の悩みなど、辻村園子がいちいち聞いてあげられるわけはない。彼女は小説家なのだ。相談を撥《は》ねつけられたと怒るのは、怒るほうが間違っている。でも、いるらしいのだ、そういうのが。

伸子は、湯の沸《わ》くのを待ってお茶をいれた。辻村園子は、ありがと、と目はまだ手紙のほうへいっている。

「どんな人なんですか？」

「声は、小娘って感じだね。実際、小娘なんじゃないかな。とにかく、むこうは必死だから、こっちが迷惑だと言っても、まるで自分のことしか頭にないのさ。もう、まったく……」

チャイムが鳴った。伸子がドアを開けに立った。

「はい？」

と開けたとたん、びゃああ、という赤ん坊の泣き声が飛び込んできて、伸子はそこへ立ち竦《すく》んでしまった。

「あ、あの……辻村先生は、いらっしゃいますか？」

赤ん坊を抱いた若い女性が、部屋の中を覗《のぞ》き込《こ》むようにして立っていた。背中をたたいてあやしてやっているのだが、赤ん坊はまるで泣き止む気配がなかった。母親のほうは、ずいぶん幼い。二十歳《はたち》を過ぎているようには見えなかった。

「先生はいま、お仕事中ですけど、どちら様ですか？」

「あの、古橋牧子《ふるはしまきこ》といいます。先生にお電話して……あの、お忙しいことは知ってますけど、あの、ほんの少しでもいいんです、お話を……」

「ああ、あなたが、あの――」

馬鹿、と言いそうになって、伸子は危うく言葉を呑《の》み込んだ。

「ほんとに、来ちまったの？」

辻村園子が奥から顔を出した。

「あ、先生……」

と、古橋牧子は縋《すが》りつくような声を出したが、辻村園子の首から下を見たとたん、眼と口をあけっぱなしにしたまま、息を呑んだ。――まあ、誰だってびっくりする。

「あんたねえ、きのうから電話でも、何度も言ってるでしょう。あたしは……」

赤ん坊がひときわ大きな声で泣き叫び、さすがの辻村女史も、いささか怯《ひる》んだ。気を取り直したのか、古橋牧子は玄関に一歩踏み入れた。

「先生、お願いします。どうしたらいいか、教えていただきたいんです。わからないんです、もう、あたし……」

泣き声など、牧子にとっては聞き慣れているのだろう。おかまいなしに訴えかける。

「あのねえ！」

と、辻村園子が怒鳴《どな》るような声を出した。伸子の耳のすぐ脇である。思わず眼を閉じた。

「あんたが、どうしていいかわからないものを、あたしがわかるわけないでしょう！　あんた、自分のことじゃないの。自分で考えなさい！」

赤ん坊が、輪をかけて泣き出した。

「ちょ、ちょっと……その赤ちゃん、どうにかならないの？」

辻村園子が顔をしかめる。牧子は、すみません、と謝りながら、赤ん坊をあやした。ほとんどときめはなかった。

「そんなんじゃだめよ、ちょっと貸してごらん」

辻村園子は牧子のほうへ手を伸ばし、赤ん坊を取り上げた。ダボシャツの胸に抱き「ほら、よしよし」と言いながら、ダイニングへ入って行った。

「伸子チャン、ドア、閉めてちょうだい」

こりゃ、だめだ……と、伸子は溜息まじりに笑いながら、牧子を部屋へ上げ、ドアを閉めた。このぶんだと、原稿は完全にアウツだな。

「あら、オシメだわよ。濡れてるじゃないの」

辻村園子は赤ん坊のお尻に手を当てて、牧子に言った。奥の仕事場に赤ん坊を抱いて行き、座蒲団《ざぶとん》の上に寝かせてオムツ・カバーのホックを外した。

「おや、男性だね。まあまあ、罪のないチンチンだこと」

などと言いながら、牧子の渡したバスタオルを赤ん坊のお尻の下へ敷いている。伸子は、赤ん坊の泣き止んでいるのに驚いた。はて、辻村園子に子供を育てた経験があったのかしら？　二度の離婚歴は、聞いているけれど、子供を産んだなんてことは……。

「ほら、なにしてるの？　オシメ出しなさいよ」

辻村園子が言うと、牧子は申し訳なさそうに、もじもじとショルダー・バッグの中を覗《のぞ》いた。

「あのう……乾いたの、もう、ないんです。みんな、濡らしちゃって」

「なんだ、しょうがないね。——ここにも、そんなもの置いてあるわけないんだし、あ、ちょっと、どこかで紙オムツ買ってきてくれない？」

そう言って、辻村園子は伸子を振り返った。

2

伸子が紙オムツを買って帰った時、赤ん坊は座蒲団の上でお尻を丸出しにしたまま、気持良さそうに寝息をたてていた。泣いているのは、牧子のほうだった。ハンカチに顔を埋《う》めている牧子の前で、辻村園子は煙草《たばこ》をふかしながら腕を組んでいる。

伸子は、買ってきたオムツを手にしたまま、どうしようかと戸惑った。声をかけるのもなんとなくためらわれたし、赤ん坊のオムツの替え方など、まるっきりわからない。迷った末、ダイニングの椅子《いす》に腰を下ろして赤ん坊を眺《なが》めていることにした。小さな胸が上下するたびに、クウクウ、と鼻をならしている。時折、ピクンと手足を動かした。

「まあ、気の毒ではあるけどね……」

辻村園子が沈んだ声で言った。

「これは、あたしにはどうしようもないね。冷たいと思うかも知れないけど、あなたの選んだことなんだから、あなたが最後までやらなくちゃ。ただ、さっきも言ったけど、子供を道具に使っちゃいけない。それじゃ、子供がかわいそうだ。産んでしまえばどうにかなる、なんて、本当じゃないよ。そうだろ？　父親があてにならないなら、あなたが責任を持たなきゃ。この子は、あなたの子供なんだから」

「あたし……」

牧子は、ハンカチを眼に当てたまま言った。絞《しぼ》り出すような声が、こもって聞こえた。

「どうしたらいいんでしょう……」

「考えなさい。自分で考えるの。他人《ひと》を頼ったってだめよ。一生、頼り続けることなんて出来やしないんだから。あなたが、自分で考えて、自分でやらなきゃ」

辻村園子は、煙草を消して牧子の肩を優しくたたいた。

「さ。悪いけど、あたしは仕事しなきゃならないのよ。午後には、出掛ける予定もあるし。ね、今日《きょう》はこれでお帰りなさい」

言われて牧子は、はい、と頷《うなず》いた。顔にハンカチを当てたままで、辻村園子に頭を下げた。伸子は紙オムツの包みを彼女に渡した。バッグから財布を取り出した牧子の手を、伸子はそっと押さえた。牧子はふたたび頭を下げ、赤ん坊にオムツをしてやった。その間中、牧子はずっと泣き続けていた。

「あの人、どうしたんですか？」

古橋牧子が帰った後、仕事をはじめる様子もなくまた煙草に火をつけた辻村園子に、伸子は訊《たず》ねた。

「うん」

と、辻村女史はダボシャツの胸元を掻いた。

「まあ、話としては、よくあるやつなのよ。会社で好きな人ができた。彼女は結婚を考えていたんだけど、男のほうは遊びだった。会社は、社内恋愛を認めないようなところだったから、男のほうとしても彼女とのことを秘密にしておくのは、彼女に言い含めやすかったわけね。ところが、ある日、彼女は自分が妊娠していることに気がついた。話したら、とたんに男は冷たくなった。堕《お》ろせ、と言われた。彼女は、彼が諦《あきら》められなかった。子供を産めば、と彼女は考えた。子供ができたら、男の気持ちが戻るって思ったのね。結婚してもらえるってさ」

「そんな……」

伸子は、信じられないような気持ちだった。

「それほどまでして、結婚したいって、思うのかしら。妊娠したことを知ったとたんに冷たくなるような男なんでしょう？　あたし、わからないなあ」

「惚《ほ》れると、そんなもんだよ。なんでも、友達とボクシングを見に行った時に、彼と知り合ったんだそうだけどね。それまでは、同じ会社とはいいながら、課が違っていてほとんど名前さえ知らなかったんだってさ。彼は優しくて、すごく素敵だったんだな。その彼のイメージが、あの娘にはまだ残ってるらしい。ひどい仕打ちを受けてるのに、まだ、あたしにそんなのろけを言ってるんだから。惚れちまった弱みだねえ。最後の最後まで、信じていたいのさ」

そうなのかなあ……と、伸子は思う。私にできるだろうか？　そこまで、男に自分を預けることが、私にできるだろうか……？　男を好きになる感覚は、そりゃあ、わかるけど、いくら好きだって、それと自分を全部預けちゃうことって、違うような気がする。それとも、私にそれがわからないのは、心底《しんそこ》男に惚れたことがないってことなんだろうか……。

「子供は産んだけど、男はまるで変わりゃしなかった。いや、むしろ、もっと離れちまったんだ。そんなの知るか、と言われたそうだ。堕ろせと言ったのに、お前が勝手に産んだんだ。俺《おれ》の知ったことじゃない。——そして、状態はさらに悪くなった。社内恋愛さえ認めないような会社の中を、大きなお腹を抱えて歩き回るわけにはいかなかったから、仕事は半年も前に辞《や》めていた。しかし、働かなきゃ食べることもできない。赤ん坊のミルクも買えなくなってしまう。最初のうちは、貯金を下ろして、それでもなんとかやっていた。しかし、その貯金もあっという間に底をついてきた。子供を抱えてできる仕事はなかなかみつからない。何度か男のところへ頼みに行った。男は、次の女をつくっていた」

不意に、辻村園子は立ち上がって奥の仕事部屋へ入って行った。伸子は、お茶をいれ直すことにした。腹が立って仕方がなかった。古橋牧子をおもちゃにした男に対して腹が立つのか、それとも、牧子自身に対してなのか、自分でもよくわからなかった。

時計に目をやった。原稿、間に合うかも知れない……。辻村園子を予定の飛行機に乗せるためには、何時にここを出発しなければならないか——伸子は、頭の中で時計の針を動かした。

3

翌日の昼過ぎ、伸子は月刊『スクエア』の編集部で、次号に掲載する座談会原稿の整理をやっていた。ひと息ついたところへ、友成徹也《ともなりてつや》がやってきた。

「入江君、お客さん」

顔を上げると、友成は口の端を歪《ゆが》めるようにして、部屋の向うを目で示した。見ると男が二人ドアの脇に立ってこちらへ顔を向けている。一人が軽く頭を下げた。

「だれ？」

「警察だってさ」

「警察……？」

「入江伸子も、これで終わりだね。とうとう逮捕されちゃうのか」

言いながら、友成はにやにやと笑う。

「ねえ、かくまって。裏口はどこ？」

スカートについた細かい紙の屑《くず》を払い落としながら、伸子は立ち上がった。

「なんの用件なの？」

「辻村先生の連絡先が知りたいんだってさ」

「…………」

伸子は首を傾げ、手帳を持って刑事たちのいるほうへ歩いて行った。ソファを勧め、名刺を取り出した。

「入江と申します。わたくしが、辻村先生を担当させていただいておりますけれど」

「ああ、どうも、お忙しいところを申し訳ないです」

伸子は刑事たちの向かい側に腰を下ろした。夜鳴きソバ屋のオヤジ風と、ちょっとゆるめの野球選手——二人の刑事は、そんな雰囲気の取り合わせだった。ソバ屋のオヤジは愛想笑いを浮かべ、野球選手はピッチャーを睨《にら》み据《す》えるような感じに口もとをぎゅっと締《し》めている。ソバ屋のほうが切り出した。

「辻村園子先生をお訪ねしたんですが、あいにく、自宅にも仕事場にもいらっしゃいませんでね。さて、どうしようかと思っていたら、この波木《なみき》が、月刊『スクエア』に行けば、と言ったんですよ。こいつが小説の雑誌なんか読んでるとは、私もはじめて知りました」

「あら、どうもありがとうございます」

野球選手の名前は波木というらしい。伸子は愛読者へ礼を言いながら、頭を掻いている波木刑事の顔をみつめた。

「辻村先生のファンなんです。『おんなざかり』って随筆、連載されてるでしょう?

まっさきに読むんです。あれ」

　照れて笑うと、前歯が一本欠けていた。とたんに滑稽《こっけい》な表情になった。引き締めた口もとの意味が理解できた。

「そうですか。わたくしも、毎月原稿をいただくのが楽しみなんですよ。――あのう、それで、どういう？」

「辻村先生に連絡することが、できますか？」

　伸子は腕の時計を見た。

「あの、いま、ですか？」

「ええ、なるべく早いほうが助かります」

「いまの時間は……どうでしょう。北海道に取材に行かれてるんですよね」

「ああ、北海道」

「はい。五日間の予定と伺《うかが》ってますけど、この時間は、宿のほうにもおられないんじゃないかしら」

「連絡は、つくわけですね」

「はい。一応、宿泊先は伺っていますから。ちょっとお待ちいただけますか？」

　伸子は、刑事たちにことわり、手帳を繰りながら自分の机へ戻った。辻村園子から聞いていた旅館に電話してみたが、案の定、外出中という返事がかえってきた。

「やっぱり、出ておられるそうです。連絡があったら、ここへ電話をしていただくように、ことづけはしておきましたけれど……」

「ああ、そうですか。ええと、その宿泊先を教えていただけないですか？」

ソバ屋が、伸子の手帳のほうへ首をのばしてきた。伸子はそれとなく手帳を閉じた。

「あの、どういうことなんでしょうか？　どうして、先生を探していらっしゃるんですか？」

「ああと――。辻村先生は、取材先の口止めをされて？」

「いえ、特別そうじゃないですけど、誰に話してもかまわないとは、お聞きしていませんから。一応、先生のご承諾を得てからのほうが……」

「ああ、そうですか。そうですね……」

どうするか、というように刑事たちは顔を見合わせた。波木刑事が、前歯の抜けた口を開いた。

「ええと、入江さんは、辻村園子先生の担当になられて長いんですか？」

「さほど、長いということは……二年ぐらいでしょうかしら」

「あのですね、辻村先生のお知り合いに、古橋牧子さんて方を、ご存じないですか？」

「古橋牧子……」

ふいに、不安に襲《おそ》われた。古橋牧子は、きのう辻村園子の仕事場を訪ねてきた女性だ。いったい、何があったのだろう……。

「知っておられる？」

ソバ屋が伸子の顔を覗き込んだ。

「ええ、一度、お会いしました……」

「どこで？」

「辻村先生の仕事場です」

「ははあ、なるほど。いつですか？」

「あの、その方がなにか？」

刑事の答えに、ひと呼吸の間があいた。波木刑事が答えた。

「亡くなったんですよ」

「え……」

ハンカチに顔を埋めた牧子の姿が、不意に浮かび、そして消えた。

「あの、亡くなったって、それは、いつ？」

「昨日《きのう》の夜です。大久保《おおくぼ》にある彼女のアパートでね、死んでいるのが発見されたんです。きのうの午後十一時から、今日の午前一時だと思われるんですがね。その時刻、辻村先生は北海道ですか？」

仲子は驚いて刑事を見返した。この人たちは、辻村園子のアリバイを調べている……。

「もちろんです。きのうの午後三時過ぎの飛行機にお乗せするために、わたくしが羽《は》田《だ》までお送りしたんですから。でも、あのう、古橋牧子さん……殺されたんですか？」

「その可能性が強いですね。喉《のど》を刃物で刺されてますが、アパートの部屋には、ほとんど出血した痕跡がありませんでね。どこかで殺害されて、アパートへ運ばれたということですな」

「そんな、ひどい……」

思わず、仲子は口を押さえた。そのとたん、あ、と眼を見開いた。

「赤ちゃんは……！」

「ええ、そうなんです。それが問題で、我々も、急いでるんです。古橋牧子さんには、二ヵ月になる赤ん坊がいた。それが、アパートにはどこにもいないんです。早く探し出さなければなりません。それで、協力をお願いしたいんですよ。古橋牧子さんのアドレス帳に、辻村先生の住所と電話番号が書いてあったので、それで、なにかご存じかとお伺いしたわけです」

4

刑事たちが引き揚げた後、伸子は机の前でぼんやりしていた。仕事にはまるで手がつかなかった。

古橋牧子が殺された。

犯人は、彼女を妊娠させた男だ。伸子は、そう確信した。べつに、証拠があるわけではない。牧子が辻村園子の仕事場で話したことから、そう思っているにすぎない。牧子について、伸子はなにも知らないのだ。しかし、牧子を殺したのは、その男に違いないと伸子は思った。男は牧子を棄《す》て、次の女をつくっていたという。邪魔になったのだ。邪魔になって殺したのだ。

男はいま、どこにいるのか？　刑事たちは、牧子の前の職場に行ってみるだろう。『タイヘイ商事』というのが、牧子の勤めていたところだと、波木刑事は言っていた。だけど……男をみつけることができるだろうか。話では、タイヘイ商事は職場恋愛がご法度《はっと》になっていたらしい。男は牧子に、二人の関係を秘密にするよう言い含めていたのだ。職場を聞いて回っても、牧子と親しかった男を発見するのは容易ではないかも知れない。じゃあ、どうやって……。

早く男をみつけなければ、と伸子は唇《くちびる》を噛《か》んだ。問題は赤ちゃんなのだ。牧子のアパートに赤ん坊はいなかった。二ヵ月の赤ん坊だ。牧子は、どこへ行くにも赤ん坊を抱いて行かなければならなかっただろう。つまり、牧子が殺された現場にも、彼女は赤ん坊を連れて行ったはずなのだ。赤ん坊の横で、牧子は殺された……。

伸子はぞっとして首を振った。考えたくない妄想が、払い除《の》けても、払い除けても伸子の脳裏《のうり》に浮かぶ。

泣くのよ！　と伸子は赤ん坊に呼びかけた。おもいきり泣くの。泣いて、あなたのいる場所を教えてちょうだい。

「どうした？」

突然、声をかけられて、伸子は飛び上がった。友成徹也だった。屈《かが》むようにして、胸を押さえている伸子の顔を覗き込んだ。

「ごめん。そんなに驚くとは思わなかった。なに、思いつめたような顔して？」

伸子は、ふう、と息を吐き出し、顔を突き出している友成を両手で押し返した。

「なんでもないわ。どいて。アップに耐えられない顔、見せつけないでよ」

「あ、なんという暴言。生まれてこのかた、そんなひどい言われかたしたことないね。それ、本気で言ってるの？　だったら、断固、抗議しますね」

「なに言ってんの。男は顔じゃないって、いつも言ってるのは誰よ」

「へへ、まあね。ねえ、どうしたんだ？　ほんとに。刑事が帰ってから、おぬし、ずっと机とにらめっこしてるんだぜ」

「ひまなのねえ。仕事しなさいよ。人の顔ばっかり眺めてないで」

「どうして、そう冷たいの？　そこらへん、じっくり伺いたいんだけどね。聞かせてくれないか。ひとつ、そう、夜を徹してとかさ。君の部屋で」

伸子は、友成を睨みつけ、ゲンコツをくらわせる真似《まね》をした。友成は、おお怖い、とふざけながら自分の机へ戻った。その時、伸子はふと、自分の握った拳《こぶし》を眺めた。あ……。

無意識のうちに立ち上がっていた。バッグをひっ摑《つか》み、編集部を飛び出した。エレベーターのボタンを押して、ふと、思い返した。田所《たどころ》編集長には、言っておいたほうがいいかも知れない――。

伸子は、いったん編集部へ足を返した。

5

タイヘイ商事は品川《しながわ》にあった。

伸子はよく知らなかったが、事務機器を扱っている大手の販売会社だそうで、それらしく一階はフロア全体がショールームになっていた。OAブームだとかで、オフィスには、やれファクシミリだ、コンピューターだ、ワープロだと、最新鋭の機械が次々に現われる。そのひとつひとつは便利で優秀なのだが、使う人間のほうがついていけない。あれもこれもと、新しい機械を導入する会社の経営者の考えが、伸子にはどうもよくわからなかった。新しい道具を使うということは、考え方も新しくすることではないのだろうか？　それをしないで、機械だけ変えている。——まあ、月刊『スクエア』の編集部は、あまりにも変わらなすぎるけど。

まず人事課で、古橋牧子の所属していた部課を問い合せた。総務だと教えられたが、部屋を出ようとしたところを人事課長に呼び止められた。

「記事になさるんですか？」

人事課長は、伸子と伸子の名刺を見比べながら言った。

「さきほど警察の方にも、申し上げたんですが、あの古橋さんという人は、もうウチの社員ではありませんのでね。半年以上も前に辞めているんです」

「ええ、存じています」

「もちろんトラブルがあったということではなくて、古橋さん自身の都合で辞職願を出されたわけですからね。そこのところを、考慮していただきたいですな。古橋さんが殺されたことは、大変お気の毒ですが、それがウチと何か関係があるというような書き方をされては困ります」

「はい。わたくしは、ただ、古橋牧子さんの以前のお友達にお話を伺いたいと参っただけですから、オタクの会社をどうのということではありません」

「そうですか。ま、よろしくお願いします」

人事課長は、言いたいことだけ言い、訊きたいことだけ訊くと、部屋へ戻って行った。つい、溜息が出た。辞職願を出した時の牧子の気持ちを思いながら、伸子は教えられた総務部へ向かった。

総務をざっと見渡し、伸子は、一人の女子事務員に目をつけた。お仕着《しき》せの制服は身体の線に合せて仕立直してある。襟元《えりもと》の白い肌には幅のひろい金のネックレスが見える。栗色にカールした髪と、ややきつめのアイシャドウ。膝に載せた週刊誌を眺めながら、爪を磨いていた。――外見からだけの判断だが、総務部の中では彼女が一番の情報通に見えた。彼女が会社に来る目的は仕事ではないのだ。仕事以外のことなら、彼女はエキスパートに違いない。

「あの、ちょっとごめんなさい。ここに、ボクシングの好きな女性がいるって伺ったんだけど、それ、どなたかご存じ？」

女子事務員は、え、と面喰《めんく》らったように伸子を見上げた。差し出した伸子の名刺の肩書を興味深げに眺め「ボクシング？」と訊き返した。

「ええ、総務って伺ったんだけど、違ったかしら？」

「違わないわ。西川《にしかわ》やよいのことでしょ？　あの子、変わってるわ。あんな野蛮《やばん》なもの、どこがいいのかしら」

「西川さんって、どの方？」

「ええっと――」

女子事務員は、首を伸ばすようにして部屋の中を見回した。

「あ、ほら、あそこでコピーをとってるわ」

「どうも、ありがとう」

西川やよいは、眼のくりくりっとした小柄な女の子だった。さっきの女子事務員とは対照的にまるで化粧っ気がない。

伸子は、やよいの仕事がひと区切りつくまで、少し待った。コピーをまとめ、課長の机に運んでから、帳簿の開きっぱなしになっている自分の机へ戻ってきた。

「すいません。ちょっといいかしら？」

「はい、なんでしょう？」

「西川やよいさん？」

「はい」

さっきの女子事務員には渡さずにそのまま持っていた名刺を、西川やよいに差し出した。

「あなたのお好きなボクシングのことで、ちょっとだけ伺いたいんです。そんなに時間は取らせませんけど、よろしいかしら？」

「いいですけど……ここで？」

西川やよいは部屋に目を泳がせた。

「このビルの横に喫茶店がありますね。あそこで待ってますから、手が空《あ》いたら来ていただけます？」

「じゃあ、こうして下さい」

と西川やよいは声を落とした。

「あたし、これが済んだら、外へ届けものに行くことになってるんです。その時に、いいですか？」

「けっこうです」

「十分ぐらいで行けると思いますから」

伸子が喫茶店で待っていると、西川やよいはじきにやって来た。きょろきょろとあたりを窺《うかが》うような感じで入ってきて、伸子の前に坐《すわ》るとペロッと舌を出した。

「ごめんなさいね。忙しいのに」

言うと、いいのいいの、というように手を振った。ウエイトレスにクリームあんみつを頼み、太るなあ、とつぶやいて、また舌を出した。

「ボクシングがお好きなんですって？」

「はい、まあ……観るだけですけど」

残念そうに言った。できれば、リングの上に立ってみたいんだけど……そんな、ひびきが言葉の中にあった。

「一人で観に行くの？」

「このごろはね」

「というと、前は誰かと一緒に？」

「うん……友達なんか誘ったりしてたんだけど、ボクシングっていうと、女の子はやっぱり敬遠しちゃうのね。残酷だって思うらしくって。そんなこと全然ないのに……」

運ばれてきたクリームあんみつに、八つ当たりするかのようにスプーンを突き刺した。その自分の仕種《しぐさ》に照れたのか、クリームの大きなかたまりを口に放り込んだ。

「なるべく前のほうの席で、できるならかぶりつきで観るのが一番なんです。キュッキュッてマットの音なんか聞こえるようなとこ。息遣《いきづか》いなんか、もう、もろに聞こえてくるの。すごいんですよ。あたし、極限状況におかれたボクサーが、自分を前へ前へ駆り立てていってる姿って、すっごく好き。考えただけで興奮してきちゃうわ。どうして、あれを残酷とか野蛮だとかって思うんだろう。そういうものと、まるで違うんですよ。でも、誘うと、いやいやって逃げちゃうのね」

仲子は、西川やよいと一緒にボクシングを観てみたい気がした。彼女の言う通り、最高に興奮する時間が持てそうな感じがする。

「男の人と行けばいいじゃないの」

「無理ですよ。相手がいないもん。それに、男の人は、ボクシングが好きだって女の子よりも、音楽だとか絵だとかに興味を持ってる子のほうが無難だと思うんじゃないですか？　あたし、前、好きだった人がいて、デートした時、ばかみたいにボクシングのことべらべら喋《しゃべ》っちゃったのね。そしたら、そのあと、まるっきり声もかけてくれないもの」

西川やよいは、面白そうにクスクスと笑った。仲子も笑い、ほんの少し会話がとぎれた。やよいがクリームあんみつを食べるのを眺めながら、仲子は訊いた。

「古橋牧子さんをボクシングに誘ったことない？」

「…………」

やよいの手が、ふっと止まった。

「どうして、古橋さんのことを？　あの人、殺されたって……ほんとですか？」

「だそうだわ。ねえ、大切なことなの。だいぶ前のことかも知れないけど、古橋牧子さん、ボクシングを観に行ってるの。友達と一緒に行ったというんだけど、それ、西川さんだったんじゃない？」

丸い眼を見開いて、やよいは伸子をみつめた。小さく頷いた。

「一年以上も前ですけど、一度だけ、後楽園ホールに連れてったことがあります」

「ああ、やっぱりそうなのね」

「古橋さんは、一度で懲《こ》りちゃったみたいで、あとは全然だったけど……でも、そんなこと、どうして……」

「その時、会社の誰かに会わなかった？」

「誰かって……」

「タイヘイ商事の社員の人。男性だけど、総務の人じゃないと思うの」

やよいは、スプーンの先についた餡《あん》を寒天《かんてん》の上になすりつけていたが、ふっと顔を上げた。

「あ……うんうん、会った会った」

「誰？」

「ええとね、営業の男の人で、あれ、なんていったかなあ。シモツキ、シモツキなんとかっていったと思うな……ちょっと二枚目でさ、カッコいい人、ええと……」

「シモツキ？　下の月？」

「うーん。よくわかんない。営業の人って、あたし、ほとんど知らないんです」

「どうもありがとう。助かったわ」

そう言って、伸子は伝票を摑んで椅子から立った。

「え？　それで、いいんですか？」

ぽかんとして見上げている西川やよいに、伸子はにっこりと笑ってみせた。もっと話がしたかったが、いまはとにかく、急がなければならなかった。

伸子はもう一度、タイヘイ商事人事課へ戻り、そこから営業部に回った。一応の調べを終え、通りの電話ボックスから編集部へ連絡を入れた。

「ああ、入江君か。さっき辻村先生から電話があったよ」

編集長の田所は、伸子の電話を待っていたような感じで一気に言った。

「連絡、ついたんですか？」

「うん。一応、君から聞いたことを伝えて、警察のほうへ直接電話して貰った」

「ああよかったわ。それで、タイヘイ商事のほうなんですけど、古橋牧子さんの相手の男がわかりました」

「なに？　ほんとか」

田所編集長が声を上げた。

「ええ、タイヘイ商事営業部の霜月礼司《しもつきれいじ》って人なんです」

「ちょっと待て、なんだって？　タイヘイ商事営業部の？」

「霜月礼司。霜柱の霜、満月の月、礼儀作法の礼、ジは、つかさです」

「確かなのか？」

「ええ、この人に間違いありません。この人が古橋牧子さんを殺したんです。今日、霜月礼司は会社を休んでるんですよ」

「休んで……」

「古橋さんの殺された、昨日の今日ですよ。絶対に黒です」

突然、田所編集長が怒鳴った。

「入江君！　君、霜月礼司に会いに行ったのか？」

「いえ……ですから、休みで会えなかったんです。編集長に警察へ連絡して貰って、これから霜月礼司の自宅のほうへ行ってみようかと思ってるんです」

「いかん！」

「え……？」

「帰って来い！」

「編集長……だって」

「だって、じゃない。警察へは俺が連絡する。君は帰って来るんだ」

「でも、早くしなきゃ……」

「でも、じゃない。もし、霜月礼司が古橋牧子さんを殺した犯人だったらだな――」

「もし、じゃありません。十中八九、犯人は霜月礼司に間違いないんです」

「だったら、なおさらだ。君は、殺人犯のところへ行こうとしているんだぞ。狂ったのか？　警察に任せろ」

「編集長、でも、赤ちゃんが……」

「警察の仕事だというんだ。君は、古橋牧子さんの相手の男をつきとめた。それで充分だ。それ以上、素人《しろうと》がチョロチョロするんじゃない。わかったか！」

いきなり電話は切れた。田所編集長の怒鳴り声が、じいんと耳に残っている。はやる気持に変わりはなかった。赤ん坊の居場所は霜月礼司が知っているはずだ。霜月を問い詰めて、赤ん坊の安否を確かめたい――。

だが、仲子には田所編集長の正しさもわかっていた。実際、仲子がどう足掻《あが》いてみたところで、なんの役に立つわけでもない。へたをすれば、事態を悪化させてしまう可能性だってある。仲子は、霜月礼司が古橋牧子殺害の犯人だというなんの証拠を摑んでいるわけでもない。それがのこのこ出掛けて行って、一体、どうなるというのか？　霜月が狂暴化して、仲子までが殺されるようなことだって有り得るのだ。田所編集長は、それを言ってくれたのだ。そんなことになったら、かえって迷惑をかけてしまう。警察に任せておけばいい。そうなのだ。

伸子は、唇を嚙んだ。バッグを摑むと、紙オムツの感覚が手に甦《よみがえ》った。

6

編集部に帰ると仕事が待っていた。

座談会の原稿の整理を終えてしまわなければならない。字数を計算すると、あと三百字分は削る必要がある。削るなら、テーマと離れた雑談の部分ということになるが、あまりそれをやってしまうと、話がかなり堅くなってしまう。堅すぎるのは考えものだ。出席者の魅力が消えてしまう。かといって、写真をこれ以上小さくすることは無理だろう……。

ふと、作業が止まる。これで何回目だろうか？　窓の外はそろそろ暗くなりかけていた。刑事たちは霜月礼司を逮捕しただろうか。赤ちゃんはみつかったのかしら……。

考えてみたところで、どうなるものでもないとはわかっていながら、伸子の気持は、つい、事件のほうへ向いてしまう。

頭を二、三度強く振り、目をむりやり割付け用紙に向けた時、部屋の入口に人の気配がした。

あ、と伸子は立ち上がっていた。刑事だった。ソバ屋のオヤジと、波木刑事——。

伸子は、二人の刑事に駆け寄っていた。

「あの、どう……」

ソファを勧めるのももどかしく、伸子は刑事に問いかけた。ソバ屋が、手を振った。

「いや、ひとつ教えていただきたいと思いましてね。また伺いました」

「赤ちゃんは……？」

「いや、残念ながらまだみつかっておりません」

まだ……？　伸子は、眉《まゆ》を寄せた。心細い視線を二人の刑事の間で泳がせた。

「霜月礼司じゃ……なかったんですか？」

「まだ、わかりません。心証としては、ひっかかるところもあるんですが、どうも難しいんですな、これが」

ソバ屋は、首の後ろを、とんとん、と叩《たた》きながら答えた。

「難しい、といいますと？」

伸子の質問に、波木刑事が頷いた。前歯の欠けた口を開いて、ゆっくりと言った。

「アリバイがあるんですよ」

「アリバイ……」

「ええ、古橋牧子さんは昨日の午後十一時から、今日の午前一時の間に殺害されたと思われるんですが、霜月礼司にはその時刻のはっきりしたアリバイがありましてね」

「そんな……だって、古橋牧子さんの相手の男は霜月礼司だったんですよ。それに、彼は今日、会社を休んでいるんです」

「休んだことは事実ですがね、霜月が古橋さんの相手の男であったかどうかは、はっきりしていません」

「…………」

「それを伺いたいと思って来たんですよ。入江さんが、霜月礼司だと断定なさる根拠は、どういうものなんですか？」

歯痒《はがゆ》かった。警察のやり方とは、こういうものなのだろうか？　こうしている間に赤ん坊がどうにかなったら、どうするつもりなのだ。

伸子は、そう言いたい気持ちを堪《こら》え、古橋牧子の、男との出会いがボクシングであったことから、霜月礼司に行き着くまでの経過を説明した。

「西川やよいさんですね」

波木刑事は手帳にその名前を書き込みながら訊き返した。

「はい」

「タイヘイ商事の総務部」

「そうです」

「わかりました」

波木刑事が頷き、手帳をパタンと閉じた。腰を浮かしかける。

「あ、ちょっと待って下さい」

引き揚げようという刑事たちの仕種を見て、伸子は慌《あわ》てて引き止めた。

「霜月礼司には、アリバイがあるとおっしゃいましたね」

「ええ。非常にはっきりしたアリバイがありました」

「どんなアリバイなのか、教えていただけませんか？」

訊くと、波木刑事は、にやりと笑いかけた。抜けた前歯のためか、なんとなく不気味な顔に見える。

「ははあ……」

と、波木刑事は人差指を立て、リズムをとるようにその指を振ってみせた。

「え？」

「アリバイ工作をしたのだと考えているんですね。トリックを発見しようというわけですか」

「いいえ、そんなんじゃ……」

「いいですよ」

と、刑事はもう一度ソファに腰を下ろした。

「お話ししましょう。ただ、これがアリバイ・トリックだとすると、解くのはかなり難しいですがね」

「…………」

波木刑事は、手帳を取り出し、ええと、とページを繰った。うん、とひとつ頷いて、伸子にちらっと視線を投げた。

「我々が調べたところ、霜月礼司は昨日の夜九時ごろ、新宿のあるバーに現れています。彼はその店に来た時からかなり荒れていて、店の客たちにずいぶん当たり散らしていたようです。彼が大声を出すのがカンにさわったある客が、いきなり霜月礼司に殴りかかりました。それが、だいたい十時ごろだったそうです。それで、とっくみあいの喧嘩《けんか》になって、店の者が警察を呼んだのが、十時十二分でした。警官は十時十五分にその店に到着し、霜月礼司と喧嘩相手を交番へ連れて行きました」

ちょっと言葉を切った。伸子は、刑事の顔をじっとみつめていた。

「二人とも怪我《けが》はさほどではなかったし、店も被害届は出さないということで、酔いを醒《さま》してからお説教だけで帰しました。シュンとなった二人が交番を出たのは、二時を過ぎていました」

「十時十五分から二時まで……」

吸い込んだ空気が、溜息になって漏れた。

「そうです。むろん、取調べに当たった警察官が、霜月礼司とはなんの関係も存在しないことは明らかです。霜月礼司が警察官を買収してアリバイ工作をやったのでないことは確かです。古橋牧子さんの殺されたのは、十一時から一時——霜月礼司には、完璧なアリバイが証明されたんですよ」

「それは、霜月礼司本人に間違いはないんですか？　誰かが霜月の名前を使って彼がその時間そこにいたという……」

「霜月礼司が免許証の偽造をしていないかぎりはね」

「免許証？」

「警察官は、霜月礼司から免許証の提示を受けています。ご存じでしょう？　免許証には、カラーの顔写真が貼付されています。警察官はそれで、本人であることを確認しているんですよ」

伸子は、言葉につまった。訊いていいものか迷ったが、思い切って口にした。

「あのう……死亡推定時刻というのは、絶対なものなんですか？」

波木刑事は、愉快《ゆかい》そうに声を上げて笑いだした。鼻の頭をごしごしと手の甲でこすりあげた。

「解剖の結果を待たなければ、もっとはっきりしたことはわかりませんがね。いままでの我々の経験から言って、まず、さほどの狂いはありません。何年も経《た》っている死体ならともかく、半日足らずで発見されたものですからね」

刑事に返す言葉は、もう、なにもなかった。それを見て、刑事たちはソファを立った。

「これで失礼します。また、なにか気がついたことがあったら教えて下さい」

伸子は刑事の去って行くのを黙ったまま見送った。力なく自分の机に戻った。

「どうした？」

田所編集長が、声をかけてきた。伸子は、いいえ、と首を振った。

どうにも納得がいかなかった。

では、古橋牧子を殺したのは誰なのだ？　古橋牧子は、どんな理由で、誰に殺されたのか？

わからなくなった。なにもかも、わからなくなってしまった。ふと、伸子は自分が霜月礼司に一度も会ったことがないのに気付いた。

アリバイ――。

なにかを見落としているのではないだろうか？　完璧なアリバイ。崩《くず》しようのない、あまりにも明白な時間。どこかに――どこかに大きな間違いがあるのではなかろうか。

しかし、いくら考えてみても、仲子にはそれがなんであるのかわからなかった。ただ、もやもやとした割り切れない思いだけが、仲子を苛《いら》つかせていた。

仲子は、アパートへ帰る気がしなかった。今日はここで徹夜しよう。そう思った。仕事はある。実際、やらなければならない仕事は、うんざりするぐらいあった。仕事でもする他に、この苛立ちを消す方法は思いつかなかった。仕事をすれば消せるのかどうか、それも、自信はなかったけれど……。

「食べない？」

夜中近く、友成徹也が仲子に声をかけた。わら半紙を拡げた上に薄べったい焼大福餅のようなものをふたつ、載せている。

「あら、友成クンも残ってたの」

「ひでえなあ。存在すら認めてもらえないのか。いましたよ。ずうっと、仕事をしておりました」

「へへ、ごめん」

ほんとに気がつかなかった。もっとも、編集部ってところは、机の上、間、横、いたるところに雑誌だの書類だのがうずたかく積み上げてあって、どうかすると立ち上がっても向うが見えない。編集者の仕事は本来、個人プレーなのだ。同僚の存在に気がつかない時も、けっこう多い。

「食えよ」

「なに、これ？」

「ウメガエモチ」

「え？」

「梅の枝の餅って書くんだ。梅枝餅《うめがえもち》。太宰府《だざいふ》の名物さ」

「へえ……」

「東風《こち》ふかば匂い起こせよ梅の花、ってのがあるだろ？　あれさ、太宰府に飛び梅ってのがあって、それに因《ちな》んだ土産物《みやげもの》だな。出版部のやつが九州に行って買って来たんだってさ」

「ふうん、おいしそうね。じゃあ、お茶いれるわね」

「ありがたい！」

「なんだ、結局は、あたしにそれをさせたかったわけか」

へへ、と笑う友成を睨みつけ、伸子は二人分の茶を用意した。食べようと餅を取り上げたところに、電話が鳴った。

「月刊『スクエア』編集部です」

「あ、伸子チャン？　あたし、辻村」

「先生……」

驚いて受話器を持ち直した。

「あのさ、いまからちょっと来られない？」

「……行くって、あの、先生、どちらにいらっしゃるんですか？」

「仕事場よ」

「ええっ？」

なおさらびっくりした。仕事場……？

「きのうのあの娘、殺されたっていうじゃないの。取材なんて、おちおちやってらんないわよ。なんだか、気になって仕方がないからさ、帰ってきちまった」

「すいません。変なことお耳に入れてしまって……」

「なに言ってんの。人が死んだんじゃないさ。とにかく、車すっ飛ばしていらっしゃい。見せたいものがあるから」

7

六本木の辻村園子の仕事場に着いたのは、それから二十分ほど後だった。

「先生……」

ドアを開けてくれた辻村園子を、伸子は不安な気持を抑《おさ》えて見た。

「まあ、おあがんなさい」

辻村園子は、いつものステテコ姿ではなかった。薄紫のスーツは、まだ、上着も脱いでいない。取材先からトンボ返りして、そのままなのだろう。すい、と先に奥へ入った辻村園子について、伸子はダイニングへ足を入れた。

「あの古橋牧子って子、前にあたしに手紙を出したってなこと言ってたの思い出してさ。捨てちまったかどうか、自信もなかったんだけど、とにかく探してみようと思ったのよ。それで、ここに来たらね、これがポストに届いてたのさ」

そう言って、辻村園子はテーブルの上の封筒を目で示した。

伸子は、椅子に腰掛け、その封筒を手に取ってみた。『古橋牧子』と、差出人の名前があった。消印は、きのうの日付が押されている。

伸子は、辻村園子のほうへ目を上げた。

「読んでごらん」

辻村園子は、伸子をみつめたまま、煙草を取り出してくわえた。伸子は封筒の中身を取り出した。便箋で四枚あった。

辻村先生。

とつぜん、お訪ねして、ご迷惑をおかけしました。先生に、お言葉をいただいて、ようやく決心がつきました。

私は、やっぱりこの子を自分で育てていく自信がありません。造花を作る仕事ならアパートでもできるので、やっていますが、いくら一所懸命にやっても、一日千円にもならないのです。一本が二十七円で、一時間には四本が精一杯です。赤ンボの世話をしながら、八時間も十時間も造花ばかり作っていると、涙ばっかり出てきてしまいます。

ばかでした。なんにも知らないばかでした。それに、私は、先生がおっしゃったとおり、この子を道具にしようと思っていたのです。ほんとにこの子には、申し訳のないことをしました。私には、この子の母親になる資格なんかないんです。食べさせることもできません。服を買ってあげることもできません。それどころか、父親の腕で抱いてもらうことすら、私にはかなえてあげられないのです。私がばかだったからです。

いま、私は彼のところに来ています。彼のアパートの部屋でこの手紙を書いています。彼は、ずいぶん前に私とこの子を置いて出て行きました。私はこの子を頼みにきました。せめて、この子だけでも、みてあげて下さいと、彼に頼みにきました。彼はなにも聞いてくれませんでした。私を突き飛ばし、帰れ、とどなって部屋を出て行ってしまいました。それから、もう、ずいぶんたちます。

私はこの手紙を先生に出しに行って、そのあと、もう一度、この部屋に戻ってきます。それで、私は死にます。覚悟はできています。彼の部屋で、私は死にます。そうすれば、いくら彼だって、この子を放り出すことはできないでしょう。私が死んで頼めば、この子を救ってくれるでしょう。私には、そうするしか、もう、方法がありません。それが一番いいんだと思います。

辻村先生、どうもありがとうございました。いっそうのご活躍をお祈りいたします。

さようなら。

古橋牧子

読み終えても、伸子は古橋牧子の手紙を手にしたまま、しばらく身動きができなかった。ショックが、あまりにも大きすぎた。古橋牧子の出した結論が、伸子を凍りつかせていた。

なんて、弱いんだ。なんて、馬鹿なんだ。

伸子には、古橋牧子の考え方も、行動も、理解できなかった。なんとなく、わかるような気がする、などとは言いたくなかった。いや、絶対にわかりたくなどなかった。

結婚して欲しくて、子供を産んだ。それだけでは、まだ、たりないのか？　自分の身体を与え、心を与え、そのために生活のすべを失って、その上、命まで投げ出して頼むのか？

それほどの価値のある男なのか？

伸子は、いまの気持を、どう表現したらいいのかわからなかった。無性に腹立たしく、そして、あまりに悲しかった。

伸子は椅子から立ち上がった。

「お電話、お借りしてもよろしいでしょうか？」

辻村園子は声に出さず、どうぞ、と手で合図した。伸子はバッグから手帳を取り出し、受話器を耳に当てた。

この時間に、と思ったが、波木刑事は教えられた電話の場所にいた。

「入江さん、ちょうどよかった。こちらも、連絡しようと思っていたんですよ。時間が遅いから、明日にでもと――どうされました？」

波木が、勢い込んでいた口調を改め、用件を訊ねた。

「真相がわかりました」

「真相？」

「はい。古橋牧子さんは、霜月礼司に殺されたのではなく、自殺したんです」

「自殺……あの、入江さん、それは」

「古橋さんは、一人で生活して、一人で子供を育てる自信がなかったんです。それで、霜月礼司に、子供だけでも引き取ってもらえないかと頼みに行ったんです。ところが、霜月は、彼女の言うことを聞いてくれませんでした。霜月は、古橋さんと赤ちゃんを自分の部屋に置いて、バーへ飲みに出掛けてしまいました。残された古橋さんは、思いあまって自殺することを考えたんです。自分がここで死ねば、霜月礼司も考え直してくれるだろうと思ったんです。彼女は子供を霜月に預けるために、自分の命を捨ててみせたのです」

話し続けるのが、苦痛で仕方がなかった。ことさら抑揚《よくよう》をなくして、伸子は話した。

顎《あご》を引き、背筋を伸ばした。

「霜月礼司は、その時間、バーで喧嘩をやっていました。警察で叱られ、ようやく自分の部屋に帰ってきて、彼は古橋牧子さんの死体をみつけたのです。霜月は、たぶん、動転し、死体をこのままにしてはおけないと思ったのでしょう。車で、古橋さんを彼女のアパートへ運んだのだと思います」

「入江さん」

と、波木刑事が口を挟んだ。

「あなたは、それを、どうやって知ったんですか？」

「辻村園子先生のところに、古橋牧子さんから手紙が届いていたんです。それに、そのことが書いてありました」

「あ、それは、ほんとですか？　あのう、見せていただけるんでしょうね？」

「ええ、いま、辻村先生の仕事場にお邪魔しています。ここに、先生もおられます」

「そうですか。じゃあ、これからさっそく伺います」

「それよりも、赤ちゃんを探して下さい。それが一番心配なんです」

「ああ、そのことなら、大丈夫です」

「え？」

「我々だって、仕事はやってるんですよ。霜月礼司のアパートに、刑事を張り込ませていたんです。夜になって、霜月が血だらけのカーペットを車で運びだそうとしているのを、呼び止め、署に連行しました。霜月は死体遺棄を認めましたよ」

「赤ちゃんは……？」

「霜月の姉のところに預けられていました。保護しましたから、心配はありません。たぶん、まずは施設でみてもらうことになるでしょうが、我々としても、ひとまずは安心というところですよ」

8

「しかし、まあ」

と辻村園子は、顔をしかめて言った。

「なんだか、この手紙を読むとさ、あたしが自殺しろと言ったみたいで、厭《いや》な気分だよ」

「違います」

伸子は、大きく首を振った。

「先生は、古橋さんに、自分で考えて自分でやりなさいって、おっしゃってたじゃありませんか。彼女は、そうしなかったんですもの」

辻村園子は、へえ、というように伸子をみつめた。

「伸子チャンも、なかなか厳しいねえ。だけど、女が赤ん坊抱えて、一人で生きていくってのは、並大抵《なみたいてい》じゃないからね」

「ええ、それは、そう思います。でも、それをやってる人だって、現実にたくさんいるじゃありませんか」

「じゃあ、訊くけど、悪かったのは古橋牧子かい？」

伸子は、言葉につまった。霜月礼司がひどい奴だということはわかっている。わかりすぎるぐらい、それはわかっている。でも、伸子には、古橋牧子も許せなかった。

そりゃあ、死んだ人を責めるなんてことは、したくないけれど、どう考えてみても彼女を許す気持ちにはなれなかった。ただ、古橋牧子が、どうして、それほどまでに霜月礼司に縋りつかなければならなかったのか、それを考えていくと、だんだんわからなくなってくる。ひねくれてるのかなあ、と伸子は自分の気持に一発くらわせた。

「伸子チャン、お腹へってない?」

突然、辻村園子が言った。

「あ、なにか作りましょうか。材料、あります?」

伸子は立ち上がり、冷蔵庫を見に行った。

「作るって、伸子チャン、なに作れるのよ。一人暮らしの女性編集者なんて、どうせ外食ばっかりじゃないの?」

「あら、そんなことないですよ。ちゃんと自炊《じすい》してますもの。ようし、見てて下さい。腕によりをかけて……」

「ああ、軽いもんでいいよ。いまの問題は、うまさよりも早さなんだ」

あ、と気付いて、伸子は自分のバッグを覗いた。

「あの、これ一つしかないんですけど、つなぎに召し上がりません?」

「なに？」

「梅枝餅っていうんですって」

「おや、太宰府の」

辻村園子は、餅を包んでいたわら半紙をひろげた。

「ご存じですか？」

「知ってるわよ。梅枝餅ぐらい。へえ、珍しいね。食べていいの？ これ、伸子チャンが食べるつもりだったんでしょう」

「どうぞ、食べてて下さい。その間に、サンドイッチでも作りますから」

「なんだ。腕によりをかけて、どんなもの作るのかと思ったらサンドイッチか」

辻村園子は、ははは、と笑い声を上げた。

「だって先生、早さが問題だって……」

チャイムが鳴った。

「おや、早いね。刑事だな。もう来たのか」

そう言いながら、辻村園子は餅をくわえたままドアを開けに行った。

眠ってサヨナラ

初出：月刊カドカワ　’83年12月号

1

「入江《いりえ》君、『舞台考証』だけどさ、君、引《ひ》き継《つ》いでくれないか」

田所《たどころ》編集長にそう言われ、伸子《のぶこ》は、きた、と一瞬眼を閉じた。やっぱりという気持と、参ったなあ、という気持が半々だ。

「あたしが、ですか」

「そう、君が。今日は？　何か入ってるの」

「これからですか？　いえ、べつに……でも」

「よし」

田所は、頷《うなず》いて受話器を取り上げた。

引き継いでくれないか、とは言うけれど、なんのことはない。要するに、お前やれ、ということなのだ。

月刊『スクエア』には、『舞台考証』というページがある。古今東西の小説に使われた舞台を、カラー写真と随筆で楽しんでもらおうというものだ。シリーズを始めてから、そろそろ一年になるが、けっこう好評で、まとまったら出版部から単行本として出すことも決まった。

これまで、この『舞台考証』を担当していたのは君原真由美《きみはらまゆみ》だった。それを今度から伸子にするというわけだ。理由は、君原真由美が続行不可能になったからである。昨日、君原真由美は交通事故を起こした。バイクをガードレールにぶつけ、放り出されたのである。頭から舗道《ほどう》に落ちた。即死だったそうだ。

「じゃあ、行こうか」

電話を終えると、田所編集長は椅子《いす》から立って上着を取り上げた。伸子は、自分のデスクへ行き、バッグを持って田所の後に従った。

真由美とは違い、二人の足は電車だった。

「聞いたかい？」

吊革《つりかわ》を掴《つか》みながら、田所は伸子に言った。

「なんですか？」

「居眠り運転だってさ」

「え……」

仲子は、思わず田所を見返した。

「警察の人が言ってたよ。事故の原因は、どうやら居眠り運転らしいってことだ」

「そんな……」

信じられなかった。真由美が居眠り運転だなんて……。

「目撃者がいたらしい。その人は、一部始終を見てたんだな。君原クンのバイクは、ずっとふらふらしていたそうだ」

「ふらふら」

「うん。危ないなあ、と思いながら、その人はバイクが近付いてくるのを見てた。彼の脇《わき》を通り過ぎた直後、バイクの横を大型のトラックがよけて行った。その風圧に押されるようにして、バイクがガードレールに直角にぶつかった。カーブを曲がらずにそのまま突っ込んだような格好だったそうだ」

仲子は顔をしかめた。

「やだなぁ。どうしてそんな話聞かせるんですか。見えてきちゃう……」

「いや、そう言うんだよ。オレも聞かされた。今、言ったよりもっとリアルだったんだ。もう、胸が悪くなった」

「編集長、それを、またあたしにまで聞かせて、こっちの気分も悪くしようっていうんですか?」

「いやな、ほら、風邪《かぜ》は感染《うつ》すと治るっていうじゃないか」

「ゴメンですよ。やんなっちゃうな。どういう性格してんですか」

「いや、こっちにも責任があるからね。気が重いよ。入江君も、疲れてたら適当に休むようにしろよ。かなわんよ、こりゃ」

気が重いのを、どうにかして紛《まぎ》らわせようとしているのは、伸子にもわかっていた。とにかく、昨日の昨日まで、君原真由美は一緒の部屋で仕事をしていたのだ。

「でも、どうしてバイクを停めなかったのかしら、そんなに眠かったなら……」

「うん、オレも同じようなことを言ったんだけどね、そういうのは部外者の考え方だそうだ」

「部外者?」

「ああ。居眠り運転の当事者は、停めりゃいいという簡単な判断さえつかなくなってるんだね。まあ、だから事故になるわけだ」

「………」

二人は、なんとなく口を閉ざした。

どうしてこんなこと話してるんだろう、と伸子は思った。

自分の周りで、交通事故に遭《あ》った人間は、これまでいなかった。事故のニュースはしょっちゅう聞くけれど、それはまるっきり関係のないところで起こるものだと思っていた。単純で、無防備な考え方だろうが、それが実際のところだった。

だから、事故の知らせを受けた時、仲子はなんとなくピンとこなかった。皆、一様に驚いた表情をしたが、仲子には、そのどれもが借物のショックのように感じた。人の死を知った時、そうしなければいけない儀式のようなものがあって、ただ、その通りやっているだけみたいだった。

情が薄いのかしら、と仲子は自分を思ったが、いや、そういうのとは関係ないわ、と思い返した。

どうも納得のいかないところが、ひとつだけあった。

真由美が居眠り運転をした、ということだ。

そりゃあ、真由美は仕事をいくつも抱えていた。「忙しいったら、ありゃしない」と、節をつけて言うのが、真由美の口癖《くちぐせ》だった。そういう時の彼女は、とっても楽しそうだった。暇《ひま》で死ぬことはあったとしても、忙しすぎて死ぬなんて、真由美には考えられなかった。

それに……。

と、仲子は昨日の真由美を思い返した。

君原真由美は、昨日、編集部を出る前に、仲子に声を掛けた。

「仲子チャン、自由ヶ丘《じゆうがおか》にさ、あたし、すっごくおいしいスパゲティ屋さんみつけちやった。今日、食べに行かない？　タラコのスパゲティがメチャウマなの。行かない？　奢《おご》らしてあげるからさあ」

運転もできないほど疲れている人間が、スパゲティに誘うだろうか？　眠くて仕方がない人間が、あんなに楽しそうに跳《は》ねまわっていられるものだろうか？

どうも、わからなかった。ただでさえ、実感の湧《わ》かない真由美の死が、居眠り運転と聞かされて、一層遠のいてしまったように思えた。

「おい、なにポケーッとしてるんだ。降りるぞ」

田所に言われて、伸子は慌《あわ》ててバッグを持ち直した。

2

総合観光本社ビルは、京橋《きょうばし》にあった。

大手の旅行会社で、国内各地はもちろん、海外にも多くの支店を持っている。『舞台考証』では、この総合観光に協力を頼んでいた。

取り上げられる小説はさまざまで、当然、その小説の舞台も世界各地へ飛ぶ。つねに現地取材をするとなったら、この企画だけでかなりの経費がかかってしまう。そこで「取材協力・総合観光」と入れることで、なんとかシリーズを続けていこうという考えなのだ。随筆は、その回ごとに、取り上げる作品に因《ちな》んだ作家や評論家、あるいは学識者などに頼むのだが、写真や情報の提供は、ほぼ総合観光に頼っている。会社の宣伝にもなることであり、総合観光は最大限の協力をしてくれていた。君原真由美の事故も、この総合観光本社ビルへ打ち合わせに行った帰りに起こったことであった。

六階建の二階に、事業部広報課はある。ドアを入ると、目の前の衝立《ついたて》に「北欧十日間の旅」だとか、「ハネムーン・イン・アカプルコ」だのといったポスターが貼られている。衝立の向うは、広いフロアにスチールデスクがずらりと並び、広報課は左の奥だった。

「月刊『スクエア』ですが、重森《しげもり》課長さんはおられますか？　さきほど、お電話でこの時間のご都合が良いとお聞きしたんですが」

田所が、手前の女子社員に声を掛けた。

「あ、ええと……すいません。あら、どうしようかしら」

女子社員は立ち上がり、困ったように、あたりを見回した。

「あ、席をお外しですか。待たせていただければ……」

「いえ、あの……課長は、さっき会議中に倒れて、病院に――」

「え？」

田所と伸子は、思わず顔を見合わせた。

「あの、倒れたって、それは……」

「すいません。あのちょっと、あちらでお待ちいただけますか。いま、代わりの者をやりますので」

そう言って、女子社員は二人を応接室へ案内した。

「すいません。すぐ、参りますから」

彼女は再びそう言い、逃げるように部屋を出て行った。

「どういうことなんだ、いったい」

田所が伸子に言った。

「あたしに、そんなこと訊《き》かれたって……」

「うん、まあ、そりゃそうだ」

担当の君原真由美が居眠り運転で事故死し、彼女が訪ねた当の重森課長が会議中に倒れる……。伸子は、いよいよ気が重くなった。

しばらくすると、さきほどの女子社員がコーヒーを運んできた。彼女は、テーブルの上にカップを置き、何も言わずに出て行った。

田所は首を傾《かし》げ、スプーンの脇に添えられた紙袋入りの砂糖を取り上げた。

「病院に行った？」

また、呟《つぶや》いた。

広報課長の重森冴子《さえこ》については、時々、真由美から聞かされていた。総合観光の広報課というところは、真由美に言わせるとかなり「ススンでる」ところで、前任の課長もやはり女性であったらしい。旅行会社の顔ともいうべき広報課に、二代続けて女性課長が出たということは、総合観光もなかなかのもんだ、というわけだった。伸子にしてみれば「顔」であるからこそ、女性なのではないか、などと、つい勘繰《かんぐ》ってしまうのだが。

しかし、重森冴子がかなりのやりてであることは確かなようだった。現に、先月、重森課長は月刊『スクエア』に一つの提案を出してきた。

『舞台考証』は、とても良い企画だが、そこに読者の参加を求めてはどうか、というのである。懸賞企画を立て、応募した読者の中から抽選で二名を『ヨーロッパ文学名所探訪の旅』に招待するというものだ。例えば、そこに人気作家を同行させれば、かなりの反響があるだろう。その探訪記を、作家と読者に書かせ、月刊『スクエア』に載《の》せればいい。ウチのPRにもなることだから、費用は総合観光が持つ。

聞けば、重森課長はそういった企画をテレビ局にも持ち掛け、いくつかを成功させているという。

「すっごく決断の早い人なの」

と真由美は伸子に話したことがある。

「パッと思いついて、パッとやっちゃう人なのね。気持がいいったらありゃしない」

真由美は、ふふ、とそこで肩を竦《すく》めた。

「と思うと、けっこうあれで苦労してるみたいよ」

「なにが？」

「ちょっと太めなのよね、彼女」

「ああ……」

「甘いものが大好きっていうんだけど、太るのはイヤなわけね。それで、ダイエット・シュガーかなんか、バッグに入れて歩いてんのよ」

「ダイエット・シュガー」

「あたし、この前、ひとつ貰ってコーヒーに入れたんだけどさ。あれ、けっこう甘いのね。聞いたら、ウチの料理も、全部ダイエット・シュガーなんだって」

やりてなのだろうが、可愛いところも併《あわ》せ持っている女性らしい。

「それとさ、甘いのはそれだけじゃなくて、夫婦の仲もベタベタなの」

「夫婦の仲？」

「ウン。だって、ほとんど毎日、旦那《だんな》が迎えに来るのよ」

「重森課長を？」

「そ。旦那は、東洋フォトサービスって写真撮影の会社の営業マンでね、まあ、つまり総合観光のツアー同行カメラマンとか、そういうのは、その旦那のとこでやってるわけよ。そういう出入りなんかがあって、そもそものなれそめも、そんなところだったらしいんだけどさ」

「へえ……」

「一度だけ、その最愛の夫っての、見ちゃったわけよ。チャールズ・ブロンソンとジャン・ポール・ベルモンドを足して四で割ったような人だったけどさ」

「二でしょう？　足して二で割るんじゃないの」

「そこまでは、ちょっと、ね。もう半分にしたほうが言えてるって感じ」

そういう真由美の前宣伝も手伝って、伸子は一度、重森冴子に会ってみたいと思っていたのだった。むろん、こんな形ではなく、真由美から紹介される格好で……。

田所と伸子は、しばらく待たされた。

コーヒーもあらかた飲み終えたころ、応接室のドアが開いて、三十前後の男が顔を見せた。

「遠藤《えんどう》と申します。せっかくのところを失礼いたしました」

色の白い、細身の男で、「広報課　課長補佐」と肩書の入った名刺を出す手は、いささかオカマめいている。

「いえ。なにか、課長さんは会議中に……」

「はい。過労、と思いますが、ご心配いただくほどではないと思います」

「病院へいらしたとか」

「ええ、大事をとりまして、救急車に来てもらいました」

「救急車……！」

「いやいや」

と、遠藤は手を振り、チラリと伸子のほうへ流し目を向けた。思わず、ぞくりとした。

「以前にも、このような？」

「いえ、救急車というのは初めてです。まあ、課長は、ご存じの通り精力家で、とにかく飛び回っていなければ気のすまない人ですから、ずいぶん無理はしているんじゃないかと思いますが。最近、時々、仕事中でも頭痛を隠すようにしているのが見えたり、机に向かったまま、うつらうつらしていることもありましたから」

「はあ、それはいけませんねえ」

「ええ、だいたい、この広報課というのがちょっと部内でも、ハードすぎる部署でしてね。まして、女性ですから、気も遣《つか》うでしょうし――いや、前の課長も、女性だったんですが、やはり過労が過ぎましてね。ミスが重なるようになってきて、他へ回ったというようなこともあって、私たちも、またそんなことがなければいいがと、心配はしているんですが。まあ、前の瀬戸山《せとやま》課長に比べると、今の重森課長は、ずいぶんソフトな方ですから……あ、いや、どうも妙な話になりまして」

言って、遠藤課長補佐は、また伸子のほうへ、つい、と視線を投げて寄越した。

3

出たついでなのだからと、田所と伸子はその足で病院へ回った。遠藤課長補佐から聞いた病院は、築地《つきじ》にあった。総合観光本社ビルからは、車で五分ほどの距離である。

受付で訊《たず》ねると、重森冴子は診察を終え、病室で休んでいるということだった。消毒薬の匂いがしみついたリノリウム張りの廊下を歩くと、どこかから子供の歌声が聞こえる。

重森冴子の病室は、四人部屋だった。それぞれのベッドは白いカーテンで仕切られ、廊下側の右のひとつに広報課長は寝かされていた。

「あらあら、田所さん。まあ、どうしましょう」

重森冴子は、ベッドから半身を起こして声を上げた。慌てたように寝間着《ねまき》の襟《えり》を掻《か》き合わせ、髪を押さえた。

「いや、すぐに退散いたします。どうぞ、そのまま、そのまま」

田所はそう言い、ベッドの脇で立ち上がった男に一礼した。

その男が誰であるのか、伸子にはすぐにわかった。チャールズ・ブロンソンとジャン・ポール・ベルモンドを足して四で割った男だった。

「いつも家内がお世話になっております」

なるほど、真由美が「ベタベタ」と評するわけだ。妻の入院を聞いて、あっという間に枕許《まくらもと》へ駆け付けるところなど、並の夫婦ではない。

伸子が意外に思ったのは、想像していたよりも、重森冴子が若いことであった。亭主のほうは四十三、四ぐらいだろうか。ところが冴子夫人のほうは、どう見てもそれより十は若い。大会社の課長という肩書、そして、やりてという真由美の評価から、かなりの年配を想像していた伸子は、小気味の良いパンチを食らったような気持になった。

若ければ、どうだというわけでもないのだが、なんとなく嬉しかった。不思議な感覚だった。

「ごめんなさいね。なんだか、かえって迷惑をかけてしまったわ」

重森冴子は、困ったような顔で田所を見た。

「お顔を拝見して、ようやく安心しました」

「たいしたことじゃないんです。ちょっとめまいがしただけなのに……」

そう言って、恥ずかしそうに脇の亭主を見た。

「あ、申し遅れましたが、今度、君原に代わって、この入江が『舞台考証』を受け持ちますので、どうぞ今後ともよろしくお願いします」

一応の紹介をすませ、亭主の名前が重森謙治《けんじ》だということを、伸子は知った。重森謙治は、田所と伸子のために病室の隅から椅子を二脚持ってきた。

「課長さんも、これを機会にゆっくりと静養されたらいかがですか」

田所が言うと、重森冴子は、とんでもない、というように手を振った。

「ほんとになんでもないんですよ。そんな人間ドックに入るような歳じゃありませんわよ。静養だなんて、人をお婆ちゃんみたいに言うと、嚙みつきますからね」

「ははは、こりゃ、失礼しました。いや、そんな意味じゃありません」

「あたりまえです。ほんとにそんな意味だったら、月刊『スクエア』に火つけてやるわ」

そう笑いながら言って、ふと、真顔に戻った。

「君原さん。事故ですって？　びっくりしちゃったわ。私、そのほんのちょっと前まで、お話してたんですもの」

田所は、病人にショックを与えないように言葉を選びながら、事故のあらましを伝えた。

仲子は、なんとなく重森謙治の存在が気になっていた。彼は、始終黙ったまま、妻と田所の会話を聞いていた。

仲子は、話の合い間をみて、亭主殿に言葉をかけた。

「あの、いつも綺麗《きれい》な写真をありがとうございます」

「あ？　いや、これはどうも。お役に立って、私も嬉しいですよ」

「総合観光の写真は、すべて東洋フォトサービスさんで、なさってるんですか？」

「いや、すべてということではないです。他にも業者がいくつか入っています。ウチは女房にだいぶ助けられて、仕事を回してもらってますがね。まあ、これが、最大のお得意さんですよ」

と、ベッドの上の妻を顎《あご》で示した。

「これ、とはなによ。最大のお得意なら、これということはないでしょう」

重森冴子は、嬉しそうに夫に言った。その目を仲子のほうへ返した。

「私が、一所懸命、職権を濫用《らんよう》して取り立ててあげてるんだけど、その割にこの人の成績は、ちっとも上がらないのよねえ」

重森冴子は、クックッ、と笑った。

伸子は、おや、と重森謙治の表情を見た。彼には、妻の言葉が気に障《さわ》ったようだった。すぐ、表情は元へ戻ったが、一瞬、その視線が射るように重森冴子へ向けられたのである。

ずいぶん小さな自尊心を持った男だな、と伸子は思った。彼が、ここに座っている理由が、なんとなくつまらないものに思えてきた。

要するに、君原真由美の事故死を知った時の編集部と同じなのではなかろうか。借物のショックを演じてみせるのと同様に、重森謙治は借物の愛妻家を演じてみせている。そうすることによって、自分を安心させようとしているのだ。

こういう防衛本能もあるのかも知れない、と伸子は、夫婦を見比べながら考えた。

「いやあ、すぐ退散しますと言いながら、腰を落ち着けてしまった」

田所が椅子を立ち、伸子もそれに続いた。にこにこと笑いながら、重森謙治が脇へ寄った時、伸子は彼の起こした風にオーデコロンの匂いを嗅《か》いだ。

4

君原真由美の葬式を終えても、同僚の死という実感は湧いてこなかった。

確かに、真由美のデスクには主《ぬし》がいない。しかし、編集部の全員が顔を合わすなどというのは会議の時ぐらい。あとは、誰がどこにいるのかほとんど知らないような状態で、それぞれが仕事をしているのである。同じひとつの雑誌を作っていながら、何日も顔を見た記憶がないというのはザラだ。

だから、主のいない真由美のデスクを見ても、どこかへ行ってるな、ぐらいにしか感じないのだ。真由美に関する限り、彼女と死というイメージはまるっきり結びつかない。

「ねえ、ストリップ、観に行かない？　あたし、いっぺん観てみたいの。いや？」

などと大声で言いながら、いまにも肩を叩かれそうな気がする。実際、昨日、葬式があったばかりだが、突然彼女がこの部屋に駆け込んで来ても、さほど驚かないのではないかと、仲子は思った。

「どしたい？　脹《ふく》れっ面《つら》などしてからに」

友成徹也《ともなりてつや》が、デスクの横を回りながら声をかけてきた。

「あら、久し振りねえ」

言うと、仲子を見下ろしながら腕組みをして睨《にら》みつけた。

「久し振り？　昨日、お会いしたでしょう」

「そうだった……？」

「君原真由美チャンの、お葬式で」

「冷てんだよなあ。信じらんないんだ、オレ、こういう女。しらっ、と言うもんね――そうね。忘れてた」

「あ、そうか。そうね。忘れてた」

友成の口真似に、思わず吹き出した。

「ゴメン、ゴメン。べつに、無視してるわけじゃないわ」

「しかし、凝視もしてくれないよな」

「穴があくわよ」

「あけてほしい」

「バカ」

顔を近付けてきた友成の鼻を、伸子は指の先でピンと弾《はじ》いた。

「痛えなあ。お前さん、絶対に第三のタイプの女だよ」

「なに、それ？」

「諺《ことわざ》にあるだろ。キスして泣き出す女がいる。怒り出す女がいる。しかし、一番タチの悪いのは、笑い出す女である」

伸子は、本当に笑い出した。

「ウソオ、そんな諺ないわよ」

「あるよ。どっかで読んだもん、オレ。ところでさ」

友成は、デスクの上に肘《ひじ》をついて仲子の顔を覗《のぞ》き込んだ。

「オヌシ、『舞台考証』やるんだって?」

「ウン」

「いいなあ。あのさ、例の懸賞企画、進めるんだろ?」

「どうかな、わかんない」

「実現しようぜ。それでさ、オレも、連れてってくんない?」

「連れてくって、友成クンを?」

「そ」

「なんで?」

「なんでってことないでしょう。行くとなったら、オヌシも行くんだろ? 雑誌側として」

「まあ、そうね」

「じゃ、オレも」

「どういう魂胆《こんたん》?」

「コンタン? そんなもの、あるわけないじゃありませんか。名作の空気に触れたいのですよ。ボクの精神の故郷《ふるさと》に、身をゆだねてみたいのですよ」

「怪しいもんね。貞操帯《ていそうたい》してかなきゃ」

「あ、なんだ、それ！」

「身をゆだねるところ間違えられるといけないもの」

友成は、眉を寄せてみせた。にこっと笑い、小首を傾げた。

「ちょっとぐらいは、脈があるかな？」

「おあいにくさま」

友成が、へへっ、と笑った時、デスクの上の電話が鳴った。眉を、ひょいと上げ、伸子より先に友成が受話器を取った。

「はい月刊『スクエア』、ああ、オレ」

電話に答えながら、友成は伸子のデスクに拡げられた原稿の一枚を取り上げた。伸子がそれを取り返した。

「え、なんだ？　おい、ちょっと困るよ。先生には二時にって、お願いしてあるんだぜ。こっちの都合で変更なんかできるわけないだろ。お前だめなら、他の奴よこせよ。なに言ってんだ、とにかく三十分前には来いよ」

放り出すようにして、友成は受話器を置いた。

「どうしたの」

伸子が訊くと、友成は首を振った。

「どうもこうもないよ。カメラマンが身体の具合悪いから、来れないってんだよな。

暗室にこもり過ぎて、現像液にやられたってさ」

「現像液にやられた?」

「ああ、暗室には、酢酸《さくさん》とかさ、いろいろあるじゃないの。身体によくない物がさ……しかし、そんなこと言われたってなあ。ちくしょう、ええと、誰かあいてるかな」

そう言って、友成はあたふたと自分のデスクへ戻って行った。

編集部に刑事が訪ねてきたのは、そんな時だった。

5

やあ、と刑事は嬉しそうに、伸子に笑いかけた。

波木《なみき》刑事だった。以前、未婚の母親が変死した事件で、何度か会ったことがある。ちょっとゆるめの野球選手という印象は、いまでも変わらない。

「おられましたね。よかった。今、忙しいですか?」

伸子は立ち上がった。

「なんでしょう……?」

「もし、時間があったら、ちょっと話を伺《うかが》いたいんです。出られませんか?」

「あの……」

仲子は部屋を見渡した。こっちを見ている友成と目があった。

「出るって、どこへですか？」

「この建物の隣に喫茶店がありますね。そのほうが落ち着くんじゃないかと思うんですよ」

「はあ……」

不安を抑《おさ》えながら、仲子はデスクに拡げた原稿を片付け、バッグを取り上げた。

喫茶店は、空《す》いていた。紅茶を頼み、仲子は刑事を見た。

「今日は、もう一人の刑事さんは、ご一緒じゃないんですね」

この前の時は、二人だったのだ。名前はとうとう最後まで聞かなかったが、夜鳴きソバ屋のオヤジといった雰囲気の刑事だった。

「ああ、今日伺ったのは、まだはっきりとした事件とは、言えないもんですからね。ちょっと確かめてみようと思っているだけなんです」

「どんなことですか？」

やけに落ち着いた刑事の態度が、仲子を逆に心細くさせた。

「君原真由美さんの事故のことなんです」

「真由美の……」

「ええ、昨日、お葬式がありましたね。あの時に伺おうかとも思ったんですが、時を改めたほうがいいと考えましてね」

「事故が、なにか」

「ええ、ちょっと疑問な点があるんですよ」

「どういう？」

「居眠り運転ということですよね。それはまあ、有り得ることなんですが、解剖《かいぼう》の検査結果が出ましてね」

「解剖……？　あの、解剖したんですか？」

「ええ、あ、ご存じなかったですか。遺族の方の了承はいただいていたので、知っておられるかと思った」

「あの、交通事故でも、解剖ってするんですか？」

「ええ、変死の場合はすべてです。居眠り運転ということでしょう？　その居眠りの原因に疑問がある場合には、行ないます」

「居眠りの原因……」

「ええ、疑問な点というのはそこなんですがね。実は、君原真由美さんは睡眠薬を服用していたんです」

「睡眠薬？」

　伸子は、驚いて訊き返した。

「あの、真由美が睡眠薬を飲んでいたんですか？」

「ええ」

「薬を飲んで、バイクを運転したと、おっしゃるんですか？」

「そうです。胃袋と尿の中に、睡眠薬の反応が出たんです。もちろん、致死量の睡眠薬を服用したというものではないようですがね」

「でも、そんな……」

　信じられなかった。真由美が睡眠薬を飲んで、その上、バイクを運転するなんて……。

「で、伺いたいのはですね、君原真由美さんが以前、睡眠薬を服用されていたというようなことをご存じかどうか、なんですが」

　伸子は、首を振った。

「そんなこと聞いたこともありません。だいたい信じられないんです。真由美は、風邪をひいても、薬ってほとんど飲まない人でした。それが、まして、睡眠薬なんて――あの、常用していたということじゃ、ないんでしょう？」

「いえ、検査の結果では、慢性中毒といったような跡は認められませんでした。遺族の方も、そんなことは考えられないと、おっしゃっていましたから」

「あのう、確かなんですか？　薬を飲んだというのは」

「それは確かです」

「じゃあ、まるで……」

と伸子は、一瞬言葉につまった。

「まるで、自殺行為じゃありませんか。睡眠薬を飲んでバイクに乗るなんて」

「ええ、自分の意志で飲んだ場合はね」

あ、と伸子は眼を見開いた。

波木刑事は、ゆっくりと頷いた。

「三つの場合が、考えられます。一つは、自分の意志で飲んだ場合。二つ目は、それと知らずに誤って飲んだ場合。三つ目は、誰かが、飲ませた場合です」

「…………」

「君原真由美さんの場合では、自分の意志でというのは考えにくいですね。入江さんが言われたように、自殺行為に等しいし、もし、自殺するつもりだったとしても、居眠り運転で自殺というのは、ちょっと妙ですね。とすると、君原さんは、知らずに飲んだか、または、誰かに飲まされたということになります」

知らずに飲んだか、飲まされたか……。

「つまり、あの、事故か、他殺か、ということになるんですか」

「そうですね。薬を盛られたとすれば、誰がそれをやったのかということになるわけですが、君原真由美さんを恨《うら》んでいたような人物に心当たりはないですか？」

「さあ……」

真由美を恨む者など、想像すらできなかった。もちろん、真由美の生活のすべてを知っていたわけではない。しかし、伸子が真由美に対して持っている印象は、あまりにも明るかった。底抜けに、あっけらかんとした女の子だったのだ。

薬を盛られた……。そう考えて、伸子は、ふと刑事に訊いた。

「真由美は、なにか食べたり飲んだりしていたんですか？　事故にしても他殺にしても、薬はそのままの形じゃないですよね。薬ってわかるようなもの、真由美が飲むわけないですもの」

「その通りですね。飲んだものとなると、ちょっとわかりにくいんですが、君原さんの胃袋には、未消化のうどんが残っていたそうです。おそらく、きつねうどんだろうということです」

「きつねうどん……」

「それをどこで食べたのかが、問題です。むろん、睡眠薬はきつねうどんに入れられたとは限りませんから、他の、なにか飲み物だったかも知れません。あの日、君原真由美さんが、どこで何を飲んだり食べたりしたか、ご存じなら教えていただきたいのです」

「いえ、残念ですけど、あたしは知りません。同じ職場といっても、あたしたちは一緒に行動するわけじゃないんです」

「どこへ行かれたのかもわかりませんか？」

「ああ、それなら……」

と、伸子は、一つの可能性にいきついた。

「刑事さん。真由美は、睡眠薬を飲んでからどのぐらいの時間で事故を起こしたんですか？」

「はっきり限定はできませんが、三十分から一時間ぐらいの間ではないかということです」

「じゃあ、場所は一つしかありません」

「一つ？　どこですか」

「総合観光の本社ビルです」

6

伸子は、波木刑事と共に総合観光へ行くことにした。

この前は、重森冴子の入院があって仕事の話はまるでできなかった。預かる資料があったのだが、そのままになっている。それを貰《もら》いに行くというのを口実にした。連絡を入れてあったから、重森冴子は広報課にいた。

「入江さん、ごめんなさいね。二度手間をとらせちゃったわ」

やはりベッドの上より、スーツ姿で職場にいるほうが、この人には似合っている、と伸子は思った。立ち上がると、タイトスカートが素敵だった。

「もう、具合はよろしいんですか」

「ご心配をかけました。もう、すっかり。かえって気分爽快《そうかい》になっちゃったわ。ああと……こちらは、初めてね」

重森課長は、波木刑事に目を移して言った。伸子は、ほんの少し慌てた。

「あ、あの、この人は……」

「波木と申します。どうぞよろしく」

どうやら、刑事という立場を出さずに話を訊こうということらしい。

重森冴子はさほど疑いもせず、ああ、これね、と資料の入った分厚い封筒を伸子に差し出した。伸子は中を確認し、それを胸に抱いた。

「あの、少しお時間がいただけますか？」

『舞台考証』の担当としての今日の用件は完了したのだが、これで引き揚げるわけにはいかない。

「いいわよ。じゃ、向うへ行きましょうか」

この前の応接室へ通された。君原真由美の葬式に参列してもらった礼を言っていると、女子社員がコーヒーを三つ持って入ってきた。伸子のと波木刑事のものには、袋入りの砂糖が添えられていたが、重森冴子の前に置かれたカップにはついていなかった。

「ダイエット・シュガーかなんか、バッグに入れて歩いてんのよ」

真由美の言葉を、伸子は思い出した。

重森冴子は、何気なくスーツのポケットからダイエット・シュガーのスティックを取り出した。

「あの、ちょっと変なことお訊きしますけど、この前、ウチの君原がお邪魔した時、ここでコーヒーをごちそうになったのでしょうか?」

「え? ああ、この部屋じゃなかったですけどね。コーヒーは召し上がりましたよ。ここがちょうどふさがってて……それが、なにか?」

「あの、その時にコーヒーを出して下さったのも、今の女性でしょうか?」

伸子は、じっと重森冴子の表情を見つめていた。格別の反応はないようだった。

「ええ、そうだけど、どうして?」

訊き返し、ああ、と気付いたように頷いた。

「そうか、君原さんにお聞きになったの？」

「え？」

「あら、違うのかしら……そうよね、ここを出て事故に遭われたんだもの、聞けるわけないわよね。どういうこと？」

妙な言い方だった。

「なにが、あったんですか？」

伸子は、重森冴子の問いには答えずに、訊き返した。

「いいえ、そんなたいしたことでもないと思うけど……ただ、君原さんのコーヒーがなかったというだけの話だから」

「なかった……？」

「ええ。なんなの？　何をお訊きになりたいの？」

「大切なことなんです。変だと思われるのは当然ですけど、教えて下さい。君原のコーヒーがなかったというのは、どういうことなんですか？」

「…………」

重森冴子は、眉を寄せて伸子を見つめた。その目を波木刑事へ移し、また伸子に返した。

「僕のほうから説明しましょう」

波木刑事が、口を開いた。

「実は、君原真由美さんの事故は、睡眠薬を服用したために起こったものだったのです」

「え？」

重森冴子は、口を半開きにしたまま、波木刑事を見た。刑事は、頷いてみせた。

「睡眠薬って、じゃあ、それが……」

自分の前のコーヒーカップに目を落とした。

「かも知れないということです。そうだというわけではありません。君原真由美さんは、事故を起こす前にここへ来ていました。ここで何か口にしたものがあれば、そのすべてに可能性があります。それで、ご存じのことがあれば教えていただきたいんです」

「そんな。ここで、君原さんに睡眠薬を飲ませただなんて……」

「いいえ、ですから、こちらで飲まされたと申し上げているんじゃないんです。さっき、課長さんは君原さんのコーヒーがなかったと言われましたね。それは、どういうことなんですか？」

重森冴子は、眼を二、三度瞬《しばたた》いた。小さく首を振り、唇を濡らした。

「あいにく、この部屋がふさがっていましてね。事業部の隅に衝立で仕切った場所があって、そこを使ったんですよ。さっき、このコーヒーを持ってきましたでしょう？あの子に、やっぱりコーヒーを頼んだんです。間が抜けておりましてねえ。私の分しか持ってこなかったんです」

「課長さんのコーヒーだけ」

「ええ。あ、お客さんだったんですかって慌てましてね。だいたい、言われなくたってわかるじゃありませんか。どうして私が、一人で衝立に隠れてコーヒーを飲まなきゃならないんですか。コーヒー、と頼んで一つということはないでしょう。あとで、叱りましたけどね」

「ええと、あの」

伸子は、乗り出すように言った。

「ということは、君原の飲んだのは、あとで追加された分というわけなんですね」

「いえ、そうじゃないんですよ。私のを差し上げたんです」

「課長さんのを？」

「ええ、もう一つ持ってきますと言ったけど、どうせ、その時は私自身、あまり飲みたくなかったし、私の分を君原さんに回したんです」

伸子は思わず波木刑事を見た。刑事は、なるほど、というように頷いてみせた。

「つまり、君原さんに、睡眠薬を飲ませたのは、私ということになるんですね。それを、おっしゃりたいんでしょう」

重森冴子は、あっさりと言ってのけた。

「睡眠薬の入っていたのが、そのコーヒーだったとするなら、もちろん、それも可能性はありますね」

と、波木刑事が言った。

「しかし、もう一つの可能性もあります。君原さんは、課長さんの身代わりになったということです」

「あ……」

重森冴子は、驚いたように声を上げた。

「コーヒーは、本来なら、課長さんが飲むように用意されたものです。たまたま、それが君原さんのほうへ回っていったということですね」

「じゃあ、誰かが、私を……」

「課長さん」

仲子は、心を決めて言った。

「この前、会議で倒れられたのも、そういうことじゃないんですか」

「……………」

怯《おび》えたように、重森冴子は伸子を見た。

「ずいぶん過労が続いていたと、お聞きしました。頭痛を隠すようになさっていたり、うつらうつらされていたり、誰かが、ずっと課長さんに薬を盛っていたとは、考えられませんか？」

「そんなこと……」

「こういうことを、ご本人に訊くのも、どうかわかりませんが」

波木刑事が、ポケットから手帳を取り出した。

「この社内で、課長さんと敵対関係にあるのは、どなたですか？」

「………」

重森冴子は、弱々しく首を振った。

「失礼ですけど」

と、伸子が言った。

「前の広報課長さんも、女性だったと伺ったんです。その方は、今、どうされているんでしょう？」

「瀬戸山課長ですか？」

「すいません、瀬戸山、なにというんですか」

刑事が訊き返した。

「瀬戸山祐子《ゆうこ》ですけど、いえ、あの人は……」

「今は？」

「文書課の課長をしています」

「文書課。どういう部署ですか」

「社内で必要な、いわゆる文書を、作成したり、整理したり、保管したり……そういう部署です」

つまり、閑職である。

広報課は、旅行会社の顔だ。文書課は、いわば縁の下だろう。顔から、縁の下へ落とされた。そこに、何かがあるのかも知れない。

伸子は、ぼんやりと、そう思った。

7

文書課は、三階の奥にあった。

一見、学校の図書室か小さな職員室を思わせる。広報課に比べて、ずいぶん静かな部屋だった。課員も、課長を含めて四人しかいない。

「あたしが瀬戸山ですけれど？」

学校の職員室を連想したのは、瀬戸山祐子が小学校の教頭先生のイメージを持っていたからかも知れない。肩幅が広く、がっしりとした体格の女性だった。歳も重森冴子に比べるとかなり上に見える。

「重森課長のことを？　なんで、あたしが重森について訊かれるのかな」

自問するように言い、まあ、いいよ、と煙草をくわえ、ポケットに手を突っ込んで部屋を出た。どこで話をしようというのか、見当がつかなかったが、伸子と波木刑事は黙ってそのあとに従った。

エレベーターで地階へ下りた。社員用のティールームがあって、瀬戸山祐子はさっさとそこへ入って行った。

「で？　どういう話？」

「瀬戸山さんは、以前、広報課長さんでいらしたそうですね」

と、波木刑事が訊いた。

ティールームは、談話室を兼ねているらしく、自分で注文に行かなければ、水も持ってこない。

「そう、二階にいましたよ」

その言い方は、重要な部署はすべて二階にあるんだという含みを持って聞こえた。

「その時、重森さんは？」

「企画のほうにいたね」

「企画、ああ、直接の部下だったわけではないんですね」

「そりゃそうでしょう。人事だって、社員の気持は、一応、考慮しますよ」

「社員の気持」

「今までさ、自分の隣に座ってたのが、ある日突然、上司になったら、まあ、気分はよくないでしょう。課長というのは、たいてい他の部から回って行くわね。この会社では」

「ああ、なるほど。そうしますと、現在、重森課長さんの社内における敵というと、誰になりますか？」

「敵？」

煙草を灰皿へ押し付け、睨むように波木刑事を見た。

「課長さんだと、いろいろ摩擦もあるんじゃないですか。恨まれているとか」

「ちょっと訊くけど、どうしてそんなこと、知りたいの？」

テーブルに肘をつき、顎のあたりを撫《な》でながら、瀬戸山祐子は訊き返した。

「この前、重森課長の飲むはずだったコーヒーを飲んで、交通事故に遭った人が、いるんです」

「事故？」

「コーヒーに睡眠薬が入れられていた可能性がありましてね」

「…………」

顔をしかめた。

「ふうん。つまり、それをやったのが、あたしじゃないかというわけなのか」

「いえ、そういう……」

「いいんだよ。取り繕《つくろ》うこたないじゃないの」

と、瀬戸山祐子は首を振った。

「落ちたもんだわね、瀬戸山祐子もさ」

伸子は、重森課長がこのところずっと睡眠薬を盛られていた可能性があることを話した。

「それ、ほんと……？」

とたんに、瀬戸山祐子が真顔になった。

「どうかしましたか」

波木刑事の問いに首を振り、呟くように言った。

「まるで、あたしの時と、同じじゃないか……」

「え……？」

「いや、今さら言っても仕方のないことだし、自分の恥を宣伝するみたいで厭《いや》だけどね」

言いながら、また、煙草に火をつけた。

「あたしは今、文書課なんてとこへ追いやられて、半分、辞めるのを待たれてるような具合でしょ？　そうなったのは、あたし自身のミスなのよ。仕方ないさね。重役が出てきてる会議で、イビキかいて寝ちまったんじゃさ」

「会議で？」

「そう。重森課長と同じだろ？　違うのは、重森課長は救急車呼んでもらったけど、あたしの時は、部長に椅子を蹴《け》っ飛ばされたことぐらいかな。椅子から転げ落ちて、大恥かいた」

「………」

「そういう醜態《しゅうたい》を、あっちでもこっちでも演じてさ。馘首《くび》にならなかったのが不思議だよ。過労と言ってくれるのは、優しい人でね。ひどいのは、亭主に頼んで少し寝させてもらえなんてね。ほんとに、もう辞めようかと思った」

考え込んでいた波木刑事が、顔を上げた。

「さきほど、新しい課長は他の部から回ってくると言われましたが、課員は、同じ人がいるでしょう？　瀬戸山さんの時と、今の重森さんの時と」

「ああ、いますね。ずいぶんいるんじゃないか……まてよ」

瀬戸山祐子は、つけたばかりの煙草をもみ消した。立ち上がって二人に言った。

「あなた方も、ちょっと来てもらえる？　あたし一人だと、自分を抑《おさ》えられるかどうか、自信ないから」

8

広報課を覗いて、瀬戸山祐子が呼び出したのは、この前の遠藤課長補佐だった。

瀬戸山祐子は、重森課長に「ちょっと、この男借りるよ」と言い、おどおどした表情の遠藤を三階の自室へ連れて行った。

「おい、どこかでお茶飲んでこい」

瀬戸山課長は、文書課員たちをそう言って部屋から追い出した。

「あのう、課長、いったい……」

「まあ、座れ」

遠藤は、命じられるままに、瀬戸山祐子の前に腰を下ろした。伸子と波木刑事は、窓側に席をとった。

「僕は、仕事が……」

「わかってるさ。だから、課長に断った」

居心地が悪そうに、遠藤は椅子の上で腰を動かした。

「遠藤、お前、いつから不眠症になった？」

「え……」

「それとも、睡眠薬が必要なのは、お前じゃなくてカアチャンか」

「課長！　なにを言ってるんですか、僕は……」

伸子は、遠藤の膝が急に震え出したのに気付いた。

「過去のことは、問わない。お前が、あたしにしたことは、もういいよ。終わったことだし、あたしのほうにもスキがあったんだろう。部下に睡眠薬を盛られるようなスキを作ったなんて、確かに、課長として失格だよね」

「課長、あの、ちょっと待って下さい。僕には、なんのことかまるで……」

「聞けよ、遠藤。お前には、わからなかったのか。あたしはね、お前を課で一番取り立ててやってたんだよ。お前が、上司に女を持って面白くないと思っていたのは知ってたさ。女にアゴで使われるなんぞ、たまらないことだろう。だけどね、あたしは、お前がそのくやしいと思う気持を、仕事へ向けてくれると思ってた。仕事であたしを見返してくれるんだろうと思ってた。それが、なんだ」

「課長……」

「薬を盛るなんてやり方は、それこそ女のやり方じゃないか、え？　いいか、遠藤、さっきも言ったように、過去は問わない。だけど、重森課長にまでやるってのは、どういうことだ」

「え……？」

「いいか、お前のやったことで、人が一人死んだんだよ。お前のやったのは、殺人だ」

「か、課長、僕は……」

さらに声を上げようとした瀬戸山祐子を、波木刑事が制した。懐《ふところ》から警察手帳を出し、遠藤に見せた。

「遠藤さん、少しお話を聞かせていただけませんか」

手帳に驚いたのは、遠藤だけではなかった。瀬戸山祐子も、あ、と声を上げて、波木刑事と伸子を見比べた。

とたんに、遠藤が叫んだ。

「僕じゃない！　僕がやったんじゃない。信じて下さい。違うんです。違う！　ちがうよ……」

9

波木刑事が、もう一度会いたいと言ってきたのは、翌日のことだった。

夕方、伸子は時間を作って出先の近くへ刑事を呼び出した。コーヒーなんか飲む気がしないというと、波木刑事は、じゃあ歩きましょうか、と先へ立った。小さな公園を見つけて、二人はベンチに腰を下ろした。老人が一人、犬を連れて花壇《かだん》の周りをぐるぐる回っていた。花壇には、なんの花も咲いていなかった。

「遠藤が、半分だけ口を割りましたよ」

刑事も、老人に目をやりながら言った。

「半分?」

「瀬戸山課長のコーヒーに睡眠薬を入れていたのは、認めました」

「重森課長のほうは?」

「自分ではないと言ってます。あの男は、自分の上司が女性であることに、病的と思えるほどの嫌悪感を持っていたようですね。瀬戸山課長の強引なやり方が、その遠藤の気持を助長したようです」

「強引って……」

「瀬戸山さんは、平気で遠藤にお茶汲《く》みをやらせたりしていたようですね。遠藤にとっては、それが屈辱だったんですよ。瀬戸山課長の一番近いところに彼の席があって、まあ、使いやすかったんでしょう。課長自身は、くやしさをテコにして、みたいなことを言ってたけど、遠藤には、それが逆に働いたんですね」

伸子は、遠藤の白く細い指を思い出した。思わず、ぞくり、とした。

「来客のお茶にしても、書類のコピーにしても、他課への伝言でも、瀬戸山さんはすぐに遠藤に言いつけたらしい。彼は、女子社員たちの前で、それをさせられるのが、非常に辛《つら》かったようですね。それで、瀬戸山課長の失墜《しっつい》を企《くわだ》てたわけです」

「ばかみたい」

「え？　ああ、そうですね。情けない奴ですよ。彼は、出入りの業者に頼んで、睡眠薬を手に入れたんです。眠れないと言ってね。そうして手に入れた薬を、瀬戸山課長に出すコーヒーに入れたんですね」

「で、追い出しに成功したと思ったら、次に来たのが、重森課長だったわけなのね。皮肉じゃない」

「まったくですよ」

「そこまで認めているのに、重森課長のコーヒーには、薬を入れてないって言い張っているんですか？」

「君原真由美さんが、事故で亡くなっていますからね」

「…………」

日暮れが早く、すでに水銀灯が薄っぺらな空に光っていた。

「待って。なんか、変だわ……」

仲子は、そう言って唇を噛んだ。

「へん？」

「重森課長のところへコーヒーを運んだのは、遠藤じゃないわ」

「ああ、あの女子社員ですね。しかし、その目を盗んで薬を入れることもできるでしょう」

「刑事さん、あなた、お茶汲みやったことあります？」

「そりゃ、あります。刑事部屋は、ほとんど男ばっかりですからね。下っ端がやらされるんです」

「どんなふうに、します？」

「お茶の淹《い》れ方ですか？　いや、たいした淹れ方じゃないですよ。急須にお茶っ葉をぶちこんで、ポットのお湯を入れて、あとは茶碗に注ぐ。それで、盆に乗せるか、手で持って運ぶと。そんなもんですがね」

「もうちょっと気をつかえば、もっとおいしいお茶が入るんだけど……まあ、いいわ。総合観光で飲まされたコーヒーも、インスタントだったから、それとあんまり変わらないわね。でも、そうやってお茶とか、コーヒーとか淹れてる間に、カップから目を離すことってあるかしら？」

「ああ、なにかが、部屋の外で起こるとかすれば別でしょうけどね。まず、普通なら、目は離さないでしょうね」

「ね？　とすると、遠藤にはできないわ。それに、もし刑事さんの言うように、なにかで気を惹《ひ》いて、カップから目を逸《そ》らすことができたとしても、運ぶのが彼じゃなければ無理ですよ。どのカップが重森課長の前に置かれるかわからないんですもの」

「いや、わかる」

「わかる？」

「ああ、重森課長のカップだけには、砂糖が乗っていなかった。それが、目印ですよ」

あ、と伸子は、顔を上げた。思わず立ち上がっていた。

「どうしたんですか？」

「行きましょう。犯人が、わかったわ」

「え？　犯人って……ちょっと、入江さん、どこへ行くって言うんですか……」

波木刑事の声を後ろに聞きながら、伸子はすでに歩き始めていた。

10

総合観光本社ビルには、まだあちこちに窓の灯が残っていた。もう帰ってしまったかも知れないと覚悟してきたが、重森冴子は広報課の自分のデスクについていた。残っている社員は、もうほとんどいなかった。

「入江さん……」

部屋へ入ると、それを認めた重森冴子が立ち上がった。伸子が来ることを、半ば予期していたような表情だった。

「突然、すみません。少しだけ伺いたいことがあるんです」

重森冴子は、小さく頷いた。空いている椅子を二脚、伸子と波木刑事のために用意した。

自分の椅子へ戻ると、胸の前で指を組み、ひと呼吸の間、眼を閉じた。とても疲れているように見えた。

「君原真由美が最後に飲んだコーヒーのことなんです」

重森冴子は、黙ったまま頷いた。

「あれは、課長さんのために用意されたコーヒーでしたわね」

「そうです」

「つまり、砂糖は添えてなかった」

「ええ」

「君原は、ブラックで飲んだのでしょうか」

「いいえ」

「砂糖だけ別に、持ってきてもらって？」

「いいえ」

「とすると、課長さんのお持ちになってるダイエット・シュガーを？」

「差し上げました」

「まだ、お持ちでしょうか？」

重森冴子は、ああ、と表情を歪《ゆが》めた。眼を閉じ、しばらくそのままじっとしていた。小さな声で言った。

「くずかごに……」

「くずかご？」

仲子と波木刑事は、顔を見合わせた。

「捨ててしまったんですか？」

「あなたたちの来るのが、あと一日遅ければ……」

震えるような声だった。

「あと、一日遅ければよかったのに……」

そう言いながら、ゆっくりと腰を上げた。重森冴子は、机の後ろからスチールの屑《くず》籠《かご》を取り上げた。中からスティックになったダイエット・シュガーを二本、すくうように取り上げげた。スティックの中には、白い粉末がつまっていた。重森冴子は、それを波木刑事のほうへ差し出した。

「あ、おい、それは……！」

部屋の向うで上がった声に、三人とも振り向いた。重森謙治が、部屋の入口で棒立ちになっていた。

「あなたの来るのも遅かったわ」

重森冴子は、夫にそう呼びかけた。

「遅いって……」

重森謙治は、三人のところへやって来ると、恐れるように波木刑事の手の、ハンカチの上に載せられた二本のスティックを眺めた。

「ばかよ、あなたは……」

重森冴子は、そう言って両手の中に顔を埋《う》めた。

「重森さん」

と伸子は、呆然《ぼうぜん》と立っている重森謙治に言った。

「奥様が、課長であるということは、そんなに辛いことですか？　あなたがヒラの営業マンで、奥様のほうが社会的な地位も、おそらく収入もいいというのは、そんなに屈辱的なことですか？」

「なにを言うんだ、私は……」

「やめて！」

妻の叫ぶような声に、重森謙治は、びくっと肩を震わせた。

「これ以上、私を苦しめないで。みんなわかってるのよ。このダイエット・シュガーの中身を分析してみれば、はっきりすることだわ。私が悪かったのね。そうでしょう？　あなたが、どんな気持でいるのか、ちっともわかってあげようとせずに、ただ自分の業績を上げることを考えていた私が悪かったのね」

「冴子……」

「前に、あなたはこぼしてた。私のことで会社で厭味《いやみ》を言われるって。どんな厭味だかわからないけど、想像ならつくような気がするわ。私が、瀬戸山課長みたいにミスをおかして課長を辞めさせられれば、普通の夫婦に戻ると、あなたは思ったの？　そうなれば、惨《みじ》めな思いをせずにすむと思ったの？　ばかよ……」

「……」

重森冴子は、そのまま暗い窓へ駆け寄った。部屋に背を向けて、じっと外を眺《なが》めていた。

「重森さん」

と波木刑事が言った。

「遠藤が、睡眠薬の入手先を喋《しゃべ》りましたよ」

重森謙治が、はっとしたように刑事を見返した。

「いつも出入りしている東洋フォトサービスの人間に、薬の都合をつけてもらったと言ってました。写真撮影の会社なら、現像もやるだろう。そうすれば、薬品会社にコネがつくに違いない。そう考えて頼むと、実に簡単に手に入れてくれた、そう言いました」

「あなたは」

と伸子が続けた。

「それで奥さんのダイエット・シュガーに睡眠薬を入れることを思いついたのね。瀬戸山課長の失墜の原因に思いあたって、同じことをやってやろうと考えたんですね」

重森謙治が、大きな溜息を一つ吐《つ》いた。それに誘発されたように、冴子夫人がその場へしゃがみ込んだ。

11

翌日、写真原稿の整理をやっていると、友成徹也が伸子のデスクを覗きにきた。

「なあ、ちっとばかし、訊いてもいい？」

「なに？」

顔を上げると、友成は隣の椅子を引き寄せてそこへ掛けた。

「この前からオヌシんところへ、刑事が来てるじゃないか。あれ、どういうの？」

「どういうのって、真由美のことを調べに来てたんじゃないの」

「それだけ？」

「それだけって？」

「なんか、胡散臭《うさんくさ》いよ、あの野郎は。ああいう手合いとは、付き合わんほうがいいんじゃない？」

伸子は、友成の顔をしげしげと眺めた。

つい、吹き出した。

「なにを笑うか」

「だって真面目な顔して、付き合わんほうが、なんて言うんだもの」

「ちょっと待て。オレはいつだって真面目であるし、この真面目で清潔感の溢《あふ》れる顔は、先祖伝来のものなんだぜ」

「ねえ」

と伸子は、ちょっと考えてから言った。

「もしね、あたしが友成クンの上司だったとしたら、君はどうする？」

「上司！　ええと、入江伸子殿が、手前の上司？」

「そう」

「むろん！」

と友成は胸を張り、そして、商人《あきんど》風に揉《も》み手《で》をしてみせた。

「あがめたてまつっちゃうね。ホントよ。御上司様、なんでも、わたくしめにお申しつけ下さいませ。わたしはあなたのシモベでございます。肩をお揉みしましょう。腰をお揉みしましょう。乳をお揉みしましょう」

「だめだ、こりゃ」

と、伸子は首を振った。

「お前さんも、同類だわね」

「なに？　なんの同類だよ？」

「第一のタイプの男ってことよ」

そう言って、伸子はデスクの上に目を戻した。

「第一の、タイプ？　なんだ？」

伸子が、仕事を再開したあとも、友成はしばらく指を折りながら考え続けていた。

バッド・チューニング

初出：オール讀物　'83年10月号

1

会場が、妙にざわついていた。

記念式典も無事に終わり、アトラクションに入って雰囲気も盛り上がってきたところだ。もちろん、立食パーティー形式の会場では、コンサート・ホールのようなわけにはいかない。ざわついているのが、むしろ当たり前だろう。しかし、このざわめきは、ちょっと異常だった。

木暮雄吉《こぐれゆうきち》は、不安な気持でステージの上に目をやった。二曲目の最終フレーズにかかっている。三人とも、完全にしらけきっているのがわかった。それどころではない。音が二声しか聞こえない。

また、やってやがる……。

木暮は、右端でけだるそうに首を振っているネスパを、睨《にら》みつけるように見た。歌わずに、口だけパクパクやってごまかしているのだ。

真面目にやれ、このバカヤロウ。せっかく、プログラムにも「歌　スリー・パーセント」と大きく載せてもらったのだ。お前ら、プロだろうが。いくら、会場の雰囲気が乗ってこないといっても、務めぐらいはちゃんと果たせ。

ステージにかけあがって、ぶん殴ってやりたかった。白浪《しらなみ》食品株式会社の三十周年記念パーティーで歌うことの、どこが気に入らないというのか。お前らが売れないのは、オレのマネージメントが悪いからじゃない。その、お前ら自身の仕事に対する態度が、甘っちょろいからだ。ガキどもめ。

それにしても……。

と、木暮は会場を見渡した。会場のざわめきが、また広がってきたようだ。原因は、ついさきほど、慌《あわただ》しく駆け込んできた二人の男にあるらしい。男たちは、来賓として招かれていた銀行支店長をみつけると、切迫した表情でなにごとか耳打ちした。ご機嫌だった顔から笑いが消え、主催者側の役員と簡単な挨拶《あいさつ》を交し、支店長は男たちと共に会場を出て行った。

ざわめきは、その直後から始まった。

木暮は壁際を離れ、向う端のテーブルにいる白浪食品の広報課長に近付いた。

「なにか、あったんですか？」

広報課長は、ハンカチを首筋に当てながら振り向いた。

「ああ、銀行にね……」

そう言って、上着の裾《すそ》をせわしなく払うような素振《そぶ》りをした。何か付いているのかと思って目をやったが、そうではないようだった。

「銀行に、強盗が入ったらしい」

「強盗……？」

それは、いったい……と言おうとした時、すでに広報課長は隣のテーブルのほうへ歩き始めていた。パーティーの進行責任者としては、じっとしていられないようだった。

木暮は、再びステージに目を返した。曲がラストの八小節を繰り返し、うわずったようなサックスを残して終わった。

拍手をする客など、誰もいなかった。

「木暮さまでいらっしゃいますか？」

ホテルのボーイが、横に来て言った。

「そうです」

「スリー・パーセントのマネージャーの」

ボーイは、確かめるように、重ねて訊いた。

「そうですが」

「お電話でございます」

「電話……？」

心当たりがなかった。

「プロダクションの方だそうです。ロビーのカウンターの電話をお取り下さいませ」

「ありがとう」

三曲目の前奏がなかなか始まらないのを気にしながら、木暮は会場を抜け出した。

「木暮です」

「ああ、おれだ。すぐ帰ってこれないか？」

社長の声だった。

「帰るって……これからですか？」

「なるべく早いほうがいい」

「どうしたんですか」

「一色《いっしき》ちとせが、週刊誌の記者に捕まった」

「捕まった、というと？」

「例の作曲家と、モーテルから出て来たところをさ」

「あの馬鹿……」

一色ちとせは、明日から宮崎へ行くことになっている。ホテルのプールサイドで行なわれるサマー・フェスティバルに出演するためだ。その前日だというのに……。

なんて日だろう、と木暮は思った。

「真っ正面からフラッシュを焚《た》かれたらしい。その上、作曲家が記者を突き飛ばしたというおまけつきだ」

「ちとせは、今、どうしているんですか？」

「自宅にいるよ。一歩も出るなと言ってある。とにかく、すぐに帰ってこい」

「あと二十分ぐらいで、こっちが終わります。それからすぐ新幹線に乗ります」

「そうしてくれ。頭が痛いよ。カラダばっかり発達しやがって、最近のジャリはどうにもならん」

受話器を置いて、パーティー会場へ戻った。

ざわめきはすでに散っていたが、一度冷めてしまった雰囲気は、もうどうにもならなかった。司会者が声を張り上げ、懸命に盛り上げようとしても、会場はどこかしらじらとして、上の空の感じだった。

スリー・パーセントの連中は、ふてくされたように『サンフランシスコ・ベイ・ブルース』を演《や》っている。まるでそれが、鎮魂歌みたいに聞こえた。

舞台に向かって、左からリーダーのジャイロ、中央に紅一点のタッフィー、そして右端がネスパだ。ジャイロもタッフィーもネスパも、仇名《あだな》がそのまま芸名になった。本名で呼ぶ者はない。ジャズを基調にした軽い感覚のコーラスである。女声一に男声二という組合せは珍しくもなんともないが、その当たり障《さわ》りのなさが、こういったパーティーのBGMには重宝《ちょうほう》される。レコードはLP盤、シングル盤併《あわ》せて八枚出ているが、ヒットと呼べるようなものはまるでなかった。

木暮は、苛々《いらいら》しながら、やる気の失せた三人の歌が終わるのを待った。

「気持の良いパーティーだったよ、まったく」

プロダクションの名前が大きく入ったバンに乗り込みながら、ネスパが欠伸《あくび》混じりの声で言った。

「銀行強盗にステージ壊されたのなんて、初めてだよ。ひでえもんだ」

「ひどいのは、お前らの歌のほうじゃないのか」

木暮が言うと、ジャイロがエンジンをかける手を止めて振り返った。

「確かに、乗らなかったですけどね。でも、マイクがあんな具合ですからね。あれじゃ、シュープリームスだって、ろくなステージにゃなりませんよ」

「機械のせいにするな。そういうことはシュープリームスみたいになってから言え」

ぶすっとして、ジャイロは車を出した。

「あ、まず駅へやってくれ。オレは新幹線で先に帰るから」

「新幹線……？」

「ああ、一色ちとせが問題を起こした。ことが大きくならないうちに、なんとか手を打っとかなきゃならない」

「問題って？」

　タッフィーが聞き返した。

「つまらないことさ」

「あの子、天狗になってるのよ。甘チャンなんだわ」

　誰かさんたちはどうなんだ、と言おうと思ったがやめた。言うのも、馬鹿らしかった。

「お、パトカーが停まってら。強盗が入ったって、この銀行か」

　ネスパが声を上げ、木暮も窓の外を見た。銀行の前にパトカーが二台、赤色灯を回転させながら停まっていた。人垣が古い建物を取り巻いている。

　その、くるくる回る赤い光を見て、木暮の中に、ふと、フレーズが浮かんだ。三連符がなだらかな下降線を辿《たど》りながら連なっていく、四小節ほどの短い旋律だった。

　すぐにも、そのフレーズを試してみたかった。あいにく、バンの中には、ピアノはおろか一本のギターさえもない。木暮は、頭の中で何度もフレーズを繰り返した。夜まで忘れずにいることができたら、なんとかモノになるかも知れなかった。車内の空気が、前にも増して苛立たしいものに思えてきた。

木暮は、手帳を取り出して、そっとそこへ三連符を書きつけた。

「木暮さん」

隣でネスパが遠慮勝ちな声で言った。

「ちょっと、前借りできませんか」

「いくら？」

「十五万——十万でもいいんですけど」

「ネスパ。そういうことは、仕事をちゃんとやってから言えよな」

「ちゃんとって……」

「マイクが故障してた、なんて言い訳は、もう聞かないからな」

「いや……」

ネスパは口を尖《とが》らせ、あとを続けようとしたが、諦めたようにフイと窓の外に顔を背《そむ》けた。

2

一色ちとせのトラブル処理を終えて、木暮がプロダクションに帰ってきたのは、夜の九時近くになってからだった。

珍しく、事務所には誰もいなかった。試してみたいことがあって、木暮は応接室に入り、ピアノの前に座った。

昼間、バンの中で浮かんだ四小節を弾《ひ》いてみた。手帳のメモを見る必要はなかった。

だが、弾いてみて、木暮はがっかりした。思っていたほどのフレーズではなかったのだ。メロディーはありふれていたし、陳腐《ちんぷ》にさえ思えた。

なぜ、あの時は感動などしたのか？

昼間のあの状況を思い出そうとした。パトカーの赤色灯が、フレーズのきっかけになったのだ……。

ちくしょうめ、やはり、その時に試してみるべきだった。むろん、昼間、たとえあそこにピアノがあったとしても、叩き出される旋律に変わりがあるわけではない。しかし、少なくとも、その時はその感動をしっかりと抱えていたはずだ。形は見えていなくとも、その感動の源を探るきっかけは摑《つか》んでいたのだ。そのきっかけが、この三連符の連なりだったのである。今は、もう、その感覚は去ってしまったようだった。

木暮は、何度も鍵盤の上を指でなぞった。和音を変えてみた。ユニゾンでやってみた。コードだけで試した……。しかし、結果は同じだった。すでにチャンスは逃げてしまっていたのだ。

木暮は、腹立たしげに椅子を立った。

煙草をくわえ、テレビのスイッチを入れた。九時のニュースをやっている。ソファに腰を下ろし、ぼんやりとアナウンサーの喋《しゃべ》るのを眺めた。

自分に作曲の才能があるとは思っていなかった。何年も前にバンドを抜けた時から、木暮は音楽家としての自分の才能に、見切りをつけていた。ただ、今でも時々、無性に自分の音を探してみたくなることがある。自分だけの音の中に、なにもかも埋め込んでしまいたくなる時がある。そんな時、木暮は一人で、ピアノの前に座った。

遅いな……。

時計を眺めて、木暮は呟《つぶや》いた。スリー・パーセントの連中は、まだ帰って来ていない。駐車場にバンが無いのを、木暮は確かめてあった。途中でメシを食っているのだとしても、もう帰っていていいはずだ。

高速が混んでいるのだろう、と木暮は思った。

ジャイロの運転は確かなものだし、事故ということはまず有り得ない。第一、事故なら、真っ先にここに連絡が入るはずだ。

スリー・パーセントの三人は、以前、暴走族っぽい連中だった。「ぽい」というのは、三人とも、それに成り切れなかったからだ。歌うことが好きで、プロダクションの主催するオーディション・コンクールに出場し、二位に入賞した。良い素質は持っているのだが、感覚ばかりが先走りしていて、小手先のテクニックだけに溺《おぼ》れるところがある。極端さがない。暴走族にも成り切れなかった彼らは、歌のほうでもメチャクチャに突っ走るようなことをしないのである。木暮は、なんとかして突っ走らせてみたかった。

以前、ジャイロとネスパが、ふざけ半分に裏声で歌っているのを聴いたことがある。あ、これは……と思い、裏声を使って女声三重唱のような感じでやってみたら、と持ちかけたが、相手にはしてもらえなかった。

「古いよ、木暮さん」

それだけで片付けられた。そのアイデアには、今でも未練が残っている。

スター的な素材ではハナからないから、三人に対するプロダクション側の扱いも、それなりのもので、売り込みの予算もさほどは取れない。木暮としては、なんとかチャンスを作ってやろうと思って、努力をしているつもりなのだが、彼ら自身はあまり有難がってはくれなかった。

ようやく取ってきたCMソングの仕事も、それがカマボコの宣伝だというのが気に入らないらしい。洋酒とか、オートバイとか、化粧品とか、そういったものなら喜んでもらえるのだろう。甘ったれるな、と言いたくなる。せっかくのチャンスだというのに、嫌々《いやいや》やっている彼らを見ると、木暮は腹が立ってしかたがなかった。

プロダクションのほうは、好い加減スリー・パーセントに愛想を尽かし始めているのだ。今、頑張らなければ、風来坊に逆戻りしなくちゃならない。そこのところが、わかっていない。

タッフィーが、とんでもないことを言い出したのは先月の中頃だった。

「ネスパと組みたいの」

「なに……？」

「デュエットでやってみたらどうかなって思うのよ」

「………」

返す言葉もみつからず、木暮はタッフィーの眼を覗《のぞ》き込んだ。べつに、冗談を言っているわけではなさそうだった。

「ジャイロは……どうするつもりなんだ？」

「彼は彼で、なんとかするでしょ。トリオよりも、デュエットのほうがイケルと思うんだ」

「……それは、三人の考えなのか？」

「ううん、ジャイロには話してないわ。話しにくいじゃない。仲間外れにするみたいでさ。そういうむごいこと、したくないから、木暮さんからプロダクションの方針だってふうに、言ってもらえないかと思って」

頰をひっぱたいてやりたいのを、必死に堪《こら》えた。こいつらは、もう駄目かも知れないと、その時は本気で思った。

とにかく、タッフィーを説得し、ネスパにも言い聞かせて、グループの解散だけは思い止《と》どまらせた。

しかし、遅いな……。

木暮は、また時計を見た。

明日は、一色ちとせについて宮崎に行かなければならない。話は今晩のうちにしておかなければならなかった。お前らにとっては、最後のチャンスになるかもしれないと、今日ははっきり言ってやるつもりだった。

銀行強盗――という言葉が聞こえたような気がして、木暮はテレビの画面に目をやった。

「――殺されたのが、銀行に押し入った二人組の一人であるとの見方を強めています。奪われた金を身につけていなかったこと、拳銃で撃たれていたことなどから、警察では、仲間割れによる殺人とみて捜査を行なっています。次のニュース。本格的な夏を前にして、各地の海水浴場では——」

どうやら、例の銀行強盗のことらしい。拳銃を持った二人組の強盗が、奪った金を独り占めしようとして、仲間割れをしたのだろう。ふと、またパトカーの赤色灯のリズムが甦《よみがえ》った。

トイレに行こうとして部屋を出たところへ、スリー・パーセントの連中がエレベーターから下りて来た。

「ずいぶん、遅かったじゃないか」

「木暮さん、まだいたんですか?」

ジャイロが意外な顔をして言った。

「いたんですかじゃないよ。君たちの帰るのを待ってたんだ」

「なんで……?」

「新しい仕事の話がある」

「明日じゃ、駄目なんですか?」

「オレは、明日から宮崎だ。留守が一週間近くなるからね。今日しかないんだよ」

「ああ……」

ジャイロは顔を歪《ゆが》めた。このところ、木暮が一色ちとせにかかりきりのようになっているのが、面白くないのだろう。

「例のサマー・フェスティバルね。プールで、精一杯泳げますね」

「ばか言え。仕事で行くんだ。泳いでるヒマなんかあるわけないだろう。それに、オレはカナヅチだよ」

あ、そうか……と、ジャイロは頭を掻《か》いた。

「話ってなんですか？」

「テレビ・ドラマの主題歌を、君らがやるって仕事の話さ」

「テレビ・ドラマ……？」

三人が顔を見合わせ、とたんに目を輝かせた。

「どんなドラマですか？」

「部屋で待っててくれ。すぐに行くから」

木暮は、そう言って、気を持たせるようにトイレへ向かった。地方のテレビ局の昼メロだから、全国ネットのようなわけにはいかない。だが、やつらには、これが最後のチャンスなのだ。

トイレから戻ると、事務室のドアの前にタッフィーが立っていた。

「どうした？　こんなとこで」

「いえ、あの……」

首を振ったタッフィーの顔が、何かを恐れているように見えた。閉じている部屋のドアの向うを気にしているような感じだった。

「あたし、車に酔っちゃって、それで、シートのカバーを汚しちゃったんです」

「なんだ、そんなことか」

「カバー、途中の店で買って、替えときましたから」

へえ……と、木暮はタッフィーの顔を眺めた。

「買うことはなかっただろうに」

「いえ、いいんです。あの、気分が治るまで休んでたもんだから、遅くなっちゃって……すいませんでした」

どこかが、ぎくしゃくしていた。喋っているタッフィーの気持が、部屋の中に向いているような気がする。

木暮は、タッフィーを押し退け、ドアを開けた。

ネスパが、電話の受話器を置いたところだった。硬張《こわば》ったような表情が、木暮のほうを振り向いた。とってつけたような笑いがその頰をひきつらせた。横にいたジャイロが、パン、と手を叩いた。

「さ、聞かせて下さい。どんなテレビ・ドラマなんですか?」

「誰からの電話だ？」

木暮は、ネスパに訊いた。

「え？　いや、間違いですよ。ふざけてるな。違うって何回も言ってるのに、しつこいったらありゃしない」

木暮は、三人の顔を代る代る見比べた。妙にぎこちない雰囲気だった。

「コーヒー、いれるわ」

タッフィーがそう言って、部屋の隅へポットを取りに行った。

3

最終電車を乗り継いで、木暮はアパートへ帰ってきた。明日の宮崎行は午後の出発だが、その準備のために九時には事務所へ顔を出さなくてはならない。これでは、なんのためにアパートに帰るのか、実のところ木暮自身にもよくわからなかった。家庭を持っているというのならまだしも、蒸し暑く殺風景な部屋が待っているだけなのだ。

そんなことを、ぼんやりと思いながら、木暮はドアのノブに手をかけた。

おや……？

鍵を取り出そうとポケットに片手を突っ込んだまま、木暮は眉をしかめた。

ドアの鍵が開いている。

掛け忘れたのだろうか？　昨日の朝の記憶がはっきりしなかった。白浪食品の三十周年記念パーティー会場へは、リハーサルの都合もあって、前日の午後に入ることになっていた。だから、昨日はアパートへ帰っていない。鍵を掛け忘れたのだとしたら、昨日の朝ということになる。

何か、予感のようなものが、ドアを開ける木暮の動作を鈍らせた。玄関に一歩足を踏み入れ、暗い部屋を透かすように見た。アパートの廊下の常夜灯が、木暮の影をぼんやりと畳の上に投げている。部屋がいつもと違って見えた。どこか遠くから、誰かの吹く口笛が聞こえている。蛇口から落ちる水滴のような小さな音が、部屋の奥でした。

「誰だ！」

思わず声を張り上げた。

部屋の向うで、影が、ゆらり、と動いた。

「な、中へ、入れ」

影が、低く乾ききったような声で言った。両手を、木暮のほうへ真直ぐ突き出している。その手の握っているものが、ぼんやりとした光の中に浮かんだ。

拳銃だった——。

「入ってドアを閉めろ」

男は、再びそう言った。かすれて、うわずったような、切迫した言葉だった。

木暮には、自分の置かれた状況がはっきり摑めなかった。意識だけが、どこか遠くへ離れているような感覚だった。何かの間違いだと、木暮は思った。拳銃を向けられるような覚えは、まるでなかった。

「なにか……」

声がうまく出せなかった。手を喉にもっていこうとして、びくり、とその手を元へ戻した。拳銃を持っている手が、細かく震えている。手に力が入っていることがわかる。

本気なのだ……と、木暮は思った。下手に刺激すれば、この男は反射的に引金を引くだろう。

闇に慣れたのか、男の顔がうっすらと見えた。思ったより歳をくっているようだった。眼を大きく見開き、さかんに唾を呑みこんでいる。

「は、はやくしろ」

拳銃を木暮の顔へ向けたまま、男は言った。

「入ってドアを閉めろ」

木暮は、ゆっくりと靴を脱いだ。ドアを閉め、部屋に上がった。男は、木暮の動きに合わせて、押し入れのほうへ移動した。拳銃と顎《あご》で、奥へ進むようにと、木暮に命じた。木暮はそれに従った。拳銃から目が離せなかった。

「どこにある」

男が訊いた。

なんのことかわからずに、木暮は黙ったまま、首を振った。

「どこへやったんだ。はやく出せ」

「出すって……」

「と、とぼけるな！　ちゃんと見てたんだからな」

なにかの間違いだ、と木暮は言おうとした。だが、やはり、首を振るのが精一杯だった。声が、まるっきり思うようにならない。

「はやく！」

男が、ぐい、と前へ踏み出した。思わず木暮はあとずさりした。その拍子に背中が窓に当たり、派手な音を立てた。

「木暮さん！　どうしたんですか？」

ドアがいきなり開いて、隣の部屋の学生が顔を出した。はっとしたように、男が後ろを振り向いた。

「危ない！　ピストルを持ってるぞ」

木暮は、叫びながら男の背中へ飛びついた。次の瞬間、男の振り下ろした拳銃の尻が、思い切り木暮の顔を殴りつけた。目の前が、ぱっと光ったように見えた。あ、と思った時、木暮は畳に腰を落としていた。

男が、喚《わめ》きながらドアのほうへ突進するのが見えた。学生を押し退け、男は大きな音を立てて階段を下りていった。

いっぺんに力が抜けた。殴られた顔面が、異物を埋め込まれたように硬く熱かった。

「木暮さん……」

隣の学生が、部屋に駆け上がり、木暮を抱き起こした。

「大丈夫ですか、木暮さん！」

「警察、警察……」

ようやく、それだけ言った。口の中が、どうかなっているような感じだった。

学生は、木暮をそこへ横たえ、慌てて部屋の隅の電話にとりついた。

警察を呼ぶ電話を遠くに聞きながら、木暮は、男が自分に言った言葉を、頭の中で繰り返していた。

どこへやった、ちゃんと見てたんだからな……。

包帯だけは勘弁して下さいと頼み込み、固定絆創膏《ばんそうこう》で押さえた傷口を、分厚いガーゼで隠すことで許してもらった。包帯をぐるぐる巻きにした透明人間のような格好では、仕事に差し障る。人に会うのが、仕事なのだ。

額《ひたい》が二センチほど割られていたのと、頰の内側を嚙み切っていたことだけで、怪我はさほどではなかった。

しかし、それでもプロダクションの連中を驚かすには充分だった。午後からは、宮崎へ発つというのに、木暮は額の傷の由来をいちいち説明してやらなくてはならなかった。

4

ホテルのサマー・フェスティバルは五日間。目玉のスター歌手たちは、それぞれ一日ずつの出演だが、前座の一色ちとせは、五日間出づっぱりの契約だ。そのため、ステージ衣裳も、持ち歌のためのドレスの他に、五着を用意した。もっとも、ステージはプール・サイドに作られたものだから、五着はすべて水着である。それらの衣裳を点検し、一色ちとせと出発前の打ち合わせをして、先方と確認の電話を掛け、ようやくひと息いれることができたのは、飛行機のシートに着いた時だった。

昨夜は、ほとんど寝《やす》めなかった。病院に運ばれ、同じことばかり繰り返す警察官の質問に、何度となく答えさせられた。興奮のためか、いまでもさほど眠けは感じないが、ひどく疲れているのがわかった。木暮はシートのリクライニングを一杯に倒し、足を投げ出して眼を閉じた。額の傷が、ずきずきと脈を打っていた。

「とぼけるな！」

拳銃男の声が、不意に甦った。

いったい、なんだったのだろう……と、木暮は考えた。

「ちゃんと見てたんだからな」

男は、そう言った。何を見たというのだろう？

空き巣狙いの、居直り強盗ではなかった。押し入れや戸棚の中はひっ掻き回されていたが、盗《と》られたものはなにもなかった。男は、はっきりと木暮に目的を持って来たのだ。留守の間に忍び込み、暗い部屋の中で木暮の帰りを待ち構えていたのである。

なんのために……？

「どこへやった」

と、男は訊いた。

「はやく出せ」

としきりに言っていた。どこへやった、ということは、以前は木暮の手元に男の欲しいものがあったというのだろうか。しかし、隠さなければならないようなものを、一時期でも手元に置いていたような記憶は、木暮にはまるでなかった。

警察の人間は、木暮が歌手のマネージャーと聞いて、男の要求していたものが、大麻とか覚醒剤のようなものではないかと勘繰ったらしい。いい迷惑だ。ほんの一部の芸能人のために、全体がそんな目で見られては、たまったものではない。

ちゃんと見てたんだからな……。

何を見たんだろう？　最近、何か、あの部屋から持ち出したものがあっただろうか？

思い当たらなかった。いくら考えても、わからなかった。

そうしているうちに、木暮は、いつの間にか眠ってしまったようだった。

5

宮崎でのサマー・フェスティバルは、まああの出来だったし、心配していた一色ちとせのスキャンダル騒ぎも、さほどのものではなかった。

拳銃男のことは、依然として気になってはいたが、東京へそれとなく問い合わせても、事態はまるで進展していないという返事しか得られない。警察も、拳銃が関わっているだけに、捜査は続けているのだろうが、いまのところ、なんのニュースもない様子だった。

そればかり気にしているわけにもいかず、六日後、東京に帰ってきた時、木暮はなかば事件を忘れかけていた。

「木暮さん、ちょっといいですか」

留守中に溜っていた仕事を片付けていると、ジャイロが脇にやってきた。木暮は、レコードの売上集計表から目を上げた。

「なんだジャイロ、お前ちょっと日に焼けたんじゃないか？　オレが目を離していると、遊んでばっかりいるんだな」

木暮の言葉には構わず、ジャイロは苛立ったような目で事務所を見回した。

「付き合ってもらえませんか」

普段のジャイロと違っていた。ピリピリしていて、まるで落着きがない。

「付き合う、というと？」

「話があるんです」

「ここじゃ駄目なのか」

ジャイロは、黙ったまま、睨むように木暮を見下ろした。木暮はジャイロの顔を見つめ、ふうん、と頷いた。

「ネスパとタッフィーは、どうした？」

ジャイロは首を振り、溜息のようなものを歯の間から漏らした。

「よし。『たむたむ』で待っててくれ。十分ぐらいで行く」

「すいません」

ジャイロは、言って事務所を出て行った。

想像がつくような、つかないような、厭な気分だった。

「スリー・パーセントか……」

木暮は、小さく呟くと、目を集計表へ戻した。

ジャイロは、『たむたむ』の一番奥の席でトマト・ジュースの入ったグラスを見つめていた。

「どうしたんだよ、いったい？」

アイス・コーヒーを注文した後で、木暮は訊いた。

「タッフィーが、抜けたいって言うんです」

「…………」

グラスのあたりに目をやったままのジャイロを、木暮は黙って見つめた。ジャイロにとっては、不意打ちを食らった格好らしい。

遅かれ早かれ、こういう時期がくると思っていた。ネスパとデュエットを組みたいと、タッフィーが言い出したのは先月だ。そんなことは考えるなと、説得したつもりだったのだが、効果はなかったようだ。

「ネスパは、なんて言ってる？」

ジャイロは、ゆっくりと首を振った。

「いないんです」

「いない……？」

木暮は、ジャイロを見返した。

「おとといから、奴には会ってないんです」

「……どういうことだ？」

「さっぱり、わからないんですよ。タッフィーにしても、ネスパにしても……」

「奴のアパートには行ってみたのか？」

ジャイロは小さく頷いた。トマト・ジュースに浮かんでいるレモンの切れ端を、ストローで突ついている。

「おれ、一応、奴の鍵預かってるから、部屋にも入ってみたけど、テーブルの上に牛乳のパックが放り出したままんなってて、腐ってた……」

木暮は顔をしかめた。

「タッフィーは、どこにいるんだ？」

「故郷《いなか》ですよ」

「なに……？」

ジャイロは、初めて木暮の顔を見た。

「昨日の夜、遅くなって、タッフィーが電話を掛けてきたんです。なんでそんなとこにいるんだって訊いたら、やめたいんだって……」

「ネスパと一緒じゃないのか？」

ジャイロは首を振り、また視線をグラスのほうへ戻した。

「訊きましたけどね。どうなんだかわかりません。返事してくれないんですよ」

「テレビ・ドラマの話は、どうするつもりなんだ。タッフィーもネスパも、あんなに張り切ってたじゃないか」

「だから……！」

ジャイロは、いきなり声を張り上げた。その自分の声に戸惑ったように、息を詰めた。しばらく、黙ったまま膝の間で両手を擦り合わせていた。

木暮の前にアイス・コーヒーが運ばれてきた。

「だから、おれにも、わかんないんですよ。おれらの今の状況がどんなかってことは、おれらなりにわかってるつもりだったし、木暮さんが言ってたように、テレビ・ドラマのテーマ・ソングをやって、それがうまくいくかどうかで、あとが決るってことも。それは、タッフィーだって、ネスパだってわかってるはずなのに、どうしてこんな時になって、やめるなんて言い出すのか、なに考えてるのか、ぜんぜん見当もつかないですよ」

ジャイロの声が震えていた。口をつけていなかったトマト・ジュースを、ごくごくと喉を鳴らしながら一気に飲み干した。

「やめたあとを、どうするのかは、言ってたのか？」

ジャイロは、首を振った。

「故郷《いなか》に引っ込んで、漁師の嫁さんにでもなって、ガキの二、三人産んで……どうせ、そんなことでしょう」

二人とも、しばらく口をきかなかった。

木暮にしても、とっさの判断ができなかった。まずは、スリー・パーセントを復旧できるものかどうか、その努力をしてみるべきだろう。タッフィーとネスパは、デュエットを考えているのかも知れないが、ジャイロを除いたあの二人にスリー・パーセント以上のことがやれるとは思えなかった。トリオとデュエットは、本質的にまったく違うものなのだ。あの二人に、それがわかっているとは思えない。

「おれ、これからタッフィーの故郷《いなか》へ行くつもりなんです」

不意に、ジャイロが言った。

「これから？」

「昨日、電話で話がしたいってタッフィーに言ったんです。このままじゃ、なにもわからないから、会って話したいからって」

「ああ、そうだな」

「今、東京に帰る気がしないって言うから、じゃあ、おれが行くって言ったんです。話したって気持は変わらないって言ってたけど、とにかく、行ってみようと思ってるんですよ」

「オレも、行くよ」

木暮が言うと、ジャイロはテーブルの上を見つめたまま、ごくりと喉を鳴らした。ふう、と息を吐き出し、木暮に笑ってみせた。

「それを頼みたかったんです。一人だけでも、行くつもりだったけど、下手すると、おれ、タッフィーをぶん殴っちまうかも知れないし、そうしたら、よけい駄目になっちゃうんじゃないかって……。いや、おれ、今は土下座してでも、タッフィーとネスパに頼むつもりではいるんだけど……」

「じゃあ、社長に断ってくる。ついでに、列車の時刻も調べてこよう」

そう言って木暮は立ち上がった。あ、とジャイロが手を上げた。

「おれ、車で来てますから。高速に乗れば、列車より早いですよ。それに、駅からはまたバスに乗ったりしなきゃなんないから」

「ああ、それもそうだな」

頷いて伝票を取った木暮の手を、ジャイロが押さえた。

「木暮さん、社長には、まだこのこと、言わないでくれませんか。うまくすりゃ、なかったことで済むかも知れないし……」

ああ、わかってるさ、と木暮はジャイロに笑って見せた。

6

海辺の小さな町に、タッフィーの実家はある。時間的には、高速道路を下りてからのほうが長くかかる。

高速のインターチェンジを出たところで、木暮はジャイロに一度車を停めさせた。出掛《でが》けに社長が留守だったために、細かい連絡事項が残っていたのだ。

「木暮です。社長は、帰ってる？」

「ええ、いるわよ」

電話を受けた女子事務員はそう答え、急に声を低くした。

「木暮さんに、電話が掛かってたわ」

「誰から？」

「それがねえ……ちょっと変なの」

「なんだい、変って？」

「松山さんって、木暮さんの友達？」

「松山……いや、思い当たらないな」

「あ、やっぱり」

「友達だって言ったのかい？」

「ええ、木暮さんはいますかって訊くんだけど、なんだか声の調子がおかしいのよ。友達だって言うから、一応、夜にはこちらへ帰ってくる予定ですって言っちゃったんだけどね。ほら、木暮さん、先週、アパートであんなことがあったでしょう？　あとで、気味が悪くなってきちゃって」

「オレの行き先は言ったの？」

「ううん、それは言ってない」

「わかった。ありがとう。社長に替わってくれ」

社長との話を終え、受話器を置いて、木暮は額に手をやった。

傷は、もうほとんどわからなくなっている。だが、拳銃男の言葉だけは、はっきりと耳に残っていた。

どこへやったんだ？　ちゃんと見てたんだからな……。

「木暮さん……」

受話器を置いたまま額に手をやっている木暮に、ジャイロが声を掛けた。

「どうしたんですか？」

「いや、妙なのが、オレの友達だと言って事務所に電話をかけてきたらしい」

「妙なのって……じゃあ、あの」

木暮は、肩を竦《すく》めてみせた。あれ以来、事務所の連中は、なにかというと木暮の武勇伝を話のタネにした。そんな電話がかかったとなると、またそれがぶり返すに違いない。もう、たくさんだった。

「いこう」

声を掛けると、ジャイロは、おれも電話を、と受話器を取り上げた。

「どこへ？」

「タッフィーに、一応……。行って、いなかった、なんてのは厭だから」

「そうか……そうだな。ただ、あまり刺激するなよ」

そう言って、木暮は先に車へ戻った。

ジャイロの電話は、簡単に通じたらしく、すぐに戻ってきた。運転席に乗り込むと、時計を眺め、

「シートベルト、しといたほうがいいですよ。道が悪いから」

そう木暮に言って、静かに車を出した。

国道を南へ走り、途中の町から左へ折れると、やがて車は海沿いの道へ出た。温泉町と漁村が、代る代るに現れる。道の両側には、「マスづり」とか「ひもの」といった立て看板が目につき始めた。ゴムの前掛けを着けた親爺が、沿道にバケツとマナ板を出して、魚のはらわたを抜いている。葦簾《よしず》張りの小屋が浜に並び、その向うの海にはウインド・サーフィンの若者たちが低い波と格闘しているのが見えた。

幾つもの保養所が集まっている山を越えて、車はまたちょっと大きな温泉地に入った。ジャイロが、旅館の前で車を停めた。

「どうした？」

木暮が訊くと、ジャイロは首を振った。

「喉、渇きませんか？」

見ると、旅館の前にコーラの自動販売機が据えてあった。ジャイロは車を下り、缶入りコーラを二本買ってきた。窓から、一本を木暮に渡し、自分はボンネットに寄り掛りながら、缶を開けた。

タッフィーの両親のいる漁村は、この温泉町を抜けてもういくらもないはずだった。木暮には、ジャイロの気持がわかるような気がした。タッフィーに会って話をすれば、あるいは、事態は彼にとって最悪のものになるかも知れない。タッフィーの決意が堅ければ、いくらジャイロと木暮が説得しようと、彼女の首が縦に振られることはないだろう。自分で望んで来たとはいうものの、最後の踏ん切りがつかないでいるのだ。

ジャイロは、スリー・パーセントのリーダーだった。以前の彼らは、非常に結束が固かった。それが、ネスパの部屋のベッドに、タッフィーが寝ているのをジャイロが気付いてから、その結束は崩れ始めた。ジャイロだけが、グループの中で浮いた形になってしまったのだ。

ジャイロがコーラの空き缶を屑籠に投げ入れた。腕時計を眺め、諦めたような顔で運転席に乗り込んできた。黙ったまま、ゆっくりと車を出した。

町の中心にあるホテルの脇を過ぎた時、木暮は、あ、と声を上げて後ろを振り返った。ホテルの横に駐車していた車の中に、ネスパのカローラがあったような気がしたからだ。

「なんですか?」

ジャイロが前を見たまま訊いた。

「さっきのホテルの横に、ネスパの車があった」

「まさか……白いカローラなんて、どこだって走ってますよ」

「いや、横っ腹に、赤いハートのステッカーが貼ってあったんだ」

「ステッカーぐらい、みんな貼りますよ。違う車でしょう」

いや、だが……と言いかけて、木暮はあとの言葉を呑んだ。そうか、と気付いた。タッフィーの実家の近くにあるホテルにネスパが来ていることは、充分有り得ることだ。ただ、ジャイロはそれを認めたくないのだろう。むりやり認めさせることは、彼をみじめにさせるだけなのかも知れない。

町の外れで、車は旧道へ入った。

「ひどい道ですからね。シートベルト、いいですか？」

ジャイロが木暮のほうを、チラッと見て言った。

「落石なんか、けっこうあるらしいんですよ。安全運転で行きますけど、急ブレーキ踏むこともあるかも知れないですからね」

「そういうお前は、しないのか？」

「ひどいんですよ。こっちの、留め金がバカになってるんです。直そうと思ってるんですが、どうも面倒で」

ジャイロの言う通り、あちこちに「落石注意」と標識が立っていた。道の右側が切り立った崖になっている。左側は海だ。乗り心地にしても、快適とはとても言えなかった。しかも、海沿いの道はやたらにカーブが多い。

木暮は、なんとなくネスパのカローラがやって来るような気がして、何度か後ろを振り返った。しかし、見える範囲に車は一台も走ってはいなかった。

「バイパスができてから、ほとんどの車はみんなそっちを通るんです。ああいうのができると、よけい古い道は整備もしないで見放されちゃうんですよね」

なるほど、海側のガードレールもひどく古びている。車がこすった跡がそのままになっていたり、壊れてなくなったまま路肩が海に剝《む》き出しになっているような箇所もかなりある。ジャイロの運転は、さらに慎重さを増した。

左手の海が入江になっていた。大きく弧を描いた道が、向うの岬へ続いている。と、後方に一台の車が見えた。かなりのスピードを出しているとみえて、ぐんぐん近付いてくる。カローラではなかった。ジープのようだ。若い男が二人乗っているのが見える。ジープは、車間距離もろくにとらず、木暮たちの車の後ろにぴたりとつけた。

前方で、道が右にカーブしていた。岬の鼻のあたりである。その突端に、ぽつんと人影の立っているのが見えた。

女……?

そう木暮が思った瞬間、後ろのジープがいきなり追い越しをかけてきた。すぐ先はカーブである。岩壁に遮《さえぎ》られて、見通しはまるできかない。無謀運転もいいところだ。

「ジャイロ、気をつけろ」

木暮が声を上げた時、ジープは並ぶ間もなく追い抜き、そして次にいきなり前へ割り込んだ。

「あっ」

ジャイロが叫び、ブレーキを踏んでクラクションを鳴らした。

その時――。

岬の突端にいた女が、突然、道路へ飛び出した。それも、こちらに背を向け、カーブの向うへ大きく両手を振っている。そこへ、ジープがクラクションを鳴らしながら突っ込んでいった。女が慌てたように道端へ身を引く。木暮は息を呑んだ。カーブの向う側から、黒い車が飛び出してきた。しかも、センターラインをかなりオーバーしている。

「あぶない！」

木暮は思わず叫び、車の中で足を突っ張らせた。ジャイロが、ブレーキを力一杯踏み込んだ。

一瞬のうちにすべてが起こっていた――。

ジープが道をそれて海へ飛び出したのと、ハンドルを切りそこねた黒い車が内側の崖に激突したのが、ほとんど同時だった。

ジープは、黒い対向車を避けるために外へハンドルを切ったのだが、道幅にそれだけの余裕がなかった。だいたいスピードが出過ぎていたのだ。結果的には、ガードレールがなかったことが、かえって幸いしたのである。海面までの高さは一メートルほどしかなかったし、ジープの飛び込んだ海は岩盤が棚のようになった深みだった。これがごつごつした岩場だったら、大変なことになっていたかも知れない。

むしろ、ひどかったのは崖に突っ込んだ黒い乗用車のほうだった。ボンネットがぐしゃっと潰《つぶ》れ、フロントグラスが粉々になっている。その砕け散ったガラスの間に、運転者の頭が見えた。

あまりにも突然の出来事に、木暮はダッシュボードを摑んだまま、身動きすることさえできなかった。隣で、はあはあ、とジャイロの荒い息遣いがしていた。

あ、と気付いて、木暮はシートベルトを外し、車の外へ出た。崖に鼻を押し潰されている黒い車の向う側へ急いだ。

「お、おーい！」

海で声がした。見ると、ジープの男が水面から首だけ出して手を上げている。

「たすけてくれ！　一人、足が動かないんだ」

木暮は、ジャイロの車のほうを振り返った。木暮は泳げない。

「ジャイロ！　あっちを頼む」

ジャイロは、まだ運転席で呆然としていたが、木暮の声に打たれたように慌てて車を下りてきた。路肩のほうへ走って行くと、そのまま海へ飛び込んだ。

木暮は、黒い乗用車の向うへ回った。予期していた通り、女が撥《は》ね飛ばされたような格好で、道端に倒れていた。

駆け寄って、木暮は思わず声を上げた。

タッフィーだった……。

ジーンズに紺色のTシャツをたくし込んでいる。長い髪が頬に貼り付いていた。

タッフィー……。

木暮は、彼女の首にてのひらを当てた。脈がある。周囲を見回した。動かすのは危険かも知れない。とにかく、助けを呼ぶのが先決だ。靴に何かが当たって、見るとタッフィーの身体の下からダーク・グリーンの筒のようなものがはみ出していた。筒に付いている革紐を引っ張った。

大型の双眼鏡だった。革紐が、タッフィーの左手に絡みついていた……。

エンジンの音が遠くに聞こえて、目を上げると、道の向うからトラックのやって来るのが見えた。木暮は立ち上がり、手を上げてトラックに合図を送った。ふと、タッフィーも事故の直前、同じようなことをしていたのを思い出した。

「木暮さん……」

振り向くと、ジャイロがずぶ濡れになって、若い男に肩を貸して立っていた。その横には、放心したような髭面の男が、やはり全身から水を滴《したた》らせている。

「木暮さん、あ、あれ……」

ジャイロが、黒い乗用車を指さした。

「あれ、ネスパだ……」

木暮は、乗用車のフロントグラスに頭を突っ込んでいる運転者を凝視した。

自分の眼が、信じられなかった。

7

救急車の到着によって、ネスパはすでに死んでいることが確認された。

即死だったのだ。

タッフィーは、直ちに、少し離れたところにある市立病院に運ばれた。肋骨と腕の骨を折っており、内臓が破裂している恐れもあるということだった。

ジープの男たち、そして木暮とジャイロは、警察で事情を訊かれることになった。

事情聴取は、結局、夜中まで続いたが、そこで木暮は、さらに信じられないことを聞かされた。

ネスパが運転していた黒い乗用車は、三日前の夜、東京都内の路上から盗まれたものだったというのである。一昨日、車の持主から盗難届が出されていた。

ネスパが、車を盗んだ……。

考えられなかった。仕事に対する責任感はさほど強くなかったが、ものごとの道理がわからない男ではなかった。

ネスパが車を？　そんなばかな、と木暮は思った。第一、ネスパが憧れていたのは、スポーツ・カーであり、外車なのだ。一歩譲ったとしても、どうして黒の乗用車などに目をつけるのか。

木暮は、その時になってホテル脇に駐車してあったカローラのことを思い出した。警察が調べに行き、その日のうちに、車はネスパのものであると確認された。

つまり、総合すると、こういうことになるらしい。——ネスパは、三日前の夜、路上から黒の乗用車を盗んだ。その盗難車でタッフィーの郷里へ行き、温泉町に置いてあるカローラを取りに行ったかどうかしたその途中で、事故を起こした。しかも、ネスパはかなりの無謀運転をやっていた。センターラインを越え、見通しのきかないカーブを、大きく脹《ふく》らむような感じで回って来たのである。そこへジープが突っ込んできたために、あの事故になってしまった……。

ことの結果としては、そうなるのだろう。だが、木暮には、まるで納得がいかなかった。腑《ふ》に落ちないことが、あまりにも多過ぎる。

タッフィーは、どうして、あの岬の突端に立っていたのだろう? 彼女は、双眼鏡で何を見ていたのか? そして、なによりも奇妙に思えるのは、あの事故に、スリー・パーセントの三人が顔を揃えたということだった。

偶然、だったのだろうか……? 果たして、こんな偶然が、起こり得るものなのだろうか。

なにもわからず、タッフィーの意識も回復しないまま、一日が過ぎた。

夜、木暮はジャイロと二人、事務所の応接用ソファに腰を下ろしていた。ジャイロは、昨日からずっと病院のタッフィーに付きっきりでいたのだ。夕方、プロダクションに姿を見せたジャイロは、木暮を見たとたん、子供のように泣き出した。

幾つかの週刊誌から、事故についての取材の申し込みがあったが、木暮はすべて断った。すべてのことが、自分自身で納得できるまでは、マスコミはもちろん、事務所の人間にも話そうとは思わなかった。

「ジャイロ」

木暮が呼ぶと、ジャイロはゆっくりと顔を上げた。膝を抱くような格好でソファに掛けている。

「お前には話さなかったんだが、オレは前にタッフィーから相談を受けてたんだ」

「相談……？」

「ネスパとデュエットでやりたいと、タッフィーは言ってた」

「…………」

ジャイロは、顔を歪《ゆが》めた。笑ってみせようとしたのかも知れなかった。

「いつですか、それ……」

「ひと月ぐらいになる」

「なんで、言ってくれなかったんです？」

「言ってどうなるよ？　オレは、デュエットは反対だった。スリー・パーセントの中のタッフィーとネスパなんだ。奴らはスリー・パーセントにいるから、やってられるんだ。そう言いきかせた。お前には、言わなかった。言えば、グループが気まずくなるだけだと思ったからね。でも、もしかしたら、オレは間違ってたのかも知れない」

「わかんないな。何が、言いたいんですか？」

「昨日の事故さ」

「…………」

「ジャイロ、お前、あれが偶然起こった事故だと思うか？」

「え……？」

ソファに上げていた足を下ろし、ジャイロは背中を立てた。

「ネスパの乗ってたのは盗難車だった。どうしてネスパは車を盗んだりしたんだ？　奴のカローラは温泉町のホテル脇に置いてあった。なんのためだ？　タッフィーは、双眼鏡を持って岬の突端にいた。あいつ、なにをやってたんだ？　ジャイロ、考えてみろ。おかしいと思わないか？」

「木暮さん……」

ジャイロは、驚いたような顔で首を振った。

「オレたちの車をジープが追い抜いて、事故はあんな格好になった。だけど、もし、あのジープがいなかったとしたら、どうなってただろう？」

「どうって……」

「海に落ちていたのは、オレたちだったかも知れない」

「そんな……木暮さん、いや、だって……」

「これは、想像だけどね。タッフィーは双眼鏡を持っていた。彼女の見ていたのは、お前の車さ。お前の車が、ある地点に来た時、タッフィーは岬の向う側に合図を送る。エンジンをかけて待機しているネスパの乗った盗難車にね。ネスパはタッフィーの合図を受けて、車をスタートさせる。タイミングを計ってあれば、二台の車はちょうど岬の突端で出会うことになる」

ジャイロが、喉を鳴らした。目を自分の膝に落とし、息を荒くしている。

「たぶん、計画では、盗難車を避けたお前の車だけが海に落ち、ネスパはそのまま温泉町まで飛ばして行くことになってたんじゃないのかな。奴は、町で盗難車を乗り捨て、自分のカローラに乗り換えるつもりだったんだ」

「………」

「タッフィーとネスパがデュエットを組むというのを、オレは取り合わなかった。でも、奴らは諦められなかったんだ。それで、計画を立てた。お前が参加できないようなことになれば、必然的にデュエットが組める、そう考えたんじゃないのかな。タッフィーが故郷《いなか》に帰り、グループを抜けると言い出せば、お前は車を飛ばしてやって来るだろう」

ジャイロは、なにも言わなかった。黙って膝の間で手を擦り合わせていた。

木暮は、妙に自分が苛立っているのに気付いた。自分の喋っている言葉が、どこかズレているような気がしてならないのだ。頭の中で考えていた時は、そうでもなかったのだが、口に出してみるとどうもすっきりしない部分が残る。

確かに、結果から考えれば、一応の筋道は通る。だが、そんなにうまくいくものだろうか？

タッフィーがネスパに合図を送る……いったい何を基準にして合図するのか？　岬

の突端で二台の車が出会うタイミングを計るためには、ジャイロの車のスピードだって考慮に入れなくてはならない。ジャイロが一定のスピードで車を走らせてくるとは限らないのだ。どこかでブレーキを踏むかも知れないし、スピードを上げてくるかも知れない。

　そして、たとえタイミングがうまく合ったとしても、ジャイロが海に飛び出してくれるかどうかはわからない。現に、ネスパはジープと正面衝突しそうになり、崖に激突してしまったのだ。

　そんな、あやふやで危険な計画を、タッフィーとネスパが立てるだろうか？

　考え過ぎか……。

　そう木暮は溜息を吐《つ》いた。

「そんなに……」

　ジャイロが、苦しそうに言った。

「そんなに、おれが邪魔だったのかよ。殺さなきゃ収まらないほど、邪魔だったのかよ……」

　いや、と木暮が言いかけた時、電話のベルが鳴り始めた。びくり、として木暮とジャイロは顔を見合わせた。木暮は受話器を取りに立った。

「はい……」

「木暮さんは、おられますか？」

私です、と答えそうになって危うく言葉を呑んだ。

あの男だった。声は、はっきりと覚えている。拳銃男だ……。

「木暮ですか。明日から出張なんで、今日は早目に、ついさっき帰りましたけどね」

とっさにそう答えた。その言葉に驚いたのか、ジャイロが目を見開いてこちらを見た。

「さっき？　ああ、そうですか」

「どちら様でしょう？」

「いや、じゃ、いいです」

そう言って、拳銃男は電話を切った。

ジャイロが立ってやってきた。

「木暮さん、帰ったって……なんだったんですか？」

「うん。待ってくれ、あとで説明するから」

木暮は、不審な表情のジャイロに構わず、再び受話器を取り上げた。うまくいくかどうかはわからなかったが、とにかく、木暮は警察のダイヤルを回した。

8

それから三十分ほど後、木暮は警察の車の中から自分のアパートを眺めていた。隣のシートには、緊張した面持ちのジャイロが座っている。

拳銃男が待ち伏せしていないことを確かめた上で、アパートの住人は一時他所へ避難してもらってある。あちこちの部屋に明りがついているが、部屋にいるのは全員が警察官だ。木暮の部屋でも、二人の刑事が時を待っている。

果たして、予想通り拳銃男が現れてくれるのか――木暮にはそれが心配だった。

さっきの電話で、奴は木暮がアパートにいることを知っている。明日から出張だ、と言っておいた。とすれば、今日のうちにやって来るのではないか。それが、木暮の計算だった。だが、計算通りにいくかどうかは、ここにいる誰にもわからなかった。

重苦しい時間が、ゆっくりと過ぎていった。すべての態勢が整ってから十五分ほど経った――。

一人の男が、静かにアパートの外階段を上って行った。階段を上り切ったところで、常夜灯の光が男の顔を照らした。

あの男だった。

「あれですか？」

助手席に座っていた刑事が、木暮を振り返った。

「間違いありません」

木暮が答えると、刑事は手にしていたマイクを口許へ近付けた。

「きたぞ。銃は手にしていない。ポケットの中だろう。遅滞なく取り押さえろ」

木暮は息を殺して、アパートの外廊下を歩いている男を見つめた。

男は、木暮の部屋の前で立ち止まった。上着のポケットに右手を入れ、左手でドアを叩いた。

「かかれ！」

刑事がマイクに叫ぶと同時に、男の立っている両側のドアが開き、拳銃を構えた警察官が飛び出してきた。驚いた男がポケットから手を出す余裕も与えず、二人の警官が男の両脇を押さえる。木暮の部屋のドアが開き、中にいた刑事が、銃を取り上げられた男の手に手錠を掛けた。

ほとんど、あっという間のことだった。

興奮のためか、隣のジャイロの身体が小刻みに震えていた。助手席の刑事が車から下り、木暮も外へ出た。ジャイロはシートに座ったまま、アパートを見上げていた。

刑事に両脇を取られ、男が階段を下りてきた。胸が激しく上下しているのが、木暮のところからも見えた。

　こちらのほうへ引き立てられてきた男の目が、木暮の顔の上で止まった。

「あいつだ！」

　突然、男が声を上げた。

「あいつなんだ。あいつを捕まえろよ」

「だまれ！　何を言ってるんだ」

　横の警察官が、男を小突いた。

「金は全部、あいつが持ってるんだ。おれは見たんだからな。あいつが、あの野郎を車に乗せたんだ。全部、横取りしやがったんだぜ。わかってるんだ。おれじゃない、あいつなんだ！」

　男は、車に押し込まれるまで、木暮のほうを向いて叫び続けていた。

　金……？

　木暮は眉を寄せた。

　あの野郎を車に乗せた。横取り……。横取り？

　はっとして、木暮は目を上げた。刑事が横にやって来た。

「木暮さん、奴は何を言ってるんですか？　どういう意味なんです、あれは？」

　木暮は、ゆっくりと頷いた。

「やっと、わかりました。そういうことだったのか……」

言葉の最後は、ひとりごとになった。

「わかった、というのは？」

「あ、すいません。ちょっと、ひとつだけ確かめておきたいんです」

そう断って、木暮は車へ戻った。前席の背に額を押し付けているジャイロに、木暮は訊ねた。

「ジャイロ、あの電話で、お前らはオレの名前を奴に教えたのか？」

ジャイロが、首を振った。

「許して下さい。こんなつもりじゃなかったんです。怖かったんです。仲間がいるなんて考えてもみなかったんです。とっさに口から出ちゃったんですよ。木暮さんの名前しか思いつかなかった。許して、下さい」

「いや、許せないね。お前らのやったことが許せるわけはない」

そう言うと、ジャイロは声を上げて泣き始めた。

刑事が助手席から訊いた。

「どういうことです？」

木暮は、泣いているジャイロを眺めながら、静かに答えた。

「あの男が、銀行強盗の犯人です」

9

警察署の一室で、木暮はこれまでの経緯《いきさつ》を刑事に話し終えた。

「つまり、こういうことだったんです。あの銀行に強盗が入った日、我々は白浪食品の三十周年記念パーティーに出演していました。ぼくは、急用ができて新幹線で東京へ戻ったのですが、スリー・パーセントの連中はプロダクションのバンで帰ることになりました。その帰り道、連中は銀行強盗の片割れに出会ったのです。二人組の強盗は、金を奪った後、仲間割れを起こしました。金を独り占めして逃げた仲間を、あの男は拳銃で撃ったのでしょう。片割れがスリー・パーセントの乗ったバンを停めた時、彼はかなり弱っていたのだと思います。

恐らく、スリー・パーセントの連中はそれが銀行強盗だとは知らずに乗せたのでしょう。助けを求めている怪我人を乗せただけだと思います。それを、あの男は見ていたんです。奴も片割れに不意を突かれた時、怪我をしていたのかどうか、とにかく、バンの横腹に書いてあるプロダクションの名前を見るのが精一杯だったんでしょう。プロダクションの名前を覚えていたので、あの男はぼくの勤めている事務所を捜しあてることができたのです。

一方、スリー・パーセントのバンに乗り込んだ片割れは、病院に着く前に死んでしまったのだと思います。スリー・パーセントのうちの誰かが、死んだ男の抱えていたバッグの中に大金が入っているのを見つけました。彼らは、その金に目がくらんだのです。男が銀行強盗だったと気付き、三人は死体を適当な場所に棄て、金を持って逃げてきてしまいました。

東京に着く前に、連中は男の怪我のためにシートカバーが汚れてしまっていることに気付きました。たぶん、血でも付いていたのでしょう。慌てて、それを隠すためにカバーを買い替えたのです。タッフィーは、自分が車に酔ってカバーを汚したのだと言い訳していました。帰りが遅くなった理由も、途中で気分が治るまで休んでいたからだということで済ませました。

ところが、連中にとって思いもかけないことが起こりました。生き残った銀行強盗が、プロダクションに電話を掛けてきたのです。その電話が掛かった時、ぼくはちょうど席をはずしていました。連中は、バンを運転していたのが木暮という者だと、男に嘘をつきました。男はその言葉を信じ、金を横取りしたのはぼくだと思い込んだのです。

男は、金を取り戻そうと、ぼくのアパートに忍び込みました。目的は果たせず、ぼくを殴って、男は逃げました。

そのことが、スリー・パーセントの連中に恐れを抱かせたのです。このままではまずい、と連中は考えました。放っておけば、いつ自分たちのことがばれるかわかりません。ぼくではなく、金を横取りしたのが自分たちだと犯人に知れたら……そう考えると、怖くなりました。そこで、窮余の一策として、横取りの罪を押しつけたまま、ぼくを消すことにしたのです。

ええ、あの事故は、ジャイロを殺すのが目的ではなく、狙いはぼくにあったのです。

ネスパの運転する盗難車とジャイロの車が、岬の突端でぴったり出会うためには、ジャイロの運転技術が必要でした。連中は、ぼくが宮崎に行っている間に、そのタイミングをとる練習を充分に積んでいたんだと思います。タッフィーが双眼鏡でジャイロの車を追い、ジャイロは計算通りのスピードで車を走らせます。決めておいた地点をジャイロの車が通過した時、タッフィーは岬の向うで待機しているネスパに合図を送るのです。タイミングさえうまく合えば、計画はきっちりいくはずでした。

もし、ジャイロの車の前に、別の車が走っていたような場合は、ジャイロがあの場所へ着く前にスピードをゆるめるとか、一時停止するとかしてタイミングをとるつもりだったのでしょう。ジャイロの後ろから来る車については、問題はないはずでした。

実は、この凝った偽装事故自体、万一の目撃者の可能性を考えたものだと思うのです。目撃者が絶対にいないと確信できるなら、ただジャイロが車を海に突っ込ませるだけでいいはずです。何が起こったのかは、生き残ったジャイロがどうにだって言えるわけですし、警察はタイヤのスリップ跡ぐらいしか、調べようはないでしょう。でも、目撃者がいないと確信することはできませんでした。ジャイロの車が自分で海に落ちたのだと、誰かに証言されたら、事故は一転して殺人になってしまいます。ネスパが盗難車に乗っていたのも、スリップ跡をつけるためと、万一の目撃者のためでした。

ええ、ジャイロは生き残り、死ぬのはぼくなのです。ぼくは、まったくのカナヅチで、あんな海に投げ出されたら、ひとたまりもありません。しかも、ジャイロは、ぼくにシートベルトを締めさせました。海に沈んだ車の中に縛りつけられているのです。壊れているのだと、ジャイロのほうはベルトを締めませんでした。アクシデントさえなかったら、ぼくはあそこで死んでいたに違いありません。あの、ジープさえ、いなかったら……。

ジープがジャイロの車を追い抜いたのは、カーブのすぐ手前に来てからでした。タッフィーは、突然のことに、慌ててネスパの車を止めようとしました。ところが、もう間に合わなかった。あれで、すべてが狂ってしまったのです。

ぼくが、死んでしまえば、銀行強盗犯人が迫ってくることはない——連中は、そう考えたのです。犯人は、金を取り戻そうとして、死んだぼくの周辺を捜し回るかも知れませんが、ぼくの口がきけないようにしておけば、自分たちの犯罪がばれることはないと考えていたのだと思います……」

ようやく木暮が警察から解放されたのは、明け方になってからだった。

木暮は、アパートへ帰らずそのまま事務所へ出た。

誰もいない事務所の中で、木暮はしばらくぼんやりしていた。

刑事は、ジャイロが自分たちの犯行を認めたと、木暮に伝えた。プロダクションのバンが直ちに調べられ、真新しいシートカバーの下に、小さな黒い染みがついているのが発見された。それが、血痕であると判明するのは、もう時間の問題だろう。

「ばかだよ、お前ら……」

木暮は口に出して言ってみた。

ふと、思いついて、部屋の隅の棚からスリー・パーセントのデビュー・アルバムを取り出した。それを持って応接室へ入った。プレーヤーの上にレコード盤を乗せ、スイッチを入れた。

スピーカーから、アップ・テンポのコーラスが流れ始めた。三人の声は、歯切れ良く、転がるようで、澄んでいた。何度も繰り返して聴いたはずの曲なのに、なんだか初めて耳にしたような錯覚が、木暮を捉えた。

木暮は、ソファから立ち上がり、スピーカーを背にして、向うの壁に微笑みかけた。見えない観客に向かって、高々と手を差し上げた。

「みなさん、スリー・パーセントをご紹介します！」

遅れて来た年賀状

初出：小説宝石　'84年1月号

1

なんて、たるんだ郵政省だ。

正月五日の朝、渋沢哲次《しぶさわてつじ》はアパートの郵便受を覗いて呆れ返った。新聞を取り出した奥に、年賀状の束が落とし込まれていたからだ。

腹立ち紛れに郵便受の中身をかっさらい、部屋へ戻ってトーストをかじりながら、束を括《くく》った麻紐をほどいた。束には、賀状だけでなく、封書までが入っていた。

不思議に思っていたのである。たった一枚の年賀状も来ない正月など、想像もできないことだった。それこそ小学校へ行っていたころから、年賀状は一年の始まりの象徴だった。口では、年賀状無用論など唱えたりもしながら、年末の慌しさの中で印刷所でデザインのサンプルを選び、元日の朝、ゆっくりとテレビの前で、届けられた賀状を一枚一枚繰る。ああ、年が変わったのだ。新しい朝なのだ。宮城道雄の「春の海」を耳の端で聞きつつ、そう感じるのが正月であった。

それが、今年の元旦は一枚もなかった。駅前の電気屋が毎年うるさく送ってくるダイレクトメール代わりの新年特別セールの案内状さえ、郵便受には見当たらなかった。

渋沢哲次は、自分が世間のすべてから見放されたような思いがした。三ガ日が終わり、会社が始まる四日の朝になっても、郵便受はカラッポのままだった。会社の新年宴会が、どこか寂しいものに感じたのも、年賀状の来ない正月というショックのためだった。

どうということはない。つまり、配達が遅れただけだったのだ。

「なんでえ、バカヤロ」

哲次は、郵便局への怒りを口に出した。

その怒りがさらに脹《ふく》れ上がったのは、草柳房枝《くさやなぎふさえ》の封書を発見した時だった。

房枝は年末休暇を一週間繰り上げ、蔵王にスキーをしに行ったのである。手紙は、ホテルから出されたものであった。

「とっても素敵なクリスマス」

と文面にある。コーヒーでもこぼしたらしく、青いインクが便箋の半分に流れて染みついていた。

クリスマスの手紙と、年賀状を一緒くたに配達するというのは、いったいどういう神経だ。もちろん年賀状だって、房枝は送ってくれているのである。

まあ、新聞を読むと、郵政省は年末から年始にかけて、年賀状だけで三十億通近くも取り扱うらしい。郵便屋さんだって大変なのだということはわかる。それにしたって……と、哲次は思ってしまうのだ。

まあ、いいや。

哲次は時計を眺め、やれやれと首を振った。トーストの耳を口へ放り込んで立ち上がった。さて、仕事始めだ。昨日は、例年のごとく、お得意への挨拶回りと新年宴会だけだった。

いつもより、ちょっとすました感じの草柳房枝の振袖姿を思い出しながら、哲次はアパートの部屋を出た。

2

「あ、草柳さん」

哲次は会社へ着くと、まず草柳房枝に声を掛けた。今日は、もちろん振袖ではなく、お仕着せの青い上っ張り姿である。

哲次に気付かなかったのか、房枝はそっぽを向いたまま同僚の女子事務員のほうへ歩いて行く。

「草柳さん」

もう一度呼ぶと、いささか硬張ったような表情で振り返った。

「蔵王からの手紙、ありがとう。いや、いまさら変なんだけど、今日、やっと届いたんだよ。年賀状もだぜ。参っちゃうよな」

「ああそう……」

怒っているのかな……。と、哲次は思った。迷惑顔で、ことさら哲次の視線を避けるようにして窓の向うを眺めている。

「でもさ、中の一枚、半分ぐらい読めなかったぜ」

眉をしかめるようにして、房枝は哲次を見た。

「あれ、コーヒーかなんかこぼしたんだろ？　インクが流れて読むのに苦労しちゃった」

「なに言ってんの？　よくわからないわ」

「いや、コーヒーをさ……」

「へんなこと言わないでよ。あたし、手紙書きながらコーヒーなんか飲まないわ。悪いけど、あまり話しかけないでくれる？」

え……？

哲次はポカンとして、去って行く房枝の後姿を見送った。

話しかけないで……？

便箋の汚れを言ったのが、気に障《さわ》ったのだろうか。いや、どうもそれだけではなさそうだ。嫌われるような、なにをしたというんだろう。

その時、哲次は初めて、なんとなく課の様子がおかしいのに気付いた。

自分が、なにか特別な目で見られているような感じがする。全員が自分を見ている。見ていながら、目が合いそうになると、さっと顔を背けてしまうのだ。男子社員のある者はニヤニヤと薄笑いを浮かべ、ある者はあからさまな侮蔑の表情をみせた。

どうしたんだ？

腑に落ちなかった。始業まで、二、三分あるのを確認すると、哲次はトイレへ行った。鏡の前に立ってみる。異常は、どこにもなかった。いつも通りの渋沢哲次だ。

何がどうなってしまったのだ？　なにか彼らの気に食わないことをしただろうか。したとすれば、昨日の宴会の席上で……いや、特に何をやったという記憶はない。酒は適量だったし、カラオケのマイクを持たされた時だって、無難なやつを控え目に歌っただけだ。シラケられることもなかったし、ウケ過ぎるようなこともしなかった。

じゃあ、みんなのあの視線はいったいなんなのだ。

営業二課における哲次の成績は、去年のトータルで一位だった。営業部全体では、二位である。しかし、それでやっかみを受けるようなことは、これまでなかったのである。さほど派手な性格ではないけれど、上からの受けも良かったし、新入りからの評判だってまずまずだ。仕事上のライバルは何人かいるにしても、それは決してマイナスの関係ではなかったはずである。

女子社員たちからの評判も、良過ぎもせず、悪くもない。草柳房枝とは、五、六度デートをした。デートは彼女だけである。他の女子を昼に誘ったことはあっても、ちゃんと節度は保ってきた。房枝に、そっぽを向かれるような覚えはどこにもない。だいたい、房枝とは、まだ食事と映画とボウリングと、それだけの仲なのだ。

始業のベルを聞いて、哲次は慌てて部屋へ戻った。朝礼で、いつもながらの部長の訓話が続いている間、哲次は納得のいかない気持を味わっていた。

「渋沢」

吹っ切れぬ思いのまま、仕事にかかろうとしていると、一課の時田《ときた》義則《よしのり》が声を掛けてきた。

「やあ、おめでとう。昨日は、話もできなかった」

「ああ、今年もよろしく……」

時田は、困ったような表情で新年の挨拶を返した。

「いや、渋沢、オレさあ、お前に悪いことしちゃったかも知れないんだよ」

口籠《くちごも》りながら、時田は言った。言いつつ、周囲から向けられる視線を気にしているのがわかる。

「悪いことって、なんだよ」

聞き返した時、はっとしたように時田は哲次の後ろへ目を上げた。振り返ると、相《そう》馬《ま》課長が立っていた。

「渋沢君、ちょっと来てくれ」

課長が言った。裏切り者を咎めるような口調だった。

気がつくと、逃げるように自分の席へ戻る時田の背中が見えた。

3

哲次の連れて行かれたのは、小会議室だった。

相馬課長は、照明のスイッチを入れ、ドアを閉めろ、と哲次に命じた。ズボンのポケットに両手を突っ込んだまま、窓際へ歩いて行った。黙って外を眺めている。十二、三秒おきに、憤慨とも苛立ちともつかぬ溜息の音を立てた。

哲次は、わけもわからずテーブルの脇に立っていた。

「あのう……」

堪《こら》え切れずに言いかけた時、課長はいきなり哲次のほうを振り返った。

「新年早々から、こんなことを言わなきゃならなくなるとは、思ってもみなかったよ」

「ええと、どのような……」

「どのようなじゃない。まったく、君はいったい、なんのつもりなんだ。え？」

「なんのつもり……と言われますと」

「とぼけるな！」

ひと声上げ、課長は腹立たしげに椅子を引き出すと、そこへ腰を落とした。

そのまま、また黙っている。哲次は、なんのことやら見当もつかず、答えようもなくて首を傾げた。課長には、その哲次の態度がまた気に障ったらしい。

「困るんだよ、渋沢君」

嚙み付くような調子で言う。

「はあ……」

「なにが、はあ、だ。いいか？　ウチじゃ、社員の副業を禁じているってことぐらい、君だって知ってるだろう」

「副業……はあ、存じてますが、いや、しかしそれが僕に」

「黙れ。わかってるんだ、全部な。まあ、確かに、社員の中にはアルバイトをやっているのも、少しはいるらしい。学習塾の添削だとか、外国の小説の下訳なんかをやっているのまでいると聞いてる。知ってはいるが、見て見ぬふりをしてきた。確かに、そういう事実はある。芳しいことではないが、オレ自身の考えでは、会社の仕事に差し障りがなければと、まあ、そう思ってるわけだ。しかし、だよ——」

課長は、哲次を睨む眼に力をこめた。

「君のような副業をやってもらっては、会社が迷惑なんだ。それがわからんか。え？」

「あのう……」

何かの間違いだ、と思いながら哲次は首を振った。課長は、何かとんでもない勘違いをしている。

「僕は、副業なんて、なにも……」

「しらばっくれるな、と言うんだ」

「いえ、しらばっくれてなんかいません。僕には、なんのことか、さっぱり」

「いいかげんにしろ！　不愉快だ。実に、不愉快だ」

「……」

哲次は、口を閉じた。

何を言っても、聞いてはもらえないらしい。不愉快なのは、こっちのほうだと言いたかった。

「渋沢君。君は、ウチの課では最も優秀な男だ。オレは君に期待していたし、君もよくそれに応えてくれている。君からの提案で始めたチーム販売も、目に見えて効果を上げてきている。それは否定しない。だが、それだからこそ、オレには我慢がならないんだ。どうして、君があんなことをしなきゃならないのだ？　聞かせて欲しいものだな」

「あんなことと、おっしゃっても……」

「まだ言ってるのか！」

「いや、課長、待って下さい。僕にも言わせて下さい」

「弁解があるなら、いくらでも聞くよ」

「いや、弁解もなにも、課長はいったい僕が何をしたと言われるんですか。僕は、副業なんてまるで持っていませんよ」

「ほう……」

課長は、大袈裟に驚いたような顔をしてみせた。

「お聞きしたいのは、僕のほうです。僕が何をやっているとおっしゃるんですか」

「要するに、オレの口から言わせたいわけか。え？　絶対にわからんと思っているわけだ」

「教えて下さい。僕は何をしているんです？」

「じゃあ、言ってやるさ。そこまでシラを切るんならな。オレが聞きたいのはだな、お前がその営業技術をポルノの販売にまで使わなきゃならん理由だよ」

「ポルノ？」

　哲次は眼を見開いた。

「とぼけんでもいい。オレは、大恥をかかされた。すぐにでも止《や》めてもらいたいね。ああいうものを、社員にやらせておいて、それを見逃せるほど、この会社は寛容じゃない」

「いや、僕はそんな……」

「くどいぞ」

「ポルノなんて……」

「まあ、おそらく、実入りはかなりあるんだろう。止めることができないというのなら、会社のほうを辞めてもらわなきゃならない。部長もカンカンだよ。オレは、なんと言っていいかわからなかった」

「………」

「まあ、オレとしては精一杯の弁護はしてやるつもりだがね、どうなるか、はっきり言ってわからない。とにかく、覚悟だけはしておきたまえ。二、三日、自宅で謹慎していろ。追って通知するから」

4

誤解をとくことはおろか、詳しい話を聞くことすらできず、哲次はそのまま会社を早退した。追い出されたような格好だった。

つまり、課の人間たちが自分に向けていた視線の意味もそこにあったのだ。草柳房枝までが……。

ポルノだって？

まるっきり、わけがわからなかった。何がポルノなんだ？

哲次は、どちらかと言えば真面目一方の男だった。むろん女に興味がないわけじゃない。人並み、と自分では思っている。ただその興味がポルノに向かなかっただけの話だ。

それが、向くチャンスがなかったということかも知れない。

どうしてポルノの副業になるのだ。どこで、誰にポルノを売ったというのか。言い掛りもいいところだった。

腹が立って仕方がなかった。その怒りをどこへぶつけていいものか、それもわからない。

アパートに帰ったとしても、することはなにもない。映画館へ入り、パチンコをやった。ばかばかしい気持のまま、日が暮れるのを待って部屋へ帰った。

時田義則が訪ねて来たのは、それから一時間もしないうちだった。

「さっきも寄ってみたんだけどさ、帰ってなかったみたいだったから……」

言い訳のように言って、時田は部屋へ上がった。部屋の隅々を、恐れるような、それでいて興味深げな目付きで眺め回し、こたつの中へ足を伸ばした。会社の帰りにそのまま来たものらしい。脹らんだ大型の茶封筒を畳の上に投げ出すように置いた。

哲次は、そういう時田を黙って見つめていた。

「あのよう、会社じゃとうとう言えなかったんだけどさ……」

居心地が悪そうに尻のあたりをもぞもぞさせながら、時田は低い声で言った。

「オレ、悪いことしたよ」

「僕が、自宅謹慎を言われたことと、関係あるのか」

「ああ……いや」

どっちつかずの返事を、時田はした。

てへへ、と妙な笑いを浮かべ、ぐしゃぐしゃと頭を掻いた。

「オレが喋っちまったのが、切っ掛けになったのか、それとも前から誰か知ってたのかは、よくわかんねえんだけどさ」

「何を喋ったんだよ？」

「なあ、許してくれよ。酒も入ってたしさ、軽い気持だったんだよ。こんなことになるなんて、思ってなかったんだ」

「だからさ。何を言ったんだよ」

「通販のことさ」

「ツウハン……？」

「……だから、その通信販売がなんだっていうんだ？」

「通信販売だよ」

「あれ？」

時田は、意外な顔をして哲次を見返した。

「そりゃ、ないぜ。オレにまでとぼけることないだろ。もう、みんなバレちまったことなんだからよ」

「とぼけちゃいない。何を言われてるのかさっぱりわからないんだ」

「おい、怒るぜ」

「勝手に怒れよ。腹が立つのはこっちだぜ。いったい、なんだというんだ。課長も、お前も、課の連中も、何を言ってるんだ？　自宅謹慎だなんて言われたって、まるでチンプンカンプンじゃないか。僕がポルノを売ったとか、そんなことらしいけど、そんな身に覚えのないことで謹慎させられちゃ、たまったもんじゃない」

「…………」

時田は不思議そうな表情で哲次を見つめた。首筋に手をやり、まばたきを繰り返した。

「ホントか……？」

哲次は、返事の代わりに大きく息を吐き出した。

「いや、おかしいな……渋沢、お前、全然、ほんとに、まったく、覚えがないのか？」

「ないね」

「ふうん」

時田は首を捻り、後ろへ放り出した茶封筒を引き寄せた。中から週刊誌を一冊取り出した。

「これでも？」

と、時田は週刊誌の表紙を哲次に示しながら言う。中学生だか高校生だか、女の子がスカートをたくし上げ、中のパンティをさらけ出した写真の表紙である。ひと目で中身の想像はつく。町の小さな本屋や、雑誌の販売機でよく見る手合いの表紙だ。

哲次は首を振った。

「ないね。なにか？　その雑誌を僕が売ったというのか？」

「ばかな。こんな可愛らしいもんじゃないよ。――ほんとうに、知らないってのか？」

「何度言えばいいんだ？」

「じゃあ、これは、なんだよ」

時田は、雑誌のページをパラパラと繰った。さほどの苦労なしに、目的のページを探し当てた。そこを開いたまま、哲次に渡して寄越した。

時田の指の示す記事を見て、哲次は思わず雑誌を持ち直した。

それは、ポルノ雑誌の通信販売広告だった。


無修整！　有名・無名の海外ポルノ誌がいながらにしてあなたのお手元に。完全無修整。大満足間違いなし。結合状態・ナメナメ・器具使用等もすべてバッチリ。コレクションにも最適。品切れ続出！

広告の記事自体は、どこにでもあるようなもので、さほどのことはない。ただ、哲次がびっくりしたのは、その通信販売の申込先であった。

『渋沢哲次』

という名前が印刷されていたのである。

名前だけではなかった。宛先として書かれた所番地も、完全にこのアパートのものだったのだ。

「いや、これは僕じゃない……」

哲次は、何度も首を振りながら言った。信じられなかった。

「ボクじゃないって、そりゃ、通らないぜ。だって、渋沢哲次ってのは、お前の名前だろうが」

「いや、そうだけど……」

「それとも、このアパートに、もう一人渋沢哲次がいるのかよ？」

「いや……」

「じゃ、お前しかないじゃないか」

時田の言う通りだった。

通信販売の宛先に該当する人間は、自分自身しかいない。

しかし……。

「時田、信じてくれ。これは僕じゃない。僕はこんな広告を出した覚えは、まったくない」

「…………」

時田は、判断のつかないような顔で哲次と広告を見比べた。

「時田、疑うのなら、この部屋のどこでもいいから捜してくれよ。ポルノ誌が一冊でも出てくるかどうか。押し入れでも、机の中でも床下でも、捜してみてくれよ」

「いや、そんなこと……」

言いながら、時田は部屋の中を見渡した。

「そう言やあ、そうだよなあ……」

5

翌日、哲次は、時田の置いて帰った雑誌の出版社を調べ、電話を掛けた。

「広告と言うと、お申し込みですか？」

男の声が、聞き返した。

「いえ、広告主についてお聞きしたいんですが、広告を扱っておられる担当の方とお話がしたいと思いまして」

「広告主……ええと、どの広告についてでしょう？」

哲次が雑誌の号数とページを告げると、男の声は、少々お待ち下さい、と電話口を離れた。二、三分で戻ってきた。

「ああ、これはですね、取次店の扱いですから、ウチではわからないんですよ」

「取次店？　どういうことですか？」

「つまり、このページの広告欄は、取次店で記事を組みましてですね、それをウチでは掲載するだけなんです。渡された原稿をそのまま印刷所に回しますから、内容についてはこっちではわからないんです」

「ははあ、広告主のチェックなんかは、おたくではされてないわけですね」

「いえ、一応のチェックは致しますが、細かいことまではなかなか目の届かないところもありましてね。なにか、トラブルでもあったんですか？」

「まあ、トラブルと言えばトラブルになりますね」

「まあ、こういう言い方はナンですが、あるんですよ」

「ある？　なにが、ですか？」

「いや、広告を見て申し込んだが、いつまで待っても品物が届かないとかですね。ただ、広告主のほうが消失してしまうような場合もけっこうありますからね、そこまではちょっとウチでも」

どうやら電話の相手は、哲次がポルノ誌を注文して金をだまし取られたと思ったらしい。

「とすると、その取次店なら、広告主のこともわかるというわけですね」

「まあ、と、思いますが」

「なんという会社ですか？」

「平和広宣社というところです」

哲次は、平和広宣社の電話番号と所番地を聞き、そのまま国電に乗った。

誰かが、僕を罠にかけたのだ——哲次は、そう思った。そうとしか考えられなかった。これは、僕を陥《おとしい》れるために誰かが仕組んだ悪質な罠だ。

現に、課長からは自宅謹慎を言い渡された。このままいくと、馘首《くび》になるのは間違いない。僕を追い落とそうとしている者がいる……。

誰だ……？

時田の顔が不意に浮かぶ。しかし、哲次はその考えを追い払った。奴がこれをやったのなら、僕のところへ雑誌を持って来たりはしまい。口を拭《ぬぐ》っていれば、済むことなのだ。わざわざ自分が喋ったなどと、白状しに来る必要はない。

それに——。

僕を追い落として、奴にどんな利益があるのか？　いや、時田ばかりではない。会社の誰に、営業二課の平社員を追い落とす必要がある？

哲次は、有能な営業マンとして知られている。アイデアマンという評価も得ている。二課の中で、次期の課長を狙うとすれば、哲次をおいて他にはないだろう。しかし、それはまだ二年も三年も先の話だ。

あるいは、僕が会社にいてはまずい人物がどこかにいるのだろうか？　自分も知らないうちに、誰かの秘密を握ってしまって、それがそいつを脅《おびや》かしているのかも知れない。

哲次は、自分が会社でやってきたことを思い返してみた。その中に、自分を恨み、また邪魔に思う人物の可能性を探した。しかし、やはり、こいつだと思える人間は見当たらなかった。

誰だ、いったい。

答えは、どこにもなかった。

平和広宣社は、古びたビルの二階にあった。ドアを入ると、どうやら部屋は一つだけで、狭い中に机の上といわず、床といわず、原稿やら雑誌やら、いたるところに積み上げてある。中年の婦人が一人、机の向うで藁半紙に何かを書き付けていた。

「なんですか？」

婦人は、掛けていた眼鏡を外して、哲次を見た。髪に白いものがだいぶ混じっている。そのくせ、口紅とマニキュアは真っ赤だった。

「こちらで扱った広告について、教えていただきたいことがあるんですが」

「ウチで、ですか？」

哲次は頷き、鞄に入れて持っていた雑誌を取り出した。ページを開いて、婦人の前に置いた。婦人は、眼鏡を掛けなおし、ページを覗き込んだ。

「これ？」

と、マニキュアの指先で広告の囲みを押えた。

「そうです」

「これが、なにか？」

「この広告は、おたくで扱ったものだと出版社のほうから聞いて来たんです」

「ええ、たぶんウチで取ったものだと思いますけど」

「たぶん……？」

「ええ、これがどうかしまして？」

「失礼ですが、ここの仕事は、すべてあなたが、なさるんですか？」

「そうです」

「ということは、この広告もあなたが広告主に会われて」

「まあ、直接会う場合も、電話でお話を聞く場合もありますけどね」

「電話だけで？」

「ええ、簡単な広告ですからね。口頭で受けられるようなものは、電話だけでもすみますし、料金さえ振り込んでいただければ、危険はないわけですから」

「ははあ、ということは、この広告も電話だけ、という類《たぐい》ですか？」

「さあ、それはどうだったでしょうね」

「記録はないんですか？」

婦人は、ベッコウ縁の眼鏡を鼻の上でずらし、哲次の顔を試すように眺めた。

「あなた、どちらの方？」

哲次は、名刺を取り出し婦人の前に差し出した。

「渋沢さんって……あら？」

婦人は、雑誌に目を返し、名刺と見比べた。

「そうです。この広告の申込先として書かれているのが、僕です」

婦人は、背中を椅子にもたせかけ、腕を組んで哲次を見た。

「掲載に、ご不満でも？」

「いや、違います。この広告を頼んだのがどういう人なのか、知りたいんです」

「あなたでしょう？」

「いや、僕はこんな広告を頼んだ覚えはありません」

「そんなことを、言われてもですね、掲載料としていただいたものは、お返しできませんよ。掲載前なら一部をお返しすることもできますけど、こういう――」

「いえ、違うんですよ。僕がこちらへ伺ったのは今日が初めてだし、ここの電話も、さっき出版社の方から聞いたばかりです。広告の申し込みをしたのは、僕じゃないんですよ。誰かが、僕の知らない間に、僕の名前を使って勝手にこれを出したんです。それが誰なのか、それを知りたいんです」

婦人は、腕組みをしたまま、しばらく哲次の顔を眺めていた。ふう、と息を吐き出すと、哲次の名刺を雑誌のページに挟み、雑誌ごと返して寄越した。

「なんです?」

意味がわからず、哲次は聞き返した。

「たくさんですよ。お帰り下さい」

「ちょっと待って下さい。僕はですね、ただこの広告を申し込んだ人が、どういう人物か、それを——」

「申し込んだのは、あなたですよ」

「な……」

「その広告に書いてある通りです。それ以外には、私にはわかりませんね。お帰り下さい」

「いや、あのですね。何か、伝票とか、記録があるはずでしょう? それを調べて……」

「警察を呼びますよ。帰りなさい。仕事の邪魔だわ」

あとは、何を言っても、帰れ、の一点張りだった。

6

むしゃくしゃした気分を抱えて、哲次はアパートへ帰った。

郵便受を覗いたが、なにも入っていなかった。通路を行くと、部屋の前に男が一人立っていた。哲次に気付き、男はなんとなく間の悪い顔を伏せるようにしてこちらへ歩いて来る。学生だな、と哲次は思った。薄っぺらなコートの下に赤いセーターが見えている。肩に布の鞄を提げていた。擦れ違って振り返ると、学生もこちらを振り返っていた。

「何か、用ですか？」

哲次は、声を掛けた。どうも自分の部屋を窺っていたような気がしたからだ。

「あ、いえ、あの……」

裏返ったような声で、学生は首を振った。

「誰か、訪ねて来たんじゃないんですか」

「ええと、あの、渋沢哲次さんて方を……」

「渋沢は、僕ですよ」

「ああ……」

学生は、ほっとしたような顔をした。頭を掻いて、ニヤッと笑った。

「なんの用ですか？」

「ええと、あの、本を」

「本？」

「ええ、直接販売って、やってないんですか？」

ああ、と渋沢は思い当たった。

ポルノを買いに来たのだ。

「僕は、何も売ってませんよ」

うんざりして、哲次はドアを開け、部屋へ入った。

「あ、ちょっと待って下さい」

学生が、閉めようとするドアの隙間から顔を入れてきた。

「いや、あの、オフクロが郵便物の口を開けちゃうもんで、その、一応わからないように送ってもらってはいるんですけど、ウチの場合は駄目なんですよ。だから、直接――」

「直接もなにも、あなたに売るようなものは、僕はなにも持っていませんからね」

「あ、そうか……手入れなんかあるから、用心のためなんですね」

学生は、勝手に納得して頷いた。

やれやれ、と哲次は頭を振った。こういう手合いが、これからどのぐらいやって来るのだろう。やりきれなかった。

「違うんですよ。僕は、そういうものの販売は、一切やってないんです」

「そんなこと言って。まあ、わかりますけどね。でも、電車賃使って来たんですから、一応、注文だけでもさせて下さいよ。カタログぐらいはあるんでしょう？」

そう言いながら、部屋の中を覗こうとする。

哲次は、面倒臭くなってドアを一杯に開けてやった。ほら、見てみろというように、身体を脇に寄せて部屋を確かめさせた。

しかし、始めからそういう気持で見ている者には、特別の見方ができるのかも知れない。変哲もない部屋を珍しそうに眺めている。

「カタログも、実物も、なんにもありませんよ。売ってないものを置いてあるわけがないでしょう」

「きびしいな。まあ、いいや。じゃ、ええとですね。ボクんとこは駄目だから、友達のとこに送って欲しいんです。いま、住所、書きますから」

「君ね、ほんとに違うんだよ。住所を教えてもらっても、何も送れないんだ。僕は、勝手に広告を出された被害者なんだからね」

「被害者……？」

「そう。他のところへ頼むんだね」

「じゃあ——」

むっとしたような顔で、学生は哲次を見た。

「じゃ、この前送ってもらったのは、あれはなんですか？　あなたが送ってくれたわけでしょう」

「この前？」

哲次は、あらためて学生を見つめた。

「ちょっと、君、中へ入ってくれないか」

半ばひきずり込むようにして、哲次は部屋に学生を入れた。冷えた部屋のこたつのスイッチを入れ、むりやりそこへ座らせた。

「この前って言ったね」

「ええ」

学生は、不安な眼で頷いた。

「君は、前に僕のところへ注文したの？」

「そうです」

「それで、品物が行ったと？」

「ええ、ですから、それをオフクロに開けられて、その時は、友達がボクの名前で頼んだんだって納得させたんだけど、でも――」

「確かに、僕のところへ注文したの？」

「はあ……」

そう言いながら、学生はショルダー・バッグを開けた。中から薄い雑誌を取り出した。

「こいつです」

「ちょっと見せてくれ」

フランスの雑誌のようだった。中身は、全編、性交中の男女の局部を写したものばかりだ。こんな雑誌があることすら、哲次は知らなかった。

信じられなかった。

誰かが、自分の名前を騙《かた》って会社内での評判を落とし、馘首《くび》にさせるためだと思っていた。しかし、これはまさしく本物だ。罠どころではない。何者かが、渋沢哲次の名前で商売をやっているのだ……。

「君、これをいくらで買った？」

「はあ？」

「これを君は、いくらで買ったんだ」

「七千円ですけど……」

「一万円で売ってくれ」

「へ？」

学生は、眼を丸くして哲次の顔を見返した。

7

時田義則がやって来たのは、その夜もだいぶ遅くなってからだった。

「来たぜ、おい。来た来た」

部屋へ入るなり、時田はそう言った。

「来たって、なにがよ」

「ポルノだよ、ポルノ」

「ポルノ？」

「まて、今、見せてやる。すげえんだから、こいつが」

時田は、紙袋の中から、もう一つ紙袋を取り出した。袋ごと哲次に寄越した。

「時田、お前、注文したのか？」

「へへ、まあ、いいじゃないか。お前の名前だったからさ、イタズラ気分で注文したんだよ」

そう言いながら食器棚を覗き、当然のように角瓶とグラスを取ってきた。

哲次は、紙袋から雑誌を引き抜いた。学生から買ったものとは違う雑誌だった。これはドイツのものらしい。ただ、内容に関してはフランスもドイツも似たり寄ったりで、仮に税関を通したとすれば、全ページ真黒に塗りつぶされてしまうに違いない。

「な、ビックリ狸の大行進だろう。こりゃ、すこぶる良心的なポルノ通販だぜ。たいていはさ、ガックリくるようなのしか送って来ないんだよ。こういうのまずないぜ」

哲次は、しげしげと時田の顔を眺めた。

「へえ、かなり通なんだな」

「いや、ま、ジョーシキじゃないの、こういうの」

グラスに口をつけながら、眉を上げた。

「これ、この封筒で送って来たのか？」

「ああ、そうだよ」

封筒には、なんの印刷もなく時田の宛先が書いてあるだけだった。裏を返しても、差出人の名前もない。消印は、中央局になっている。

「お前の嫌疑は一応晴れたね、これでさ」

「どうして？」

「だって、それ、お前の字じゃないだろ」

「ああ、そうか」

宛名書きの文字のことだ。右上がりの、クセのある文字だった。知っている者の中に、と思ったが、筆跡の記憶はまるでなかった。

「これさ、僕のところへ注文したんだな？」

「ああ」

「どういう格好で？」

「いや、現金封筒でさ、中に代金とこれこれって注文書いて、それだけだぜ」

「これ、預かっていいか？」

「どうぞ。そのつもりで持ってきてやったんだから」

その夜、時田が帰ってからも、哲次は二冊のポルノ雑誌を睨んでいた。

時田も、あの学生も、渋沢哲次宛に注文を送ったと言う。当然のことながら、そんな注文書が送られて来た記憶はない。ばかばかしいとは思ったが、一応郵便物を調べてみた。ポルノの注文など、どこにもなかった。

ところが、時田のところにも、学生のところにも、注文したポルノはちゃんと届いているのである。

どういうことだ……？

宛先も名前も、哲次のものに間違いない。日本のどこから、この宛名で郵便物を送っても、それは必ずここへ届くはずだ。

実際、学生も時田も、そうやって注文書を送った。しかし、それはここへ届かなかった。

だが、届かない注文書の品物が、どうして奴らのところへ送られるのか？

まるで、手品を見ているような気持だった。キャッチボールをやって、相手がこっちに向かってボールを投げる。ところがボールはこちらへは飛んでこない。いつの間にか、投げた相手に戻ってしまっている。

こんなばかなことが、どうして起こるのだ？

哲次は、また二冊の雑誌を眺めた。その脇には、さっきひっくり返したばかりの手紙やハガキが散らばっている。

ふと、一通の封書に目が止まった。

草柳房枝からの手紙である。それを取り上げた。便箋を抜き出す。三枚あって、その中の一枚がコーヒーをこぼしたような跡で汚れている。

へんなこと言わないでよ。あたし、手紙書きながらコーヒーなんて飲まないわ——

房枝は、怒ったようにそう言った。

考えてみれば、その通りだ。コーヒーを飲むか飲まないかは別として、房枝が染みのついたままの手紙を寄越すというのは、おかしい。彼女なら、ちゃんと書き直すことだろう。だとするとこの染みは、いつ付いたのか？

まてよ……。

哲次は、封筒のほうを取り上げた。封の部分を子細に見た。

やっぱり——。

封は「〆」とインクで書き入れてある。それが、ほんのわずかだがズレていた。誰かが、剝がして、また貼ったのだ。

勝手に郵便物を開けている者がいる……。

8

翌日、哲次は朝からアパートの前の雀荘へ行った。

「まあ、そりゃ構わないよ」

と、雀荘の親爺はラジオ体操のつもりなのか、屈伸運動をやりながら答えた。

「一日中なのかね？」

「いいえ、うまくすれば午前中だけで終わると思います」

「まあ、どうぞ。自由に使って下さい」

「すいません」

礼を言い、哲次は窓際へ椅子を引っ張って行って掛けた。

雀荘の窓からは、アパートの入口がよく見える。郵便受など丸見えである。ここで郵便配達が来るのを待つつもりだった。

哲次の考えでは、その配達人が去ったあと、郵便受を覗きに来る者がいるはずだった。そいつが、哲次の郵便物を寸借しているに違いない。

実際にやってみると、ただ何かを待つというのは、退屈この上なかった。だいたいにおいて、哲次は身体を先に動かしてしまうほうである、あれこれ考えるよりも、まず電話で確かめてみる。訪ねて行く。調べてみる。そういうやり方だった。

机の前に座っていて、営業マンが勤まるわけがない。とにかく、よく動くということで、哲次は会社の連中から一目置かれていたのだ。それが、この数日、狂ってしまった。

会社からは、まだなんの連絡もない。

時田は、課長に話してみると言ったが、ちょっとだけ待ってくれと、逆に哲次が止《と》めた。宛名書きの文字が違うことぐらいで、会社は納得すまい。誰かに書かせたと思われるのがオチである。

そして、なにより、時田の注文したポルノが届いたのが、哲次が副業をしていることの証明のように受け取られかねないではないか。それでは、なんにもならない。疑いは、自分自身で晴らすより仕方がなかった。それで会社が納得しないなら、その時はその時だ。こっちから見切りをつけてやる。

郵便の配達は、日に二度ほどあるようだ。まず両方とも会社へ行っている時間だから、いつ来るのか見当もつかない。午前中と、午後だろうと、漠然と思っている。

その午前中の郵便が来たのは、いささか待ちくたびれた十一時を過ぎたころだった。

哲次は、見逃すことのないように、必死で目を凝らした。

少しがっかりした。哲次の郵便受には、なにも入れられなかったからである。

一通の郵便も来なかったにせよ「奴」はそれを確かめに来るに違いない。来るか来ないかは、事前に知ることができないからだ。

ただ、郵便が来ていさえすれば、現場を押えることができるのである。他人の郵便物を拝借するのは、れっきとした犯罪だ。覗いて確かめるだけだと、捕まえるわけにはいかない。

罠をかければよかったと、哲次はその時になって気付いた。来るかどうかわからない郵便物を待つより、自分でそれをデッチ上げたってよかったのだ。そうすれば、時間を無駄にせずに済んだのに……。

いまさら思っても仕方なかった。

あまり探偵には向いてないな。

哲次は、自分をそう思った。

待っているが「奴」はなかなか現れなかった。

どうしたんだろう……。

こうしている間に本人が来て、郵便受を覗かないとも限らないではないか。

余計なこととは思いながら、哲次は「奴」のために心配までしてやった。まあ、おそらく「奴」は、出社時間中と知っていてのんびりしているのだろう。しかし、会社は休むことだってある。そういうところまで気が回らないのだろうか？

そんなことを考えながら、アパートの入口を眺めていた時、哲次は、おや、と身体を起こした。

また郵便局の制服を着た男がやって来たのである。

ちょっと妙だった。配達人は、さっき来たばかりだ。二度目にしては早過ぎる。それに、さっきの配達人は自転車に乗っていた。今度のは徒歩だ。そして、制服の感じが、どことなく先程見たものと違っているように思えた。さっきの制服は、もう少し緑色が濃かったのではなかったか。

見ていると、配達人は薄い郵便物の束を、なんと哲次の郵便受だけに落とした。

「親爺さん、どうもありがとう」

哲次は、雀荘の親爺に礼を言い、急いで建物の外へ出た。

9

配達人は、かなり早い足取りで駅のほうへ向かっていた。

哲次は気付かれぬように注意しながら、あとをつけた。見られてはならないと思った。こっちは「奴」の顔を知らないが、向うがこっちを知っている可能性は充分にある。

どうやら少し、勘違いをしていたようだった。郵便受に入れられたものを抜き取るといった単純な手ではなかったのだ。

配達人は駅に着くと、まずトイレへ入った。裏口のないのを確かめ、哲次はトイレの見える場所で「奴」の出て来るのを待った。

危うく見逃すところだった。

トイレに着替えを用意してあったらしい。手提げ袋を持った男が、あの配達人であると気付かなかったら、まんまと逃げられてしまうところだった。

制服というのはこわいものだ、と哲次は初めて思った。制服を着た人間を見ると、印象としてはその制服だけが残ってしまうのである。顔を覚えるのを忘れてしまう。

電車には、男の隣の車輛へ乗った。同じ車輛で気付かれることをおそれたからだ。男は、四十代半ばという感じだった。気が弱そうで、営業マンにとっては一番やりにくい相手だ。

決断が遅く、自分の考えで行動するのを控えるタイプである。商談がうまく行きそうだと思っていて、ある日、簡単にひっくり返されてしまうのが、こういうタイプの人間だった。

哲次は、自分がなんとなくおかしくなった。尾行をやりながら、その相手を客のタイプに分類している。

男は、二つ目の駅で降りた。

安心感があるのか、足取りは実にゆっくりしている。違う人間とすり替わったのではないかと、戸惑ってしまったほどだった。

駅前の商店街から、坂を上って住宅地へ出た。公園の中を突き抜け、反対側の出口から細い路地へ進む。そのあたりで、男の姿が不意に消えた。

哲次は、慌てて周囲を見回した。大きなマンションが二つ脇を合せるようにして並んでいた。男は、おそらくこのどちらかへ入ったのだ。

幸い、マンションは両方とも北側に外廊下をつけていた。哲次は、少し離れた道路脇から、二つの建物を眺めた。

待っていると、右側のマンションの二階に、さっきの男が現れた。哲次はようやく安心した。男は、一番端まで歩いて行ってドアの前に立った。ドアが開き、彼はその中へ消えた。

哲次は、さらにしばらく待った。

頃合を見計らって、ゆっくりマンションへ行った。二階へ上がる。先程、男が入っていったドアを見つめた。

表札は出ていなかった。ただ、「二〇四」と部屋の番号が書いてあった。

哲次は、一階へ戻った。郵便受を眺める。薄々思っていた通りだった。二〇四号室の郵便受には、

「渋沢哲次」

と書かれていたからである。

確かめることは、これだけだった。

哲次は、そのままアパートへ帰った。

時田にもらった通信販売の広告が載っている雑誌と、二冊の外国製ポルノ雑誌を鞄の中へ入れ、哲次は警察へ出掛けた。

10

「ええと、要するにだな」

時田義則は、こたつ布団を首のあたりまで引き上げながら哲次に訊いた。

「お前とポルノの通販屋の関係は、どういうことだったんだ？」

「関係なんてないんだよ」

「ない」

「僕は、ただ奴らに利用されていただけだったんだから」

「名前を使われたってことだな」

「うん。名前とそれから住所ね」

「なるほど、なるほど」

時田は頷いた。しかし、頷くほどにはわかっていないようだった。

「しかし、どうして郵便がだな、お前のところへ届かずに、通販屋のところへ行ってたんだ？」

「住所の変更届を出していたのさ」

「変更届？」

「ああ、たとえば引越しなんかするだろ。住所が変わる。そうすると、引越しの挨拶状なんて出して、変更したことを知らせるよな」

「うん」

「それで新しい住所を手紙に書いてくれる人ばっかりならいいけど、どうしても前の住所を書くのがいる。そうすると、その手紙は、転居先不明で配達できません、なんてスタンプが押されて差出人のほうへ戻されちゃうわけだ」

「あるんだよ、そういうのは困る。実に困る」

「そうならないようにするには、郵便局のほうへ住所の変更届を出しておけばいいわけさ。旧住所と新住所を書いて出しとけば、前の住所で来た手紙も、新しいほうへ届けてくれるんだね」

「ああ、そういやあ、聞いたことあるね、そういうの。つまり、通販屋はお前の住所変更届を勝手に郵便局へ出したってわけか」

「そういうことさ。その時点から、僕宛の郵便物は、全部、奴らのほうへ配達されるようになっちゃったわけだ」

「ふうん。考えたもんだな」

「やられるほうは、たまったもんじゃないぜ」

「まあ、そうかも知れないけどな。ちっとばかし、滑稽なとこもあるね」

「なに言ってんだよ。今年に限って年賀状が五日になるまで来なかったんだぜ。まるで離れ小島にいるような心境だったよ」

「はは、通販屋も正月休みをとったと」

「らしいんだな。暮に届かなきゃならない手紙まで、五日にまとめてだからな。まあ、それがあったんで、奴らへ行きつくことができたんだけど。ただ、いままで手紙の中身を読まれていたなんてのはぞっとしないぜ」

「読まれてた?」

「ああ、僕のところへ来た手紙は、全部中を調べてあったんだ」

「どうして……」

「封筒のものは、開けてみなきゃ、僕に来たのか、ポルノの注文かわからないだろ」

「でも、オレは現金封筒で送ったぜ。見分けは割につくと思うがね」

「現金封筒じゃない普通ので送ってくるのもいるさ。それが、間違って僕の目に触れないように、封書はすべて選り分けていたんだ」

「郵便配達の制服まで用意してたって?」

「ああ、周到だよ。もし、僕の郵便受に入れているのを誰かが見ても不審に思われないように、制服まで作ったんだね。参ったよ」

時田は、へっへ、と笑い、ふとその顔を引き締めた。

「しかしなあ、渋沢。お前、どうしてあの雑誌、警察へ渡しちゃったの？　どう考えたってもったいないぜ」

「僕の無実を証明するためさ。仕方ないだろ」

「そんなこと言ったって、お前。チクショーめ、コピーでもとっておくんだったな。今頃、お巡りがよってたかって、おっすげえ、とか言いながら、見てると思うと、やり切れねえぜ」

哲次は、笑ってグラスを用意した。時田のために、超ダブルを作ってやりながら、ふと、警察へ持って行くのは一冊だけでもよかったのかも知れないな、と思った。

迷い道

初出：週刊小説　'84年2月24日号

1

打ちおろすような雨が、フロントグラスからの視界を塞《ふさ》いでいた。山道は、いくら走っても、その風景を変えなかった。

日没までは、まだいくらかある筈なのに、ヘッドライトが必要なほど、あたりは暗い。ライトの光は、ほんの数メートル先までしか届いていない。

「道に迷ったのよ」

助手席で前を向いたまま、富由子《ふゆこ》が言った。いいザマよ、と言っているように聞こえた。目の前を往ったり来たりしているワイパーを眺めながら、クチャクチャとガムを嚙んでいる。

「地図を見てくれ」

宇佐見《うさみ》はルームランプをつけ、ダッシュボードを手探りで開けてやった。富由子は、胸の前で腕を組んだまま、黙っている。

「おい、地図」

「ドロナワよ」

「え……？」

宇佐見は富由子をチラリと見た。

「見たってわかるもんじゃないわ。こんな道、地図に載ってるわけないじゃない」

宇佐見は、舌打ちして車を停めた。

道路地図を引っ張り出してルームランプに近付ける。

下田から北上して、天城の方へ向かったのだ。途中、河津を過ぎたあたりから脇道へ入った。知った道ではなかったが、どうにかなると思っていた。今にも降り出しそうな空には気づいていた筈なのだ。それを見てやめておけば良かった。

富由子の言う通り、地図を見てどうなるものでもなかった。自分の現在位置がわからない。

畜生め……。

宇佐見は燃料計に目をやった。針がEのあたりでフラフラしている。

腹立たしく地図を元へ戻し、サイドブレーキを外した。

ゆるゆると走り始める。とにかく進む以外はなかった。

先程までは、確かに下りだった筈の道が、いつの間にか、また登りになっている。このまま進めば、太い道へ出るに違いない。そう思って進んだ道が、さっきは行き止まりだった。本線からどんどん離れていっているような気がする。

ただでさえデコボコのひどい道が、掘りつけるような雨にえぐられて、ハンドルを支えるだけでも苦労する。前にも後にも車はなく、それが一時間以上続いていた。

これでガス欠にでもなったら、目も当てられない……。

宇佐見は、フロントガラスへ額を押しつけるようにして、ハンドルを握り締めた。

「いっそのこと、この山の中に閉じ込められて、死んじゃったらいいわ」

他人事のように、富由子が言った。

「例えば、あたしがハンドルに手を伸ばして、グイってやれば、あたしたち事故で死ぬわね？」

「馬鹿を言うな」

言いながら、宇佐見はさらにスピードを緩めた。

本気でやりかねない女だった。富由子のそういう性格を知ったのは、この数ヵ月である。知るのが遅過ぎた。

「ダメよ」

突然、宇佐見の気持を読んだように、富由子は声を上げた。

「あたしは、いやや、あなたと別れるなんて、絶対にいやよ。ねえ……？」

宇佐見のふとももに、富由子が手をのせた。

「冗談よね。さっき言ったこと。そうなんでしょう？　あたしをびっくりさせようとして、それで、あんなこと言ったのよね。ね、そうでしょう？」

宇佐見は、ぞくっとして、富由子の手を払い除けた。

「あのさ……」

「いやよ！」

言いかける宇佐見の言葉を、富由子が遮《さえぎ》った。

「知ってるのよ、あたし」

「知ってる？　なにを？」

「誤魔化さなくてもいいわ。部長から話があったんでしょう」

「いや、それは……」

「わかってるわ。出世よね。部長の姪をお嫁さんにすれば、今度の人事が楽しみになるわ」

「なにを言ってるんだ」

「あら、だってそうじゃないの」

「断ったよ」

「……断ったって」

「君が言う通り、確かにそういう話があった。でも、辞退した」

「うそ……」

「嘘じゃない。なにが出世だ。そんなものと関係はない」

富由子の言葉が、少し途切れた。

空が、いっそう暗くなってきた。こころなしか、宇佐見はアクセルを踏み込んだ。

「優しいのね」

富由子がポツリと言った。宇佐見は、え、と彼女に目をやった。車がバウンドして、慌てて前に向き直った。

「あたしのために、孝一さん、断ってくれたのね」

「いや、そうじゃない……」

「でも、断ってくれたんでしょう？」

「断ったさ。いや、断ったのはだな――」

また車が大きくバウンドした。その途端、富由子が、あ！　と悲鳴のような声を立てた。

「どうした？」

「舌、噛んじゃったわ……」

「ガムなんか、噛んでるからだよ」

「いたい……いやだ、血が出てる」

富由子は、バッグからティッシュを取り出し、それで口を拭いた。宇佐見は、眉をしかめた。

道が、また下り坂になっていた。雨にけぶる前方に、白い帯が見え隠れしている。

「道路だ……」

それは、ちゃんと舗装された二車線の道路だった。右か、左か一瞬迷い、結局右へハンドルを切った。そちらが下りだったからだ。

宇佐見は、ようやくホッとした。自然とスピードが上がった。

「あたし、この前、病院に行ったわ」

ティッシュで口を押さえたまま、富由子が言った。

「病院？」

「三ヵ月だって」

「なに……？」

「あなたの赤ちゃんよ」

「嘘をつけ！」

思わず、宇佐見は声を上げた。

「どうして嘘なの」

「でたらめを言うんじゃない」

「ほんとよ。だって、ほんとなんだもの」

「ちゃんと、予防策はとってきた」

「あんなもの、失敗することだってあるわ」

「…………」

宇佐見は黙った。

嘘は、見え透いていた。ドライブに誘って、そこで別れ話を切り出した自分が馬鹿に思えた。

「ねえ、舌が痛いわ」

富由子は、そう言いながら半身を宇佐見のほうへ乗り出すようにした。

「ちょっと見てよ。どうかなっちゃってるみたい……」

口を開き、指を歯に添えるようにして、宇佐見に見せた。

「おい、よせ、危ないじゃないか」

宇佐見が富由子に気を取られたその時だった——。

右前方の脇道から、不意に一台の乗用車が姿を現した。

宇佐見は、あっとブレーキを踏んだ。しかし、それが却《かえ》っていけなかった。雨にぬかった路面を、車は横滑りしながら、乗用車に向かって行く。なまじブレーキを踏んでいるためにハンドルまでが効かない。

富由子が悲鳴を上げ、顔を伏せた。宇佐見は、ブレーキを踏んだままの状態でハンドルを握った腕を突っ張った。

車は、右側面から乗用車にぶち当たった。

音が、衝撃よりも後で聞こえたように、宇佐見には感じた。こんな時に、どうしてそんなことを考えているのか、不思議に思えた。

2

「ぶつかったわ……」

助手席で富由子が顔を上げて言った。

「孝一さん、ぶつかったわ。ねえ、どうしちゃったの？　ぶつかったのよ」

「ああ……」

宇佐見は頷き、おそるおそる相手の乗用車に目を上げた。

衝突の具合でそうなったのだろう、グレーの車体が傾《かし》いだように斜め前方にあった。

強い雨が、垂直に車体を打っている。ヘッドライトが壊れ、消えていた。

あ、と気づいて、宇佐見は車を降りた。外へ出た途端、雨が背中の中まで入ってきた。

一度、車の方へ行きかけ、思いついて運転席へ戻り、懐中電灯を持ち出した。雨に打たれながら、宇佐見は懐中電灯の光を車の中に当てた。

運転席に男が一人、ハンドルに顔を埋めるような格好で座っていた。宇佐見はドアに手を掛けた。しかし、キーが掛かっている。夢中で宇佐見は窓ガラスを叩いた。

「もしもし！　大丈夫ですか。もしもし！」

男が、びくり、としたように頭を持ち上げ、小さく首を振った。鼻の下にもっこりとした髭《ひげ》を生やしている。右の目蓋《まぶた》の上に、うっすらと血がにじんでいた。

「開けてください！　大丈夫ですか。ここを、開けてください」

宇佐見は、続けて濡れたガラスを叩いた。

「孝一さん……！」

いつの間に来たのか、富由子が脇に立っていた。

「後ろ、後ろにも人がいるわ……」

え、と宇佐見は富由子の指差す後席を覗き込んだ。懐中電灯の光に、後部シートからずり落ちたように横たわっている女性が浮かんだ。その首が、向う側のドアに押しつけられ、ねじまがっているのを見て、宇佐見はぞっとした。

「もしもし……！」

宇佐見は、また運転席の男へ声を掛けた。首の後ろをさすりながら、男は朦朧《もうろう》とした眼を宇佐見の方へ上げた。

「ここを、ここを開けてください！」

男は、ゆっくりと頷き、ドアのロックを外した。

「大丈夫ですか？」

宇佐見は、男の顔を覗き込んだ。

あ、あ、と男が何か言いかけた。そのままゴクリと唾を飲み込んだ。

宇佐見は、後席のドアへ手を伸ばし、後ろのロックを外した。ドアを開けた拍子に、女性がシートの下に転げ落ちた。

富由子が、大きな悲鳴を上げた。

「あの、大丈夫……」

女性を引き起こそうとして、宇佐見は息を呑んだ。

女性の頬が冷たかった——。

宇佐見は、震える手で彼女の脈を取った。手は冷たく、そして硬かった。女性は、すでに死んでいた。

「孝一さん……！」

富由子が背中にしがみついてきた。

雨が肩から袖を伝い、女性の顔を濡らした。

「し、死んでるの？　ねえ、この人、死んでるの？」

ガクガクしたような声で、富由子が言った。宇佐見は、一瞬、気を失いそうになった。

「あ、こ、この……」

運転席の男が、ふらふらした足取りで車を降りてきた。

「あの、今、医者を、すぐに呼んで来ますから、あの……」

宇佐見は、男の腕を摑みながら言った。

「ぶつかって、死んだんだ――」

男が言った。

「あんたが、殺した。あんたが……」

宇佐見は、ぞっとした。

殺した――。

髭の男は、また、唾を飲み込んだ。

とっさに、宇佐見は逃げたいと思った。交通事故の加害者。莫大《ばくだい》な慰謝料。仕事を失い、どこまでいっても悲惨な人生が待っている。しかし、逃げることはできなかった。もう、これで終わりなのだ——宇佐見は、そう思った。

「すいません。車が言うことをきかなかったんです。今、医者と警察を呼んで来ますから、あの、すぐに……」

「あんたの名刺をくれ」

宇佐見が逃げると思ったのか、男はそう言って、腕を摑んだ。

宇佐見は、慌てて、内ポケットを探り、名刺入れを取り出した。

「宇佐見孝一——」

男は、懐中電灯の光でそれを読んだ。ひとつ頷くと、運転席へ戻り、自分の名刺を持って来た。

「島村司《しまむらつかさ》」

というのが、男の名前だった。

「じゃあ、僕は、医者を……」

「いや、よせ」

「え……？」

宇佐見は、島村を見返した。

「医者はいらない」

「いや、しかし、後ろの女の人が……」

「やめてくれ。医者も警察もいらない」

宇佐見は、思わず富由子と顔を見合わせた。

「あの、それは……」

「この女は、ヤクザの情婦なんだ」

「え？」

シートの下に横たわっている女性に目を返した。

「オレは、逃げるところだったんだ。この女と、一緒にさ。あんたが警察に報《し》らせたら、オレはあとで半殺しの目に遭わされる」

「………」

「いや、そんなもんじゃ済まないかも知れない」

宇佐見は言葉もなく、島村と死んだ女を見比べた。

富由子が宇佐見の背中を摑んでいる指に力を入れた。土砂降りの雨が、不意に音を消したように思えた。

「なあ、宇佐見さん。あんたに頼みがあるんだ」

島村は濡れた顔をひと撫でして言った。彼の頰が細かく震えているのは、雨のための寒さではなく、恐怖のためなのだと、宇佐見は初めて気がついた。

島村の頼みというのは、ヤクザの情婦の死体を処分してくれ、というものだった。

どうしてそんなことを引き受けたのか、宇佐見には自分がわからなかった。

どうかしてしまったんだ……。

3

宇佐見は、自分をそう思った。思いながら、車を走らせ、トランクの中のシートに包まれた女の死体のことを忘れようとした。

夢だ、なにもかも、夢だ。

「あんただって、事故の加害者にならずに済むんだ」

と、島村は宇佐見に言った。

「それを考えりゃ、そのぐらいのこと、やってもらわなきゃな」

島村の車は、ヘッドライトが両眼とも壊れていて使えなかった。その車で走るわけにはいかない。

宇佐見が戸惑っていると、富由子がトランクから車のシートを出してきた。

「早くしたほうがいいわ。いつ他の車がやって来るかわからないわよ」

その言葉につられたように、島村が富由子からシートを受け取り、後部座席の死体をそれでくるんだ。それを、島村と宇佐見の二人が、宇佐見の車のトランクへ運んだ。

トランクへ入れる時、死体の膝を折らなくてはならなかった。その作業には、かなりの力がいった。死体は、その関節が固まっていたからだ。

宇佐見は、その時の感触を思い出し、座席の上で身震いをした。慌てて、ハンドルを持ち直した。もう、事故を起こすわけにはいかない。

ぐっしょりと濡れたズボンが足にべったり貼りつき、ペダルの操作がやりにくかった。

そっと、助手席の富由子を見た。硬直したような顔で、じっと前を見つめている。富由子は、あれからずっと黙ったままでいた。

あ、と気づいて、宇佐見は燃料計を見た。針は、もう完全に底を指している。あと、どれだけ走れるのだろう。死体を載せたままガス欠、などということになってほしくなかった。島村の車から、ガソリンを頒けてもらえば良かったのだと、宇佐見はその時になって気づいた。

捨てると言っても、いったいどこへ捨てればいいのだろう……。

宇佐見は、車を走らせながら両脇の雑木林に目を凝らした。

「なるべく、遠くに行って捨ててくれ」

島村は、そう宇佐見に言った。

しかし、ガソリンがもうほとんど無い状態では、それにも限度があった。死体を載せたままガソリン・スタンドには行きたくなかった。町へ出る前に、死体は処分してしまわなくてはならない。

しばらく走り続け、遠くに町の灯が見えたあたりで、宇佐見は車を道路の端に停めた。ライトを消すと、周囲が闇になった。雨は、依然として強く降り続いている。

車を降り、懐中電灯を頼りにトランクを開けた。富由子と一緒に、シートにくるんだ女の死体を出す。シートは外して、トランクに残した。

富由子が、運ぶ方向を訊いた。

「どっちに?」

「向うだ」

宇佐見は、左の雑木林を顎で示した。

死体は、宇佐見が頭のほうを抱え、富由子が足のほうを持った。完全に固まった死体は、丸太のようで重く、運びにくかった。

二人は、雑木林の中で何度も死体を滑り落とした。富由子が悲鳴を上げ、途中から宇佐見が一人で担《かつ》いだ。富由子が懐中電灯で足下を照らした。

いいかげんのところで、宇佐見は死体を降ろした。身体が震えて、いうことをきかなかった。そのあたりにある木の枝や草を死体に被せた。

「行こう」

二人は急いで車に戻った。興奮で、気が狂いそうになっていた。

「あ……」

車に乗り込もうとした時、富由子が声を上げた。

「傷が……こんなに」

運転席側のボディにいく筋もの傷がついていた。島村の車に衝突した時についたものだった。

とてつもなく大きな失敗をしてしまったことを、宇佐見はその時になって感じた。

震える指でキーを回すと、エンジンの音が耐え難い悲鳴のように聞こえた。

八時を過ぎていたが、幸い町のガソリン・スタンドは開いていた。迎え出た店員にキーを渡し、満タンにしてくれ、と頼んだ。

店員の目が、ボディの傷を眺めているのに気づいた。

早くやってくれ……。

宇佐見は、大きく息を吸い込んだ。

店員は、給油ホースを突っ込んだまま、窓ガラスを拭き始めた。助手席側に回った時、店員は車の中を覗いて妙な顔をした。ガラスをコツコツと叩いた。

え、と富由子がウインドーを下げた。

「泥、ついてますよ。顔に」

慌てて富由子がバッグからコンパクトを取り出した。

料金を払う間も、宇佐見は生きた心地がしなかった。早々に、スタンドを出た。

宇佐見も富由子も、ずっと黙っていた。疲れが、二人の口を閉ざしていた。雨を吸った服が重く、冷たかった。

沼津のインターチェンジから東名高速に入るころになって、雨はようやく小降りになった。

「孝一さん」

富由子が、前を向いたまま言った。

「別れられないわよね、これで、あたしたち」

ニッコリと笑い、富由子はバッグの中から煙草を取り出して口にくわえた。

4

一人にしないで、こわいから。

と、その夜、富由子は宇佐見のアパートに泊まった。どんなことをしても、宇佐見

がその気にならないと知って、

「いいわ、こうしているだけで……」

富由子は宇佐見の胸に頭を載せた。髪の芯に、まだいくらか湿りけが残っていた。

富由子を突き飛ばしたい衝動に、宇佐見は何度もかられた。ひっきりなしに吐き気が襲い、しかし、トイレに駆け込んでも、出てくるものは何もなかった。吐いて吐けない苦しさが、涙腺を伝って瞳を濡らした。大声で喚《わめ》き散らしたくなる度に、宇佐見は息をつめてそれを堪えた。裸の胸に置かれた富由子の異常に熱い手のひらが、宇佐見の苛立ちをさらに増した。

翌月曜日、宇佐見はいまだに興奮の去らない頭を抱えて会社に出た。富由子が一緒に出社しようと言ったが、それを振り切って先に電車へ乗った。

仕事など、まるで手につかなかった。

あれで、良かったのだろうか……。

宇佐見は、書類に没頭している格好を装いながら、必死でそれを考えた。

死体は、放り出してきたも同然だった。その辺にあった枝や草を被せはしたが、埋めたわけではない。たちどころに発見されてしまうかも知れなかった。

動転の中の作業で、女の所持品を調べることなどまるでしなかった。あの死体には、身元を証明するような何かがあったかも知れない。死体の身元が割れたとしたらヤクザの情婦だと、島村は女のことを宇佐見に教えた。島村は女と逃げるところだったのだ。

彼が自分から事故のことを警察へ報らせる危険はないだろう。事故を隠したいと申し出たのは、島村のほうなのだ。

しかし、女の身元が割れ、それが島村との関係を暴き出したら……。

警察は、女の死因を調べるだろう。あれが、事故によるものだと、警察には判るだろうか？　事故の痕跡は、島村の車にはっきりと残っている。

宇佐見の記憶が、懐中電灯の光に浮かび上がった女の首を呼び戻した。ドアに押しつけられ、ねじまがったようになっていた首。

宇佐見は頭を振り、その記憶を追い払った。

宇佐見の車には、事故でできた傷跡がはっきりと残っている。車はシートで完全にくるみ、駐車場に置いてある。しばらくはあの車を使うのはやめようと考えた。ほとぼりが冷めてから、修理に出すことにしよう。

だが、宇佐見の車に事故の痕跡《こんせき》が残っているということは、島村の車にもそれがある筈なのだ。

警察が、女の身元から島村を調べ、彼の車に不審な事故の痕跡を発見したとしたら——。

……。

宇佐見は口実を作り、会社の外へ出た。

電話ボックスを見つけると、そこへ入って島村の名刺を取り出した。なんとしても、事故の口裏だけは合わせておかなくてはならない。事故は、日時も場所もまったく別のものにしておく必要があるのだ。

「共栄商事です」

ダイヤルを回すと、女性の声が言った。

「営業の島村さんをお願いします」

「島村……ですか？」

女性の声が戸惑ったように途切れ、しばらくして男の声に変わった。

「あのう、どちら様でしょうか？」

「ええと、鈴木と申しますが――」

とっさに嘘を言った。

「ちょっとお訊ねしたいことがありまして、島村さんを」

「いや、島村というのは、営業の島村のことですか？」

「あ、はい。島村司さん……」

「ええと、ですね」

男の声が、妙な具合に揺れた。

「島村は、亡くなりましてね」

「え……」

「じゃあ、ご存じじゃなかったんですね。三ヵ月前ですが、突然、心臓をやられて……」

「三ヵ月……あの、それは」

「ええ、急なことで、ぼくらもびっくりしたんですよ。ご連絡がいき届きませんで申し訳ありませんでした。ええと、ですから、ご用件は私が代わりに伺って……」

「あ、いや、では結構です。ちょっと個人的に訊きたいことがあっただけですので」

そう言うと、宇佐見は慌てて電話を切った。

三ヵ月前に、死んだ……？

では、昨夜のあの髭の男は、いったい誰だ？

5

混乱した頭で会社へ戻ると、課長が宇佐見を呼んだ。

「明日、名古屋へ行ってくれ」

「明日ですか?」

ああ、と課長は首を振った。

「例のうるさいのが、また、妙なことを言い出したんだ。納入した三分の一が不良だとね」

「三分の一……?」

課長は、うんざりしたように宇佐見を見やり、大きく頷いてみせた。

「悪いが、頼むよ」

自分の席へ帰り、宇佐見は物流部へ問い合わせ、名古屋への出荷ファイルを頼んだ。

島村司——。

考えは、またそこへ戻った。

つまり、あの男は他人の名刺を寄越したのだ。宇佐見は、自分の名刺を男に渡している。

自分が、どうしようもなく間抜けな男に思えた。

「孝一さん」

ささやくような声が耳元でして、宇佐見は、はっと頭を上げた。

富由子が横に立っていた。

「なんだ、君……」

宇佐見は、とっさに部屋を見回した。誰も、こちらへ注意を向けている者はいなかった。

「どうしたんだ。会社では声をかけるなと……」

「あら、だって」

と、富由子は首をすくめた。

「これ、持って来いって言ったでしょ？」

富由子は、机の上に黒い表紙の綴りを置いた。出荷伝票のファイルだった。

「ああ、君が持って来てくれたのか……」

富由子は、ファイルを覗き込むような格好をして、声を落とした。

「今晩、あなたの部屋に行くわ」

「今晩……いや、だめだ」

「どうして、いいでしょ？　一度、あたしのアパートに帰って、着替えをして、それから行く」

「だめだ。明日は、出張なんだ」

「だって、あたし、あなたの部屋に時計を忘れてきちゃったのよ」

「時計？」

「ええ、ほら」

と富由子は左手を宇佐見の目の前に差し出した。

「ね？　会社に出て来てから気がついたの。あの時計、ないと困るわ。だって、あれ、孝一さんに買ってもらった時計ですもの」

「じゃあ、それは探しておくよ。とにかく今日は、だめだ」

宇佐見は、ふと気づいて、富由子の耳に口を寄せた。

「あの車のナンバー、覚えてるか？」

「クルマ……？」

あの？　と聞き返すような感じで、富由子は眉を上げた。

「ううん。そんなもの見てないわ。どうして？」

「いや、いい」

宇佐見は、追い払うように富由子に手を振った。髭の男のことを頭から消してしまおうと、ファイルに目を落とした。

時計……。

え、と思い返して、宇佐見は富由子の出て行ったドアのほうを振り返った。

時計をなくした？

それは、どこでなくしたのか……。

昨夜のことを頭に描いた。アパートへ帰り、車のシートを確かめてから、まずはとにかく風呂へ入った。長時間雨に打たれた身体が、冷えきっていた。

あの時……。

宇佐見には、富由子が腕時計をしていたかどうかの記憶がなかった。

もし、アパートに置き忘れたのではないのだとしたら——。

思わず、宇佐見は目を閉じた。閉じた目蓋の裏に、暗い雑木林の中の、女の死体が貼りついていた。

6

アパートへ帰ってから、宇佐見は部屋中をひっくり返した。富由子の腕時計は、どこにもなかった。駐車場へ降り、恐る恐るシートをめくって車の中も探した。座席にも、トランクにも、それは見つからなかった。

あれだけ来るなと言っておいたにもかかわらず、富由子は夜になって部屋へ来た。スーパーの紙袋を畳の上に置くと、ショルダーバッグから薄いピンクのエプロンを取り出し、流しに立った。

「思い出すといけないから、肉は良く焼いておくわね。血のにじんだようなのは厭でしょう？」

「よせ、馬鹿野郎！」

宇佐見は、怒鳴り声を上げた。

思い出すといけないから、などと言いながら肉を焼く富由子の神経が理解できなかった。

「そんなもの、作らなくていい。来るなと言っただろう。帰れ。今日は一人でいたいんだ」

「あら、一人より、二人でいたほうが楽しいわ。あんなことがあったんだもの、これからは二人で力を合わせていかなきゃね。そうでしょ？」

富由子は、背中を見せながら跳ねるような声で言った。

「なかよくやりましょうよ。だって、どうせもう、あたしたち、別れることなんてできないんですもの」

宇佐見は、ぞっとして富由子の背中を見つめた。

これから、ずっと富由子はあの女の死体の肉を切り刻み、オレに食わせようとしているのだ。

食事は、富由子だけが食べた。宇佐見は、楽しそうに肉を頬張り、サラダをつつく富由子を、じっと見ていた。

「時計、なかったぞ」

コーヒーをいれるために立ち上がった富由子に、宇佐見は言った。

「あら、ほんと」

ないと困ると言っていたくせに、富由子の反応はあっさりしたものだった。

「お前、あの時に落としたんじゃないのか」

「あの時？」

カップを二つ並べて置き、インスタント・コーヒーの蓋をねじりながら富由子は言う。

「あの雑木林の中だよ」

「ああ……」

「何度か転んだ。顔に泥がついても気がつかないような状態だった。あの時、なくしたんじゃないのか」

「そうかも知れないわね」

「そうかも知れない？」

「もう、いいわ。惜しいけど、あそこに落としたんだったら、拾いに行くわけにもいかないでしょう？」

「ばか、死体が発見されて、脇にあれが落ちていたら……それを、警察が見つけたら」

「大丈夫よ」

はい、とコーヒーのカップを宇佐見の前に出しながら、富由子は微笑んだ。

「あんな時計から、どうやってあたしたちのところに来れるって言うの？　もう、一年近くも前に、孝一さんが買ってくれたんじゃないの。あたしの誕生祝に。あの売場の店員だって、誰に売ったかなんて覚えてないわよ。だいたい、そんなに珍しい時計ってわけでもないんだもの。そんなことより、あたしさ――」

カップを両手で持ったまま、富由子は首を傾げてみせた。じっと宇佐見を見つめている。

「なんとなく、おかしいなって、思ってるのよ」

「おかしい？　なにが」

「孝一さん、おかしいと思わない？」

「だから、なにがだ」

苛立ちを抑えて、宇佐見は富由子を睨んだ。

「あの死体、裸足《はだし》だったわ」

「………………」

宇佐見は眉を寄せた。

裸足……？

思い返してみると、富由子の言う通り、女が靴を履いていたという記憶がない。

裸足だった――。

「あの島村って男の人の車の中にも、靴なんて落ちてなかったわ。ちょっと変よね。裸足で車に乗るなんて」

「…………」

「それにさ、駆け落ちするところだったって言ってたでしょう？　でも、普通だったら、駆け落ちする相手を後ろの座席になんか座らせないわよね。あたし、孝一さんとドライブする時は、いつだって助手席に座ってるわ。それが普通でしょう？」

宇佐見は富由子の横に回り、思わず彼女の腕を摑んだ。

「お前……それ、昨日から気がついてたのか？」

富由子は、いたいわ、と宇佐見の手の上を押さえた。

「あとよ、あとで気がついたの」

宇佐見は、富由子の腕を離した。

まさか……。

頭を振った。

そんなばかなことが。

あ、と宇佐見は顔を上げ、本棚に駆け寄った。百科辞典を引っ張り出した。ページを繰る自分の指がもどかしい。死、死因、死後血、死後硬直――これだ。

――死亡により、全身の神経支配が消失すると筋肉は弛緩して緊張を失う。しかし、時間の経過とともに随意筋も不随意筋も収縮して硬くなる。この現象を死後硬直と呼ぶ。死後硬直は、普通死後三～四時間経過すると顎関節に発現し、ついで項部、肩、上肢……。

死後三、四時間経過すると……。

宇佐見は、腹立たしく辞典を閉じた。

あの女の死体を持ち上げた時、丸太のような感じがした。脈を取ろうとした腕は、冷たく固まっていた。トランクに入れる時、かなりの力をかけなければ膝が曲がらなかった。

あの死体は、すくなくとも、死後三、四時間は経っていたのだ。事故の時に死んだものなら、あんなに硬くなっている筈はなかった……。

「嵌《は》められたのね、あたしたち」

富由子が小さな声で言った。

その語調に、宇佐見は富由子を振り返った。声が、笑いを含んでいたからだ。

「嵌められたのよ。あの女は、島村ってあのヒゲ男が殺したんだわ。それを車に積んで運んでいる途中で、あたしたちの車とぶつかったのよ」

「なにが、可笑《おか》しいんだ」

「あの島村さんにとってみれば、これ幸いだったわけよね。事故を起こして、孝一さんは震え上がってるし、死体の処理をやらせちゃえば、自分は安全になるしね」

「富由子、お前、なにを笑ってるんだ」

「だって、けっさくじゃないの。嵌められたのよ、あたしたち。あの時、警察を呼んでれば、全部片付いちゃったのに、島村さんの犯罪のお手伝いまでしちゃったんですもの」

笑いながら、富由子はブラウスのボタンを外し始めた。宇佐見は、ぞっとして富由子を見ていた。

「お前、わかってるのか？　犯罪者にさせられたんだぞ。死体遺棄は、大変な犯罪なんだ」

「だから？」

「だから……？」

富由子は、ブラウスを脱ぎ終え、立ち上がってスカートのホックを外した。

「だって、そうなってしまったんでしょう？　いまさら、何を言ったって変わるものじゃないわ」

「……お前、子供が出来たって、ほんとなのか？」

「嘘よ」

「嘘……」

「だって、昨日はああでも言わなきゃ、仕方なかったんだもの。孝一さんを失いたくなかったのよ。あなたを愛してるのよ」

富由子は、着ているものをすべて脱ぎすてて、宇佐見の前に立った。白い身体が、堪えられないほど醜悪に見えた。

あの時……。

と、宇佐見は思った。

あの時、いっそ富由子も殺して、女と一緒に雑木林の中に捨ててくるんだった。

「来て」

富由子が、しずかに畳の上に横になった。

7

翌日、名古屋への出張の帰り、宇佐見は新幹線を三島で降りた。

名古屋へは朝一番の新幹線に乗り、先方の始業時間を待つように訪問した。それを宇佐見の熱意と受け取ったらしく、しきりに昼食を勧められたが、すぐに報告を持って帰らなくてはなりませんから、と引き揚げたのだ。

三島駅前で、宇佐見はまず電話ボックスに入った。「島村司」の名刺を取り出し、もう一度ダイヤルを回した。

「あ、恐れ入ります。昨日、島村さんにお電話した鈴木と申しますが」

「ああ、はい。鈴木様ですね」

「ええ、ちょっとお訊ねしたいことがあるんですが」

「なんでしょう」

「以前、島村さんとご一緒した時にですね、ほんの少しだけお話した方がおられたんですが、その方の名前を聞き忘れまして。それで、もしご存じなら教えていただきたいと、思ったわけなんです」

「はあ……どういう人間でしょう?」

「ええと、もっこりした口髭の男性で、ええと——」

「口髭、ですか。ああ、それは豊永《とよなが》さんじゃありませんか?」

「豊永さん」

「ええ、何度か、わたくしどものほうへも来られたことがありますね」

「すいません、豊永、何とおっしゃるんでしょう?」

「さあ、そこまでは。島村の友人とは聞いておりましたが」

「じゃあ、連絡先なんかは……」

「あいすみません。ちょっとわかりかねますが」

豊永――。

それだけでは、捜しようがなかった。

宇佐見は、駅前でレンタカーを借りた。日曜日に走った帰り道を、逆に辿ることにした。

女の死体を捨てた場所は、すでに記憶があいまいになっている。目印があるわけでもなく、ただ、町に入る前にと思って車を停めただけだったのだ。

宇佐見には、やはり時計が気になっていた。死体の傍にでも落ちていたら、と思うと、じっとしてはいられなかった。

町を過ぎ、山道に入ったすぐのところで、宇佐見は車を停めた。道の向うに人だかりが見えたからだ。

急に、息苦しくなった。

集まっている人々の中に、警官の姿があった。

宇佐見は心を決め、ゆっくりとそちらへ車を進めた。

「何か、あったんですか?」

そこにいた老人に声を掛けた。

「ああ、女の死骸が見つかったんですわ」

「死骸……」

「なあ、おおかた痴漢にでもあったのと違うかねえ」

遅かった……。

もう、時計を探すことはできない。

「傷がついてましたよ」

と、向うで若い男の声がして、宇佐見は目をそちらに上げた。若者が刑事らしい男に訴えていた。

「ええ、ウチのスタンドに、あれは夜の八時を過ぎていたと思いますね」

あ、と宇佐見はその若者を凝視した。

スタンドの店員だった。一昨日、ガソリンを入れながら、車の傷に目をやっていた、あの店員だ……。

宇佐見は、慌ててそちらから顔を背けた。しかし、耳は店員の声を聞いている。

「いや、二人でした。男と女のね。さあ、車は、なんだったかなあ……。ちょっと忘れちゃったけど、女のほうはね、顔に泥がついてたんですよ」

宇佐見は、震える足でアクセルを踏んだ。ここから急に引き返すのは、かえって疑いを招くような気がした。ゆっくりと車を進め、人々の横を回って山道を登り始めた。

「男はわかんないけど、女のほうなら、もう一度みたらわかりますね」

通り過ぎる時、店員がそう言っているのが耳に残った。

富由子を二度とここへ連れてきてはならないと、宇佐見は思った。そう、あの店員は、富由子の顔をしげしげと眺めていたのだ。

山道を登り、しばらく車を走らせた。どこかから、別の町へ下り、帰ろうと考えていた。結局、一昨日の道筋を戻る羽目になった。

かなり登ったところで、宇佐見はまた車を停めた。

島村、いや、豊永の車と事故を起こした場所だった。あの豪雨が幸いして、事故の痕跡は、まるで残っていなかった。

まてよ……。

宇佐見は、豊永の車が出て来た脇道を眺めながら呟いた。

豊永は、女の死体を車に積んでいた。つまり、富由子が言ったように、死体をどこかへ運ぶ途中だったのだ。

ところが、豊永の車はこの脇道の奥から出て来た。

なぜだろう。

死体を捨てるなら、むしろこの道の奥のほうが適しているように思える。

「なるべく、遠くに行って捨ててくれ」

豊永は、そう言った。

なぜ、遠くでなくてはならなかったのか？

宇佐見はひとつ頷くと、車を脇道の中へ入れた。道は狭く、一台の車が精一杯だった。両脇から伸びている草が、ひっきりなしに車のドアや窓をこする。

道は、やがて一軒の家に突き当たった。

こぢんまりした別荘風の建物だった。しかし、開け放した窓や、作業の途中で放り出してある庭の芝刈機が、人のいることを宇佐見に教えた。

家の前の広い庭の片隅にガレージがあったが、その中を覗いてみる必要はなかった。

ガレージから、宇佐見の車の音を聞きつけた家の住人が顔を出したからである。

もっこりと口髭を蓄えた男だった。

「やあ」

と、宇佐見は車を降りて手を上げた。

「死体が発見されましたよ。豊永さん」

8

「スープをどうですか」

豊永は宇佐見に椅子を勧めると、そう訊いた。椅子というよりも、ベンチだろう。豊永が自分で作ったものだということがすぐにわかった。

「ここにはアルコールの類は、燃料用のものしかないんです。コーヒーも、ぼくは飲まないものですからね」

「いや、気をつかわないでください。ほんとに何もいりません」

言うと、豊永は、ははは、と声を上げた。

「毒でも盛られたらたまらない、ですか？　まさか、そんなことしませんよ」

笑いながら部屋の向うのレンジに行き、鍋を火にかけた。

「残りもののスープですがね。作り置きをしておくんですよ。友達なんかには、けっこう旨いと評判のスープです。わざわざここへスープだけのために来る奴だっているくらいでね」

「ぼくは、スープのために来たんじゃないんですよ」

「ええ、わかってます」

豊永は頷きながら、厚手のカップを二つ、棚から取り出した。そこへスープを注いで、テーブルの上に置いた。

「一人でここに？」

宇佐見は、部屋を眺め回しながら訊いた。

「ええ、一人です」

スープを啜りながら、豊永は照れたように笑った。

「一人ですからね、時々、女っ気も欲しくなるんですよ」

「ヤクザの情婦の話ですか？」

「いやいや」

豊永は頭を掻《か》いた。

「すいませんでした。とっさに思いついたのが、あんな話だったんですよ。あの女の子は、ただ、町で気が合ったというか、合ったように思わされただけの娘です」

「名前は？」

「知りません。一度きりだと思っていたし、訊きもしなかったんですよ。まあ、ほんとに一度きりでしたがね」

「どうして殺したんですか？」

「殺すつもりはなかったんですよ。ここへ連れて来て、ちょっと楽しんで、ところが、目を離した隙《すき》に、ぼくの財布をね」

「財布？　ははあ……」

「ええ、そういうことなんですよ。それを見つけて、ちょっと懲《こ》らしめてやろうと思ったら、あの子のほうがパニックを起こしましてね。揉み合っているうちに、頭をそのあたりにぶつけたんでしょうね」

豊永は、そう言って部屋の隅を指差した。火の入っていない暖炉があった。石で作ってあって、その石の一部が綺麗に磨いてあった。

「血がついてましてね。洗ったんですよ」

「で、死体を捨てようと車で出掛けた」

「そういうことなんです。宇佐見さんが、ぼくの代わりに処分してくださった」

「みごとに騙《だま》されてね」

「いやあ、ははは」

豊永は、頭の後ろに手を当てて、笑い声を立てた。不意に笑うのをやめ、宇佐見を見つめて眉を上げた。

「おわかりになるでしょう？　あんな小娘のために、一生を棒に振るなんてことは、どう考えたってできませんよ。ぼくはね、絵描きです。ここで心血を注いで、絵を描いてる。警察に捕まるなんてのは、いやですからね」

「豊永さん」

宇佐見は、ふう、と息を吐き出しながら言った。

「取り引きをしませんか」

「取り引き？」

宇佐見は頷いた。

「と言うよりも、あなたが一生を棒に振らないための計画を、一緒に立てようかと思っているんですよ」

「…………」

豊永は、黙ったまま宇佐見を見つめた。

「あの時、ぼくが女を連れていたのを覚えているでしょう」

「ええ」

「あの女の顔を、町のスタンドの店員が見ているんです。店員は、もう一度会えば、女が見分けられると言っています。女は、東京に住んでいる。こっちへ出て来ることはまずないが、店員のほうが東京へ出て来る可能性は充分にある。万が一の偶然で二人が出会わないとは、言いきれない」

「待ってください。宇佐見さん、あんた、何を言ってるんですか？」

「ですから、あなたの一生を棒に振らないための計画ですよ」

「いや、しかし……」

「彼女が、警察に捕まれば、ぼくも捕まる。そうなれば、豊永さんあなただって。ね？」

「……………」

「まずいとは、思いませんか？」

豊永は、スープを飲み干した。宇佐見のほうへ何か言いかけ、戸惑ったようにその言葉を飲み込んだ。

しばらく、宇佐見も豊永も黙っていた。

堪《こら》え切れなくなったように、豊永は口を開いた。

「いや、しかし、スタンドの店員を、ぼくが……」

「いやいや」

と、宇佐見は手を振った。

「違う違う。店員じゃないですよ、豊永さん」

「……………」

宇佐見は、声を落とした。

「ぼくが言っているのは、女のほうです」

9

数日後、宇佐見はそのニュースを会社の女子事務員から聞かされた。

朝、出社すると、宇佐見はいきなりそう声を掛けられた。

「宇佐見さん、テレビ見た？」

「テレビ？　なんの？」

「石崎富由子さんの事故」

「……石崎富由子っていうと、あの」

「ウソォ、知らなかったの？　てっきり、報らせがいってるもんだと思ってたわ」

「なに？　どういうことだよ」

女子事務員は、疑うように宇佐見の顔を眺めた。

「物流部の石崎富由子よ。婚約してたんでしょ？」

「え……」

宇佐見は、驚いて彼女の顔を見返した。

「アラ、違ってたの？　ええっ！　だって、そんなこと、イヤダァ……」

「なんだよ、何言ってるんだか、よくわからないな。石崎富由子は知ってるよ。でも婚約って、なんだい？」

「だって、物流部のほうじゃ有名だったのよ。石崎さん、宇佐見さんと結婚するって公言してたんだもの」

「…………」

宇佐見は、言葉を失った。

富由子のやつめ……。

「じゃ、あれ、石崎さんが勝手に自分で……？」

「いや、なんだか、よくわかんないな。それで？　その石崎富由子さんが、事故ってのは、なんだよ」

「ウウン、今日の朝のニュースでやってたの。びっくりしちゃった。知ってる顔が急にテレビに出てくるじゃない？」

女子事務員は、そこでふっと声を低くした。

「轢《ひ》き逃げですって。彼女、即死だったのよ」

「…………」

宇佐見は、女子事務員に驚いてみせた。彼女のほうは、わけありげに頷いている。

とうとうやった……。

宇佐見は、豊永のもっこりした髭を思い出した。

「それがさあ、悪いことってできないもんよねえ」

「え？」

「いえね、その石崎さんを轢き逃げした人」

「うん……」

「その運転してた男も死んだんですって」

「なに――？」

「あのね。盗んだ車だったらしいのよ。その石崎さんを撥ねた車。それで、いけないと思って逃げたんじゃない？　慌ててたのかなんか、ハンドルを切りそこねて、トラックの荷台に突っ込んじゃったらしいのね。それで、そっちも即死だった。トラックのほうは荷台が潰れたぐらいで、運転手に怪我はなかったらしいけど」

「………」

では、アリバイなど、まるで必要なかったわけだ。

宇佐見は、自分の席に着いてぼんやりそう思った。

豊永に富由子の殺人を頼んでから、宇佐見は、富由子に会わないように心懸けた。なるべく多くの人と過ごし、自分のアリバイをはっきりさせてきた。

しかし、富由子を撥ねた豊永までが死んだとなれば、警察も捜査を行なうことはない。

願ってもないじゃないか。

宇佐見は、ひとり頷いた。

富由子どころか、豊永までがいっぺんに片付いた。それでいて、宇佐見は何ひとつ手を下したわけではない。

富由子が部内に自分とのことを言い触らしていたのは計算外だったが、まあ、それはどうにでも言うことはできる。富由子の妊娠が心懸かりだったが、それもないとわかった。

あのあと、富由子は「アレになっちゃった」と、宇佐見に告げたのである。

あとは、ほとぼりが冷めるのを待って、車の傷を直すことだけだ。それが終われば、すべての証拠が消える。

宇佐見は、仕事に没頭した。そうしなければ、顔の笑いを消すことが難しく思えたからだ。

「宇佐見君」

課長が彼を呼んだのは、夕方の退社直前になってからだった。

「宇佐見君、警察の人が君の話を聞きたいとみえてるよ」

「警察……？」

「ああ、物流部の石崎富由子さんの事故についてのことらしい」

10

「石崎富由子さんとは、かなり親しいおつきあいがあったそうですね」

応接室のソファに着くと、刑事はいきなりそう切り出した。

刑事は、二人いた。想像していたより、どちらもずいぶん老《ふ》けて見えた。

「いや、婚約とかってことでしょう?」

と宇佐見は頭を掻いてみせた。

「ぼく自身としても、びっくりしたんですよ。ええ、石崎さんとは何度か食事を一緒にしたこともあるし、映画なんかに行ったこともあります。でも、彼女が、ぼくと婚約しているなんて部の人間に言ってるとは、思ってもいませんでした」

「ははあ、つきあっていることを、宇佐見さんとしては隠しておきたかったと?」

「いえ、そうじゃありません。べつに、そんなつきあいはしてなかったんですよ」

「ふうん」

刑事は、頷きながら煙草を取り出して火をつけた。

「しかし、ドライブなんかには、誘ったでしょう?」

「………」

覗き込んできた刑事の視線を、宇佐見は思わず凝視した。

ドライブ……？

「どうですか？　伊豆のほうなんか、ドライブに行かれたんじゃないですか。この前の日曜日あたり」

「いや、あの刑事さん、それは……」

「行かなかったんですか？」

「ど、どうしてですか？　ぼくはドライブなんて……」

「ふうん、この前の日曜日、伊豆で石崎富由子さんを見掛けたという人がいるんですがね」

「それは……それは、石崎さんを見たんでしょう？　ぼくは――」

「男の人と一緒だったということですがね」

宇佐見は、自分の手を握り締めた。どうにかして、この手の震えを止めなくては……。

「それは、ぼくじゃありませんよ。どうしてぼくということになるんですか」

「ええと、これ、知ってるでしょう？」

刑事は、宇佐見の問いに答えず、懐から封筒を取り出した。宇佐見の見ている前で、封筒をさかさにして振った。テーブルの上に、女物の腕時計が一つ、滑り落ちた。

宇佐見は、知らずに息を呑んでいた。

「ね？　ご存じでしょう？」

その宇佐見の反応を、刑事はすぐに切り返した。

「あ、いや……ええ、石崎さんがしていた、いえ、そういう時計をしていたのを見た覚えがあります。それだったかどうかは、ちょっと……」

「これですよ。これをね、宇佐見さん、我々はどこで見つけたと思います？」

「……さあ」

「伊豆の山の中なんです。この時計の他に、もう一つ見つけたものがありましてね。これが、女性の死体だったんですがね」

「………」

「この時計は、その死体から五メートルばかり離れた道路寄りの草の上に落ちていました。この文字盤のプラスチックに指紋がついていましてね。誰のものか、今日の午前中までわからなかったんですよ」

宇佐見は、唾を飲み込んだ。その音が、ばかみたいに大きく聞こえた。

「その死体のあった場所から少し下って行くと、町に出ますが、そこにガソリン・スタンドがあります。そこの店員がですね、宇佐見さん？　日曜の夜八時過ぎに、アベックを乗せた車に給油しているんです。アベックは、どちらもずぶ濡れで、泥だらけだったそうです。車には、すごい傷の跡がついてましてね。その女のほうの顔を——ははは、やっぱり、女のほうに目がいくんですな、女の顔をね、覚えていたんですよ」

「………」

「店員が今朝がたになって、警察に電話を掛けて寄越しましてねえ。テレビで、その女の顔を見たというじゃないですか。それが、事故で亡くなった石崎富由子さんだったわけです。それで、我々は時計についていた指紋を、石崎さんのものと照合してみました。完全に一致したんです」

テレビが、テレビが……。

宇佐見は、そこへ座っているのがやっとという状態だった。

「ところで、今日の事故の加害者——豊永俊男という自称画家なんですが、この男が伊豆にアトリエを持っていましてね。そこには、車が一台置いてあります。この車、最近事故を起こしたらしいんですね。前がメチャメチャになってました。後ろの座席を調べてみたところ、山の中で発見された女性のものと思われる血痕と、髪の毛が見つかりました。宇佐見さん、顔色が悪いですよ。大丈夫ですか?」

宇佐見は、ぎゅっと眼を閉じた。

「まあ、それでですね。さきほど、宇佐見さんのアパートへ伺ったわけです」

え？　と宇佐見は顔を上げた。

「いや、お留守なのは知ってました。ただ、ちょっと車をね。宇佐見さんの車が、拝見したかったんですよ。シートが掛かっていたもので、良く見えませんでしたが、偶然、風で端のほうがめくれましてね。宇佐見さん」

刑事は、ぐい、と前に乗り出した。

「あの車の傷は、どこでつけたものですか？　よろしければ、ちょっとだけ車をお預かりして、調べさせていただきたいんですがな」

宇佐見は、どうやっても身体の震えを止めることができなかった。

「別れられないわよね、これで、あたしたち」

富由子の声が耳の奥ではっきりと聞こえた。

密室の抜け穴

初出：問題小説　'84年5月号

1

刻み込むようなオーケストラのリズムが、廊下に面した警備室の小窓を震わせている。第二大和ビル一階の通用口脇にある六畳ほどの部屋だ。

ストラビンスキーだって……？

酒井《さかい》雅彦《まさひこ》は、椅子の上で背伸びをしながら、音楽を鳴らし続けているステレオ・ラジカセと、その持主を眺めた。相棒の横山《よこやま》勇次《ゆうじ》は、よほど気に入っているらしく、買ってから十日間あまり、ずっとこのラジカセを警備室に持ち込んでいる。勤務は一日交替だから、酒井がこの派手な音につき合わされるのは、これで五日目だった。

べつに音楽が嫌いというわけではない。しかし、ただ騒々しいだけのような、この音はなんだ？　ストラビンスキーだ、と横山は言った。ああそうですか、てなもんだ。

廊下で何かが動いたような気がして、酒井は小窓の向うに目をやった。城南商事の保利《ほり》が、エレベーターを降りてこちらへ歩いて来るのが見えた。壁の時計に目を返す。午前一時になろうとしている。やっと、お帰りらしい。酒井は、小窓を開けた。

「お疲れさまです」

声を掛けると、保利はにっこり笑って鼻の頭をこすった。廊下に流れ出した音楽に、眼を丸くしてみせた。

「すごいな。ずいぶん高尚なものが鳴ってるね」

「インテリですからね」

皮肉を言いながら、酒井はチラと横山のほうへ目をやる。横山が、読んでいた雑誌から顔を上げた。ひょいと、肩の上だけでお辞儀をした。

「あと一人、麻生《あそう》ってのが残ってるの。彼は、今日は泊まりだから、ぼくが最後ね」

「あ、徹夜されるんですか？」

「残業手当が、本給と同じぐらいあるんだよ、奴さんは」

そう言いながら眉を上げた。気づいたように、奥の横山のほうへ声を掛けた。

「あ、横山さん、麻生が、徹夜するからよろしく伝えてくれって、言ってたよ」

保利は、ひらひらと手を振り、通用口から出て行った。酒井は、椅子を立って警備室を出た。通用扉のすぐ脇の壁に、灰色の小さなパネルがはめ込まれている。鍵を開け、パネルの中のボタンを押す。ゆっくりと、シャッターが下りて、第二大和ビルの最後の出入口を閉ざした。

城南商事の麻生を除けば、このビルには酒井と横山しかいない。城南商事以外の九つのテナントに、残業している者が誰もいないことは、零時の見回りの際に、酒井自身が確かめていた。麻生が徹夜するつもりなら、出入口をすべて閉めてしまっても支障はない。麻生に外の用事ができれば、警備室のほうへ言ってくるだろう。

酒井は、シャッターが完全に下りたのを確認すると、内側の鉄扉を閉ざし、警備室へ戻った。忘れぬうちに、コントロール・パネルのボタンを押す。通用口の警報装置が始動し、緑色のランプが灯った。壁の時計は、午前零時五十六分。机に拡げた日誌に、その時刻を書き込んだ。

煙草を取り出したが、ライターの火がつかなかった。椅子の背に横山の上着がかけてある。そのポケットを探った。マッチをみつけて取り出そうとした時、内ポケットに封筒が入っているのが見えた。封筒の口が開いていて、札の束が覗いていた。

「マッチ、借りますよ」

言いながら火をつけた。

横山は、雑誌から目を上げ、ああ、と頷いた。

「ずいぶん、金持ですね」

言うと、横山は怪訝《けげん》な顔で見返した。酒井は、上着を指差した。

「ああ……明日、返す金なんだよ」

口籠もったように横山が言った。

「サラ金ですか？」

「いや、違うけど……まあ、似たようなものだな」

テープの音楽が終わり、警備室が静けさを取り戻した。酒井は、ラジカセへ手を伸ばした。

「ひっくり返すんですか？　テープ」

「いや」

いいながら、横山は立ち上がった。椅子の背の上着を取って羽織った。

「いいよ、ラジオにしよう」

酒井は、なんとなくホッとして、スイッチをＦＭに切り換えた。歌謡曲が流れ出した。

横山は、帽子を被り、壁にぶら下げてあるマスター・キーを手に取った。

「麻生さんが徹夜だと、どうして横山さんによろしく、ということになるんですか？」

と、酒井は訊いた。

「え……なに？」

「さっき保利さんが言ってたでしょう」

「ああ、あれか」

と横山は、照れたように笑った。

「前、麻生さんが残業していた時に、せんべいを差し入れしてやったことがあるんだよ。そのことじゃないかな」

「ねだってるわけだ」

「そういつも差し入れしてはやれないさ」

横山は笑い、ふと、気づいたように振り返った。

「オレもおととい見たよ」

「なにを？」

「お隣の忍びの者さ」

「あ、またやってんですか」

苦笑いしながら、横山は警備室を出て行った。一時を少し過ぎていた。見回りは、一時間おきにすることになっている。仮眠は三時間交替に取る。片方が仮眠している時以外は、交替で見回るのである。

忍びの者か……。

ははは、と酒井は一人で笑った。この第二大和ビルの隣に、新興事務機という会社がある。ここと違い、警備員などは置いていない。社員が宿直当番を割り当てられてやっているようだ。その宿直が、ときどき役目を忘れて、飲みに出掛ける。ビルの裏の通用口は、ロックがボタン式になっているから、鍵は入る時だけでいい。で、うっかりして鍵をビルの中に置いたまま、出てしまうのだ。当然、締め出しを食らってしまう。

ところが、社員の一人がもう一つの入口を見つけた。二階のトイレの窓である。窓は露地に面しているが、おあつらえ向きに電信柱が立っている。そこを登り、鍵の掛かっていないトイレの窓から中へ潜り込むのである。

以前、酒井は外へ煙草を買いに行った際、電柱に登っている男を発見した。警察を呼ぼうとして、逆に男から呼び止められた。事情を聞き、なあんだ、と笑ったことがあった。

それを、横山も見たらしい。

酒井は、横山が大きくかけていたラジカセの音を、いくぶん下げた。机の上の小説を取り上げた。二十分ほどで横山が戻った。そのまま横山は、仮眠するために、警備室奥のベッドへ入った。酒井は、ラジオの音を消した。音楽が鳴り止むと、通風口を通して、空調のモーターのうなる声が聞こえた。

午前二時に、酒井は見回りに行った。五階建のビルの地下から始めて順に上へ見ていく。二階への階段を登りきった時、酒井は、ぎくりとして足を止めた。

突然、何かが派手に倒れるような音が聞こえた。どこから聞こえたのか、すぐには見当がつかなかった。あ、と思い当たり、酒井は三階の城南商事へ足を向けた。階段の途中で後ろから横山が駆け上がってきた。

「今の音はなんだ？」

横山は、荒い息をして言った。音を聞いて警備室を飛び出してきたらしい。

二人は、一緒に三階へ急ぐ。城南商事の部屋だけ、まだ明かりがついている。酒井は、ドアをノックした。

「麻生さん？　どうかしましたか？」

返事はなかった。

酒井と横山は、顔を見合わせた。不安な気持のまま、ドアを開けた。

酒井雅彦の目に、最初に飛び込んできたのは、椅子からずり落ちたような格好で床に倒れている麻生武久の姿だった。

2

塚田《つかだ》幸太郎《こうたろう》が、第二大和ビルに到着したのは、午前二時半ごろであった。

鑑識課員が動き回っているのを見て、塚田は三階の廊下に立ったまま、城南商事の中を覗き込んだ。男の死体が転がっていた。鑑識の人間たちが、床に散乱している細長い紙を揃え集めている。湯呑茶碗が一つ、机の下に伏せたような格好で落ちていた。その机の上は、薙《な》ぎ払ったようになにも載っていなかった。書類も、事務用品も、すべて床に散らばっていた。

「発見者の方です」

巡査が、ガードマンの制服姿の男を二人連れてきた。

「酒井雅彦さんと、横山勇次さん。このビルの警備員さんです」

「どうも、ごくろうさま」

塚田は、警備員をねぎらって言った。酒井と呼ばれた警備員は、緊張のためか、いささか青ざめている。

「発見の時のことを聞かせて下さい」

酒井が、はい、と頷き、唾を飲み込んだ。塚田の横にいた諸岡徹也《もろおかてつや》が、手帳を取り出した。

「見つけたのは、何時ごろですか？」

「はい、二時過ぎでした」

「どのぐらい、過ぎてました？」

「七、八分……ほど、だったと思います」

「時計を見たわけですか？」

「いえ……」

と、酒井は天井を見上げるような動作をした。

「二時の見回りの途中だったんです」

「ははあ、見回りに出てすぐだった、ということですか？」

「ええ。警備室は一階にあります。二時に部屋を出ました。一度地下へ下りて、上へ順に見ていくんです」

「なるほど。三階に来て、見つけた？」

「いえ、あの、二階へ上がった時に、音がしたもので……」

「音？　どんな音です」

「なにかが、倒れたような大きな音でした。いろんなものが、いっぺんに崩れたような」

「ふうん」

塚田は、部屋の中へ目をやった。鑑識課員が、被害者の死体の足を揃えてやっていた。

「で？　音を聞いて、どうしたんですか」

「はい。ビルに残っているのは、この城南商事の麻生さんだけでしたから、急いでここへ来たんです。見ると、麻生さんが……」

「その時は、あなたがた、お二人とも一緒ですか？」

「はい」

と横山が、頷いた。

「ここのドアは開いていましたか？」

「いえ。閉まってました」

「どちらが、開けたんですか？」

「僕です」

酒井が、自分の胸を指差した。

「被害者を発見した時、どうしました？」

「どう……と言いますと」

「被害者に触れましたか？」

「いえ、麻生さんの首から紐のようなものが垂れているのを見て、急いで警察へ知らせなくてはと……」

「部屋の中に入りましたか？」

「いいえ」

「とすると、部屋に犯人がいたかどうかは、見ていないんですね」

「あ……」

酒井も横山も、初めてそのことに気づいたようだった。彼らがここへ来たのは、事件の起こった直後と考えられた。物音を聞きつけて、二人の警備員は、すぐにここへ上がって来たのである。とすると、酒井がドアを開けた時、犯人がまだこの部屋の中にいた可能性は、充分にあったのだ。

「すみません」

横山が、頭を下げた。

「いや、気にしなくて結構です。ということは、この部屋は、あなたがたが来た時のままになっているわけですね」

「はい」

「誰か、怪しい人物を見ませんでしたか？」

「いえ、だれも……」

「ふむ」

塚田は、少しの間、言葉を休めた。二人の不安そうな表情に気づいて、質問を続けた。

「酒井さんは、さっきこのビルに残っているのは被害者だけだった、と言われましたね」

「はい。やはり、城南商事の社員の方が一人、一時ごろ帰りました。その方が、麻生さんを除いて最後でした」

「その後の出入りは？」

「ありません」

塚田は、隣の諸岡を振り返った。

「ビルの中は、全部見たか？」

「見ました。この酒井さんと一緒に、すべての部屋を回りました。誰もいません」

「そう……」

鑑識の作業が終わったと言われ、塚田は、ひとまず二人に下で待つように言い、部屋へ入った。

「どんなですか？」

塚田は、被害者を覗き込みながら、鑑識課員に訊いた。

「首を締められています。凶器は、この紐ですね」

「どういう具合に締められたのか、わかりますか？」

「おそらく、後ろから、こう」

と、鑑識課員は腕を交差させて、締める真似をやってみせた。

「何かに気を取られている隙に、首に紐をかけられた、そんな感じですね」

塚田は、ふと一つ向うの机に載っているテレビが、ついたままになっているのに気づいた。もちろん、放送はすでに終わっている。ブラウン管には、ただ灰色の霜降り模様のようなものが流れているだけだった。

「これは？　そのままですか」

「そうです」

テレビに気を取られて……？

塚田は、首を傾《かし》げた。

「これは、なんです？」

床に散乱していた細長い紙が、ビニール袋の中にまとめてあった。紙の表面にコピーのような文字が並んでいる。

「ファクシミリの受信紙です」

そう言って、鑑識課員は部屋の向うに目を上げた。塚田が見ると、窓際にファクシミリの機械が置かれていた。赤いランプがついているのを見て、塚田はその機械のほうへ行った。

機械の裏側に、ビニールの中に集められたものと同じ用紙が長く垂れていた。

「受信されたものが、そのままになってますね」

言うと、鑑識課員は頷いた。

「事件の起こった後に送られてきたものでしょう」

え？　と塚田は、後ろを振り返って死体を見た。

「死んでいるのに、どうやって受けられるんです？」

「自動なんですよ。自動受信ができるんです」

ほら、と指差した先を見ると、なるほど赤いランプの横に「自動受信」という文字が書かれていた。

3

塚田は、諸岡刑事と二人で、一階の警備室へ行った。

「もう少し、詳しいことを聞かせて欲しいんですよ」

塚田は、横山に勧められた椅子に腰掛けて言った。

「酒井さんは、さきほど、最後にこのビルを出たのが、城南商事の社員だと言われましたね」

「はい」

「名前は、知ってますか？」

「保利さんです」

「保利——なんというんです？」

「さあ、苗字だけしか……」

と酒井は、横山のほうへ助けを求めるような目を向けた。横山は、首を横に振った。

「結構です。その保利さんが出た後、出入りした者はいなかったんですね？」

「はい。ビルを閉めましたから」

「閉めた、というと？　具体的には、どうしたんですか？」

「その時に開いていたのは、そこの通用口だけだったんです。そこのシャッターを下ろして、鉄扉を閉めました」

「他の出入口は？」

「あと、正面玄関がありますけど、玄関のほうは、午後六時に閉めることになっています」

「午後六時ね」

玄関のシャッターが下りていることは、すでに確認してあった。

「玄関口と通用口と、あとは？」

「ありません」

「出入口は、二ヵ所」

「はい」

塚田は、首を撫でた。どうも、気に入らない。

「保利さんが出て行った後、麻生さんが生きておられるのを確認しましたか？」

「はい」

と、今度は横山が頷いた。

「私が、一時に見回りをした時に、ほんの二、三分ですが、話をしました」

「ああ、どんな話を？」

「いいえ、たいしたことじゃありません。たいへんですね、と声を掛けて、麻生さんは、いやそれほどじゃない、というようなことを言ってました。その程度です」

「部屋には、入ったんですか？」

「はい」

「その時、麻生さんは、どんなことをやってました？」

「テレビを見ながら、長い紙のコピーを読んでいました」

長い紙のコピーというのは、さきほどのファクシミリのことだろう。

「誰かが、訪ねて来るようなことは、言ってませんでしたか？」

「いえ、聞いていません」

「横山さんは、二時に酒井さんが見回りに行かれた時は、この部屋におられたわけですね」

「はい、ここで仮眠を取っておりました」

「ああ、寝ておられた？」

「はい」

「あなたも、物音を聞いたと言いましたね。一階で寝ていて、三階の物音が聞こえたんですか？」

「さほど、眠りは深いほうではありません。それに、夜の静かな時ですと、ビルのちょっとした音は、通風口を通してほとんど聞こえてきます」

言いながら、横山は部屋の奥の天井を指差した。ベッドの真上の壁に、四角い通風口が見えていた。塞いでいる金網にほこりが溜まっていた。

「物音に起こされた、と。そして？　どうしたんですか？」

「いや……とにかく、異様な音に聞こえたもので、飛び起きて階段を駆け上がったんです」

「三階の城南商事だと思ったわけですか?」

「ええ、残っているのは麻生さんだけでしたから」

「なるほど、で?」

「階段の途中で、やはり三階へ向かっている酒井に追いつきました。それで、一緒に城南商事を見に行ったわけです」

「警察へ、通報されたのはその後ですね」

「はい」

「としますと、お二人で上に行かれている間、ここはカラッポだったわけですね」

「はい、そうですが……」

横山は、眉をひそめた。自分が責められていると感じたらしい。

「するとですね、ここに誰もいない時に、このビルから出ることはできるわけですね」

「いえ、それは……」

横山は、言いかけて酒井と顔を見合わせた。

「それは、できません」

「どうして?」

「出入口は、両方とも閉まってましたから」

「開けられるでしょう？　シャッターは、下ろしながら外へ出てしまうことができますよ」

「いえ、だって、警報が鳴りませんでしたから」

「警報？」

聞き返すと、警備員たちは二人同時に頷いた。

「警報が、ついているんですか？」

「ええ」

と、酒井が答え、後ろのパネルを指差した。

「あそこに、スイッチがあります。玄関も、通用口も、警報のスイッチが入っていました」

「しかし、我々が到着した時は鳴りませんでしたね」

「それは——スイッチを切ったからです」

「つまり、スイッチは切ってしまえば警報が鳴らないわけでしょう？」

「でも、それを切ったのは、警察のみなさんが到着された時です。それまで、スイッチは入っていたんです。スイッチを切って外へ出ることは、もちろんできますけど、出てシャッターを閉めた後、もう一度スイッチを入れることなんてできませんよ」

なるほど、それもそうだな——と、塚田は頷いた。立ち上がって、言った。

「もう一度、ビルの中を全部、見せてくれませんか？　このビルにある窓を、全部見てみたいんです」

4

いったん署へ戻った塚田と諸岡は、夜が明けてから、もう一度、第二大和ビルへ出直した。

問題となっているのは、麻生武久を殺した犯人の、侵入経路と逃走経路だった。

明け方、付近に張り込んでいた刑事が、不審な男を発見したが、それは、第二大和ビルの隣にある新興事務機の社員であることがわかった。当直当番の社員が、鍵をビルの中に置いたまま外へ出てしまい、締め出された状態になって、一番出社の社員を待っているところだったのである。

「二つの出入口は閉まっていた。鍵の開いている窓は一階から五階まで、一つもなかった——密室じゃないですか、まるで」

第二大和ビルへ向かう途中、諸岡はひとりごとのように言った。塚田は、ふん、と鼻を鳴らした。

「密室なんて、ありえないさ」

「でも、塚田さん、現にこうしてですよ……」

「まだ、全部調べ上げたわけじゃなかろう？」

言うと、諸岡は口を閉じた。

第二大和ビルの警備室を覗くと、酒井も横山もいなかった。中年の警備員が一人で座っている。一日交替なんです、と警備員は説明した。

城南商事へ行き、麻生武久の上司の営業課長に会った。課長は、しきりに渋面を撫で上げながら、驚きました、を連発した。

「保利さんという方がおられますか？」

保利は、課長から呼び出され、おどおどした様子で、塚田の前のソファへ腰を下ろした。

「昨夜、あなたが退社された時、麻生さんはどんなふうでした？」

「……どっちかというと、楽しそうに見えたんですけど」

保利は、ハンカチで額を拭いた。

「楽しそうだった？」

「はあ……いいことがあるのかって、訊いたんです。そしたら、ああ、いいことだなって、言ってました」

「いいこと、ね——なんだか、わかりますか？　……」

「さあ、誰かに会うような、口振りだったんですけど」

「ここで？」

「いや……」

保利は、首を傾《かし》げ、あいまいに言葉を濁した。

「麻生さんは、昨日はここにずっといる予定だったんですか？」

訊くと、課長が代わりに頷いた。

「朝までに、準備してもらう仕事がありました。外へ出るということはないだろうと思うんですが」

「つまり、誰かが訪ねて来るんだったら、有り得るわけですね」

課長も、保利も、黙ったまま眉をしかめた。

「麻生さんが、いいこと、と言うのは、どういった種類のものだと思いますか？　女性ですか？」

「いやあ……」

と、保利がまた額を拭った。

「麻生は、会社に女を連れ込むような男じゃないですよ。金儲けの話だったら乗ってくるかも知れませんけど」

「金儲け。ふうん……」

塚田は、課長に向きなおった。

「麻生さんは、会社ではどんな人でしたか」

「なかなか、やりてでした。成績は優秀で、みどころのある男でしたよ」

「金儲けと聞きましたが、何か、アルバイトのようなことをしていたんでしょうか？」

「さあ、それは聞いてませんね」

「なにか、麻生さんについて、最近、気づかれたことはありませんか？」

課長は、さあ、と首をひねるばかりだった。塚田は、話題を変えた。

「このビルは、警備員さんが二人もいて、なかなか警備に熱心ですね」

「いや、最近ですよ」

「最近？」

「ええ、下の会社で問題があって、それからドロナワで強化したんです」

「問題とは？」

「いや、二階に機械の設計事務所があるんです。その図面が盗まれたらしいんです」

塚田は、諸岡と顔を見合わせた。

「らしい、というのは？」

「いえ、詳しいことは知りませんが、その事務所で設計した機械が、これまでに三度、他から出たらしいんです。産業スパイというの、あれじゃないかと言うんですがね。一度なら、人間の考えることですからね、似たようなものも出来るでしょうが、三度となりますとね」

「へえ、スパイね」

「で、事務所が、ビルの管理会社に申し入れをしたらしいんです。それからですよ。夜だけ、警備員を二人にして、警報装置をつけたりね」

「なるほど――」

塚田は、思わず溜息を吐《つ》いた。

「ところで、昨夜の麻生さんの残業は、どういうお仕事だったんですか?」

「今日、本当は会議があることになっていたんです。その資料をつくってもらっていたんです」

「会議の資料ですか」

「ええ、ウチの出先機関から、ファクスが入ることになってました。六ヵ所からです。大阪、神戸、高松、門司、長崎、鹿児島の六ヵ所です。その資料をまとめてレポートを作ってもらう筈でした」

「事件の後になって入ってきたのがありましたね」

「ええ、神戸と鹿児島のものが……」

塚田は、相変わらず靄《もや》のかかったような頭を、軽くひと振りした。

5

塚田と諸岡は、警備室へ下りた。

「このビルの図面があったら、見せてもらえませんか」

言うと、警備員はコントロール・パネルの下から、筒に巻いた青焼き図面を取り出した。塚田は、一枚一枚を丹念に見ていった。

どこかに、外部へ開いている口がある筈だ……。

しかし、昨夜、案内された以外の場所に、窓のようなものはなかった。むろん、警備員の酒井雅彦と横山勇次を疑うことはできる。事件の起こった時、このビルの中には、彼らがいたからだ。しかし、二人はこぞってビルは、完全に閉鎖されていたと主張した。彼らの仕事がこのビルを守ることであるから、当然の主張かも知れない。しかし、逆に考えれば、そう言い張るのは自分自身を不利にすることとなのだ。彼らが麻生武久を殺害した犯人なら、自分の首を締めるような証言はしないだろう。

お――。

最後の図面で、塚田の目が止まった。

「これは……？」

中年の警備員が、横から覗き込んだ。

「ああ、屋上ですね」

「いや、それはわかってますが、ここにドアがありますね」

「ええ、機械室から屋上に出る扉です」

「機械室……」

「ええ、エレベーターの機械があります」

「ここへは、行けますか？」

「もちろん行けますよ。エレベーターが故障した時なんかは、行けなきゃ困りますからね」

警備員は、笑って言った。

「案内して下さい」

機械室というのは、階段室を兼ねていた。鉄の扉を開けると、そのまま殺風景な屋上に出る。

「この扉は、いつも開いているんですか？」

「ええ、開いてますよ」

警備員はこともなげに言う。

「不用心じゃありませんか？」

「だって、刑事さん、ここは五階建のビルの屋上ですよ。ここから忍び込む奴なんて、いませんよ」

「いや、昨夜、いたかも知れませんよ」

「え……」

ぽかんとしている警備員に構わず、塚田と諸岡は屋上の中央へ出て、周りを見渡した。

屋上の周囲には、胸ほどの高さの金網が張り巡らせてあった。その金網の縁に摑まりながら、ビルの下を覗く。

「この、壁を登り下りできますかね」

諸岡が、うなるような声で言った。

少なくとも、かなりの勇気を必要とすることは確かだった。足掛かりになるような突起が、壁にはほとんどない。窓ははめ込みになっていて、その隙間には、指の先を掛けるのが精一杯だろう。ビルの四つの壁面をすべて見たが、いささか難しすぎる。

想像しただけで、塚田は背筋が冷たくなった。

「ロープを垂らして、ロッククライミングみたいにすれば、可能でしょうかね？」

「まてよ。お前、ロープを五階建のビルの屋上に投げ上げられるか？」

「ああ……いや、昼間のうちに用意しておいてですね」

「だれも、ロープが垂れ下がっているのに気がつかないならな」

「だめか……」

「それに、ロープ一本を頼りにここを登るとしたら、それこそかなりの訓練を積んだ人間じゃないとだめだぞ。第一、人に見つかった時、どう言訳するんだ？」

「だとすると――」

と、諸岡は上を見上げた。

「空からですか？　ヘリコプターでも使って」

「ばかな……」

笑いながら空を見上げた時、塚田の視線がビル西側の上方で釘付けになった。

「おい、見ろ」

え、と戸惑う諸岡に、塚田は指を上げて教えた。隣の新興ビルが被さるように突き出ている。新興ビルは、この第二大和ビルよりもさらに一階分ほど高い建物だった。

「あの屋上からなら、ここに飛び下りられるぞ」

「……………」

ビルとビルの間は、ほぼ四十センチほどの間隔しか開いていない。新興ビルの屋上にもおざなりのような柵が巡らせてあるが、その柵の外に立ち、このビルの屋上めがけて飛び下りても、四十センチの隙間から下へ落下する可能性はほとんどない。高さの差は、三メートルを少々越える程度である。

「いや、でも」

と、諸岡が、首を振った。

「飛び下りるのはできても、三メートル以上ある高さを飛び上がることはできないですよ、侵入は可能でも、脱出が不可能です」

「なにを言ってるんだ。それこそ侵入する前に、あの上からロープでも垂らしておくのさ。さもなくば、梯子でも掛けておくかな」

「あ、そうか」

諸岡は、自分の頭をコツンと一つ殴った。

6

六階建と考えていた新興ビルは、第二大和ビルと同じ五階建だった。一階が倉庫のようになっていて天井高が普通よりもかなりある。それで、同じ五階でも新興ビルのほうが三メートルほど高かったのである。

塚田と諸岡は、新興事務機を訪ねる前に、まず建物の周りを見ておくことにした。

表通りに面して大きな開口部がある。倉庫の荷物を出し入れする口で、その前にはトラックが二台駐車して、積み込み作業を行っていた。その脇に小さな、これは人間用の出入口がある。事務所はここから上がって行くようになっているらしかった。

第二大和ビルと反対側に細い露地がある。そこを抜けて、裏へ回ると駐車場があった。裏には、建物の二階へ通じている外階段がついている。どうやら非常口になっているらしい。

出入りできるとすると、倉庫の入口、その横の玄関、そして、裏の非常口——この三ヵ所と思われた。

塚田たちは表へ戻り、事務所へ上がって行った。事情を通じると、成田という総務課長が応対に現れた。

「屋上ですか？」

見せていただきたい、と申し入れると、怪訝な表情で、成田課長は二人を案内した。エレベーターを五階で降り、屋上へは階段で上がる。ここの扉も開いていた。

「ここは、いつも開いているんですか？」

「はあ……いや、開いているというよりも壊れてましして」

「壊れてる？」

「そうなんです。下手に閉めると、開かなくなってしまうんですよ」

言いながら、薄くなった頭に手をやった。

塚田と諸岡は、屋上に出ると、まっすぐ第二大和ビル側へ行った。そのあたりを丹念に見ていく。

「塚田さん」

諸岡が声を上げた。

塚田が行くと、諸岡は屋上に巡らせてある柵の支柱を指差した。

「こすったような跡がついています。ロープでも縛りつけて、力を掛けたような感じですね」

塚田は、黙ったまま頷いた。

支柱の跡は、まだ新しいものに見えた。

「諸岡、鑑識に来てもらってくれ」

言うと、諸岡はそのまま階段室へ走って行った。成田課長が、消えた諸岡から塚田のほうへ視線を返した。

「ここを、ちょっと調べさせていただきたいんです」

「はあ……それは、結構ですが、あの、なにか？」

「少々伺いますが、この建物の入口は、一階の二つと、裏手の非常口の三ヵ所だけですか？」

「はい……」

「昨日の夜、そのどれかに異常がなかったですか？」

「異常？」

成田課長は、目を丸くした。

「鍵は掛かっていました？」

「ええ、もちろん。倉庫にはシャッターが下りていましたし、玄関は鍵が掛かっています。非常口は、いつも通りですから……」

「いつも通り、と言いますと、開いているわけですか」

「ええ、内側からは、常に開いてます」

「内側から？」

塚田は、課長の妙な言い方に眉をひそめた。

「どういう意味ですか？　内側に錠が掛かっているということですか？」

「いや、錠はないんです。あのドアは、内側からしか開かないドアなんです。中からは、常に開いている状態ですが、外側にはノブもなく、自動的にロックされた格好になっています」

「…………」

塚田は首を傾げた。外からは開かない……。

鑑識の来るのを待って、塚田はもう一度諸岡と共に建物の外へ出た。成田課長に非常口を見せてもらった。外階段を上がってみると、なるほどそのドアにはノブがなかった。ためしに、指をドアの縁に掛けてこじあけられるかやってみた。まるで駄目だった。

塚田は、成田課長を振り返った。

「昨日は、たしかに玄関のドアは閉まっていたんですか？」

「はい。実はですね」

課長は、苦笑いして言った。

「昨日の宿直が締め出されてしまったんですよ」

あ——と、塚田は思い出した。

「宿直のくせに、抜け出して酒を飲みに行ったんですな。玄関のドアは、内側からボタンを押してロックするようになっていまして、鍵が要らないんです。それはいいんですが、その宿直は鍵を中へ置いたまま鍵を掛けて出てしまったらしい。朝、私が出社してくるのを外で待っていましたよ。私が、スペアを持っていますからね」

課長は、そう言うと、また口の端を曲げるような笑顔をみせた。

「塚田さん——」

階段の下で、諸岡が呼んだ。

下りて行くと、諸岡は階段の裏の地面を指差した。そこにロープの束が落ちていた。

「やっぱり、ここから出たんですよ」

諸岡は、興奮したように言った。

塚田は、小さく首を振った。

「出たのはいいんだ。出るのは、できる。しかし、どうやって入ったかが問題なんだ」

7

その翌日、塚田と諸岡は、また第二大和ビルへ出掛けた。今日の警備室には、横山がいた。

「酒井さんは？」

訊ねると、横山は眉を上げた。

「酒井なら、夕方に来ますよ。昼のうちは、二人も必要ありませんからね」

「ああ、なるほど」

塚田は椅子へ腰を下ろし、煙草を取り出した。

「二階の機械設計事務所から、図面が盗まれたそうですね」

あまり歓迎できる話題ではなかったと見えて、横山は渋い顔をした。

「どうだか、ほんとのところはわかりませんけどね」

「警察には届けていないようですね」

「だって、そうですよ」

横山は、二人の刑事にお茶を出した。

「盗まれたって言っても、図面がなくなったわけじゃないんですからね」

「というと？」

「写真でも撮ったわけでしょう。スパイだっていうんならね」

「なるほど。その時は、スパイはどうやってこのビルに入ったんでしょうね」

「入ったんじゃなくて、持ち出したんじゃないかと思いますね、私なんかは」

「持ち出した」

「ええ、おおかた、会社の内部の人間が、競争相手に買収されたんじゃないですか？　それを、こっちの手抜かりだ、みたいに言われたんじゃ、かないませんよ」

要するに、横山の言いたいのは、自分たちの責任ではないということらしかった。

「なにかがあると、みんな我々がしっかりしていないということになるんです。おかしいですよね。隣のビルみたいに、自分で自分の会社に忍び込むような真似をやってるところだってあるんですからね」

「え……？」

塚田は、湯呑を持ち上げた手を止めた。

「忍び込むって、それは、どういうことですか？」

「いえ、隣の宿直が、よくやってるんですよ」

「なにを？」

「隣じゃ、宿直当番があるらしいんですね。その当番が、夜になると飲みに出掛けるんですよ。それが、ドジなことに、しょっちゅう鍵を会社に置いたまま出てきてしまうんですね」

「締め出される」

「ええ、そうです。ところが、二階のトイレの窓が開いているんですね」

「二階のトイレ……？」

塚田は、思わず聞き返した。

「露地に電柱が立ってましてね、それを登るんですよ。足でトイレの窓をこじ開けて、その電柱からサーカスみたいなことやって中に入るんです」

「…………」

「私も一度、見ました。酒井から聞かされてはいたんですが、見るまでは信じられませんでしたがね」

塚田は、お茶の礼を言って立ち上がった。諸岡の背中を、ポンと叩いた。

8

「まだ、なにか……？」

新興事務機の成田総務課長は、塚田と諸岡を見比べながら腰を上げた。

「たびたびすみません」

二人は、総務部の奥にあるソファに通された。

「昨日、宿直の当番の方が締め出されたということをお聞きしましたね」

「はい」

二階のトイレの窓からビルに入っている当番を見た人間がいることを、塚田は話した。

「まさか……」

そんなことを、と成田課長は首を振った。

「あ、それ、新倉《にいくら》さんです」

コーヒーを運んできた女子事務員が言った。話を聞いていたものらしい。課長は、びっくりした顔を女子事務員のほうへ上げた。

「新倉君が？」

「はい。得意なんです、新倉さん。子供みたいでしょう？　それができるもんだから、この頃じゃ、はじめっから鍵なんて持って出ないらしいんです」

「ここへ、新倉君を呼びなさい」

その新倉は、まだ大学を出たばかりといった若者だった。成田課長に訊かれ、新倉は頭を掻いた。

「どの窓ですか？　見せてもらえませんか」

塚田が言うと、新倉は頷いて先に立った。成田課長も一緒についてきた。

案内されたのは、廊下の端にある男性用のトイレだった。奥に六十センチ四方ほどの窓が一枚あった。下についているラッチを摑んで外へ押し出すと、上辺を軸にしてグイと開く。いわゆる突き出し窓である。完全に開いた状態にし、左右のアームを立てて固定すると、窓枠と壁の間に四十五センチほどの隙間ができる。新倉は、この隙間から入り込んでいたらしい。外を覗くと、いくぶん細目の電信柱が、すぐ手の届く距離に立っていた。

「電柱に登って、まず足で窓の下をこじ開けるんです」

新倉は、ジェスチャーを加えながら説明した。

「こじ開けた隙間に靴の先を突っ込んで、グイッと手前に引くわけですね。そうすると、カチッと音がして窓が固定します。それから電柱を少し下りて、片手を窓枠にかけ、両手で壁にぶら下がるんです。あとは、腕の力の問題で、ぼくは懸垂《けんすい》なんかは得意でしたから、身体を持ち上げて、半身がトイレの中に入ってしまえば、もうしめたもんです」

得意気に話す新倉を、塚田は呆れて眺めた。

「危ないじゃないか」

成田課長が叱りつけた。

「事故でも起こったらどうする」

新倉は、すいません、と首を竦《すく》めた。

「ええと」

塚田は、課長と新倉に等分に訊いた。

「一昨日の宿直は、新倉さんじゃなかったわけですね」

「え……」

と新倉が顔を上げた。

「いえ、ぼくでしたけど」

「いや、しかし、一昨日の宿直の人は締め出されたと聞きましたよ」

「ええ、失敗したんです」

「失敗？」

「こいつが締めてあったんですよ」

新倉は、窓を閉めると、クイッ、とラッチを掛けてみせた。

「締めてあった？」

「ええ、いつも開いているから、まさか閉まってるとは思わなかったんです。失敗しました。誰かが、閉めちゃったんですね」

「誰が？」

「いや、会社の人間かも知れないし、外部の人かもしれません。昼間は、いろんな人間がここを使いますからね。公衆便所みたいなもんです」

その新倉の言い方に、成田課長が顔をしかめた。

「塚田さん、じゃあ……」

諸岡が、納得のいかない声を出した。塚田は、諸岡に首を振った。

「いや、違うよ、ラッチを掛けたのは犯人だ。ここから入って、そして、ラッチを掛けた。このビルが閉ざされていたと、印象づけるために閉めたんだろうな」

「しかし……それじゃ、出られませんよ」

「非常口があるじゃないか」

「あ、そうか」

諸岡は、ゲンコツで自分の頭を叩いた。

「それに、出るだけなら、玄関でもいいわけさ。ボタンを押して出してしまえばいいんだからね」

「決まりですね」

諸岡は、自分に言いきかせるように頷くと、ニコリと笑った。

「ばか、まだだ」

言うと、諸岡は、へ？　と塚田を見返した。

「犯人は、誰なんだよ？」

9

塚田は、諸岡と一緒に署へ戻った。

「つまりですね」

諸岡が、机の上でメモを取りながら言った。

「犯人は、新興ビル二階の男性用トイレの窓から侵入し、ラッチを掛けたあと、屋上へ出た。そしてロープを鉄柵に結び、第二大和ビルの屋上へ下りた。そこから三階の城南商事へ行き、麻生武久を殺害。それが、午前二時を少し回ったころでした。そして、犯人はまた屋上へ上がり、ロープを伝って新興ビルの屋上へ戻る。ロープを外し、非常口から逃走した——こうなるわけですね。隣のビルを使うなんて、ずいぶん、凝った真似をするじゃないですか」

「うん……」

塚田は、気乗りのしない声で相槌を打った。諸岡が、あれ？　という顔で見返した。

「どうしたんですか？　なにか、違ってますか？」

「いや、違ってはいない。違っちゃいないが、どうもひっかかるなあ」

「なにがですか？」

「いやね」

と、塚田は首の後ろを、とんとん、と叩いた。

「犯人は、どうしてトイレの窓のラッチを掛けたんだろう？」

「え？　だって、さっき塚田さんが自分で言ったじゃないですか。ビルが閉ざされていたように印象づけるためだって」

「うん。さっきはそう思った。だけどな、よくよく考えてみると、べつに閉ざされていようがいまいが、犯人にとっちゃ、構わないことじゃないか。別に、我々を不思議がらせる必要もあるまい？　犯人にとって必要なのは、早く逃げることだ。安全に犯行を終えることだ」

「でも、我々が犯行を証明できなければ……」

「まあいい、ちょっとした疑問だからな。ただ、もう一つある」

「もう一つ？」

「ロープの捨ててあった場所さ」

「非常階段の……」

「そう、階段の裏に捨ててあった。どうしてだね？　犯人は、急いでいた筈だ。早く現場を離れたかった。どうしてわざわざ、階段の裏へ回って捨てるんだ？　そのまま逃げればいいじゃないか。捨てるにしたって、はい、ここから逃げましたよってな具合に、そんな場所へ置いとくことはないじゃないか」

「そう言われれば……」

諸岡は、腕を組んだ。二人とも、しばらく黙っていた。

「どうしたんだ、お二人さん？」

横で新聞を拡げていた同僚が、塚田に訊いた。塚田は、いや、と首を振った。ぼんやりと、彼の持っている新聞を眺めていた。

その時、塚田はあることに気づいた。

まてよ……。

塚田は、諸岡のほうへ目を上げた。

「おい、一昨日の新聞はないか？」

諸岡は、きょとんとした眼を上げ、立ち上がって部屋の隅から新聞を探し出してきた。塚田は、それをひっくり返して最後のページのテレビ欄を見た。

「だめだな、これじゃ……諸岡、あのテレビ、何チャンネルだった？」

「え……テレビって、どの」

「麻生武久が見ていたテレビだよ。決まってるだろう」

「ああ……」

諸岡は、手帳を繰った。

「8チャンネルです。フジテレビですね」

塚田は電話を手元に引き寄せた。テレビ局に電話を掛けた。

「少々おたずねしますが、一昨日の放送終了時間は、何時何分でしたか？」

「一昨日ですか？　ええと、午前一時十五分からの天気予報が最後の番組で、放送終了は一時二十二分でございました」

「どうもありがとう」

塚田は受話器を置いた。

「なんですか？」

諸岡が、塚田のメモを覗き込んだ。

「テレビだよ。フジテレビは一昨日、午前一時二十二分に放送を終了しているんだ」

「一時二十二分――」

「ああ。麻生武久の殺されたのが、二時七、八分。とすると、被害者は放送の終わったテレビを三十分以上もつけっぱなしにしていたことになるぜ」

「あ……」

「こいつは、変だと思わないか？　放送が終われば、テレビのスイッチを切るのが普通だよな。霜降りだけの画面を見ていたって仕方あるまい？　まてよ……」

塚田は、もう一つのことに気がついた。

もう一度、受話器を取り上げた。城南商事の番号を回した。幸いなことに、営業課長は、在席していた。

「あのですね、あの夜に電送されたファクシミリで、事件の後に届いたものがありましたね。たしか、神戸と鹿児島からのものと伺いましたが」

「はあ、そうですが……」

「それが、何時に送られてきたものか、おわかりですか？」

「ファクスの入った時間ですか？　機械の中に記録されている筈ですが」

「ありがたい。教えていただけませんか」

「ええ、少々お待ち下さい」

しばらく塚田は待たされた。オルゴールが、乙女の祈りを繰り返し聞かせた。

「もしもし、よろしいですか？」

「はい、お願いします」

「ええと、鹿児島からのものが、午前一時三十三分に入ってます。それから、神戸からが、一時四十八分ですね」

「ありがとう。その記録、消さずにとっておいて下さい」

塚田は、そう言い置いて電話を切った。

「わかったよ」

塚田は諸岡を振り返った。

「なにが、ですか？」

「いいか？　城南商事のファクシミリには、鹿児島からと神戸からのものが、送られたままの状態になっていた。その最後のものは神戸の午前一時四十八分だった。これは、二時七、八分の二十分も前だ」

「……そうなりますね」

「麻生武久は、一昨日、そのファクシミリを待っていた。送られてくるものをまとめるのが、彼の仕事だった。とすれば、それをそのままにしておくというのは、おかしいじゃないか」

「ええ……どうしてなんですかね？」

「殺されていたからさ」

「え？」

諸岡は、塚田の言葉に眼を剝いた。

「麻生武久が殺されたのは、二時過ぎじゃない。もっと前だよ。それはまだ、フジテレビの放送が終わらないうちだ」

「でも……警備員が、物音を聞いています」

言って、諸岡は、あ、と声を洩らした。

「嘘を言ったんですか？」

「いや、嘘ではないだろう。すくなくとも、片方の言葉は嘘じゃない」

「しかし、物音は両方とも……」

「諸岡、覚えてないか？　あの警備室にラジカセが置いてあった」

「ラジカセ？　ああ」

「たぶん、あれだよ。テープの音を聞かせたんだ」

「テープ――。しかし、警備室から……」

「通風口だよ。通風口へ向かって、テープに吹き込んだ物音を流したんだ。ビルの中の音が、通風口から警備室に聞こえるとすれば、その逆もまたあるよな」

「ああ、そうか……だとすると！」

諸岡は、いきなり立ち上がった。

「そう、二時の見回りの時、警備室にいた者――横山勇次が犯人だ。奴は、城南商事の保利が帰った後、一時の見回りの時を使って麻生武久を殺したんだ。おそらく、ラジカセはその時も使われているよ。逆に、酒井雅彦に犯行を聞かせないために、音楽かなんかを流していた筈だ」

「あの、タヌキめ……」

「新興ビルなんて関係ないのさ。犯人は、始めから終いまで、第二大和ビルの中にいたんだ。屋上のロープ跡や、そのロープを非常階段の裏に捨てたのは、逆に犯人が外へ逃げたと思わせるための横山の工作さ。奴にとってみれば、そうすることが必要だったんだ。犯人は外部から侵入し、逃走したという痕跡がね。我々がなかなかトイレの窓に気がつかないから、奴は、とうとう自分で教えたじゃないか。発見してくれなきゃ困ってしまうわけさ。隣のビルを使わなきゃならなかったのは、第二大和ビルの警備が厳重になってしまったからだ。自分の不手際で犯人を逃がしたという格好にも、したくなかったんだな」

諸岡は頷き、ふと、声を落とした。

「動機はなんですかね？」

「それは、これからだよ。ただ、目算はなんとなくついてる。機械設計事務所の産業スパイな、あれが横山勇次じゃないのかな、たぶん。それを、麻生武久に見つかったかなにかしたんだろう。麻生に強請《ゆす》られたかどうかして、横山は殺人を考えた。まあ、おそらく札束かなにかの餌を麻生に見せて、それに気をとられて油断したところを、後ろから締めたんだろうな。テレビぐらい消しときゃよかったのさ。それに気づかなかったのが、奴の失敗だね」

言って、塚田は椅子から立った。

諸岡の背中を勢いよく、ポン、と叩いた。

アウト・フォーカス

初出：オール讀物　'84年7月号

1

納入試写を終え、製薬会社のお歴々を送り出してから制作部へ戻った時、新庄美枝《しんじようよしえ》は田端《たばた》に声を掛けられた。受話器を押さえたまま甘えるような口調で言う。

「課長、お電話です」

お電話？　美枝は、ニコニコと笑っている若いディレクターを見返した。電話に「お」をつけるなんて、どういうんだろ、この子。

「だれ？」

「前村《まえむら》さんです。シンガポールから」

「そう……向うで取るわ。何番？」

「一番です」

美枝は自分のデスクへ行って受話器を取り上げた。

「もしもし？　ご苦労さま。どうしたの？」

「あ、新庄さんですか。いやあ、参ったですよ。また延びちゃいましてね」

前村の声からすると、ちっとも参った様子ではなかった。海外ロケーションを延期するいい口実ができたというものだ。

「延びたって……あなた、もう一週間にもなるわよ」

「ええ、ですけど、こっちとしてはどうしようもないですよ。政府のほうで決めたことですからね」

「いつになったの？」

「二、三日のうちにとは言ってるんですがね。はっきりしないんですよ。式典の日取りが決まらなきゃ、こっちはまるで動きが取れない」

「とかなんとか言って、毎晩、遊び歩いてるんでしょう」

「いや、新庄美枝プロデューサーほど魅力のある女性は、こっちにはいないですからね」

「あら、あなたの場合、遊ぶってのは女になるわけ？」

「あ、いや……へへ、とにかくですね、あと三、四日のうちに日本に帰るのは、ちょっと難しいと思うんですよ。それで、妙念寺《みょうねんじ》のほう、なんとかお願いできませんか」

「しかたないわね。わかったわ」

「すいません」

「ただ、そっちだって予算があまってるわけじゃないんですからね。二週間がリミットだって思っててよ」

「わかりました」

受話器を戻して、美枝は、ふう、と息を吐き出した。大半の者が出払った部屋をぐるりと見回すと、向うの机にいる田端と目が合った。田端は、いけね、という顔で机の上に目を戻した。

新日《しんにち》シネマの制作部第三制作課には、美枝の部下が六人いる。田端は、その中で最も若い。ディレクター、と名刺の肩書にはあるが、実質的には制作助手である。劇映画のほうで言えば助監督というところだ。

試すには、ちょうどいいかも知れないな。

美枝は、前村の空けた穴を、田端に埋めさせてみようと考えた。ちょっと様子を見てやるか……。

そう思って、田端に声を掛けようとした時、総務の女の子が美枝のところへやって来た。

「あの、これ誰のか、わかるでしょうか？」

そう言って、女の子は黒い露出計を差し出した。デジタル表示式の最新型の露出計だ。

「なにこれ？　どうしたの」

美枝は露出計を受け取って眺めた。

「ウチの撮影の誰かが、ロケ先で置き忘れたものらしいんです。拾った人が送ってきてくれたんですけど……」

「へえ、親切ねえ。撮影課のほうには訊いてみた？」

「ええ、誰も覚えがないって言うもんですから。席にいない人が多いんで、その中にいるのかも知れませんけど」

言いながら、彼女は手に持っていた便箋を机に置いた。

「この手紙が、小包の中に一緒に入ってました。この前の日曜日、米子《よなご》のドライブ・インに忘れてあったものだそうです。そのテーブルにいた男の人がウチの名前の入ったカメラケースを持っていたし、東京から来たって話してたんで、それで調べて送ってくれたらしいんです」

「ずいぶん新しいわね、これ。まだいくらも使ってないんじゃないの？」

美枝は、露出計をひっくり返して眺め、便箋でそれを包むと、ひとつ頷いた。

「わかったわ。あたしのほうで捜しておく」

「お願いします」

女の子は、ペコンとお辞儀《じぎ》をして部屋を出て行った。あとで、撮影課の部屋に掲示でもしておこうと、デスクの脇へ置きかけて、ふと、その手を止めた。

この前の日曜日、というと五日だ。——五日に、米子へ行った撮影班があったかしら……。

自分の担当はもちろん、どの仕事も、この数ヵ月、山陰へのロケは予定されていなかった筈だった。

2

田端の起用を念頭に置いた上で、さて撮影は誰に任せようかと、美枝は考えた。ディレクターが若手なら、カメラマンはしっかりしたのを選んでおく必要がある。ただ、社内の撮影要員には適当な人間が残っていない。先月あたりから仕事量が急激に増え、人材確保が難しくなった。毎年のことではあるのだが、忙しい時期に合わせて社員を増やすことはできなかった。そのぶんは、社外のスタッフで補うことになる。

手帳の住所録を見ながら、美枝は二、三の心当たりに電話を掛けた。空いている人間は誰もいなかった。

弱ったなあ、と思いながら美枝は席を立って機材室へ足を運んだ。撮影機材の確保ぐらいはやっておくことにしよう。

美枝が入って行くと、蓮田宣男《はすだのぶお》が頬杖をついたままこちらへ顔を上げた。机の上いっぱいにスケジュール表を拡げ、ノートになにか書き込んでいる。美枝を認めると、蓮田はそのノートを閉じ、座ったまま上着のポケットに手を突っ込んだ。

「十四日から三、四日、ロケがあるのよ」

蓮田は、面白くないといった表情で美枝を眺めた。品定めするような視線を美枝の全身に這《は》わせる。その視線に、美枝は腕組みをして蓮田を見下ろした。

「16ミリが一式要るの。四〇〇マガジンが二つと、一〇倍ズーム一本……」

「ないよ」

蓮田は、突き放すように言い、ポケットから手を出して耳の穴をほじった。

「ない？」

「全部出てる」

「……一台も？」

「なにもかも」

美枝は、呆《あき》れて蓮田を見返した。

そんな筈は……と言いかけた時、蓮田が部屋の入口のほうへ目を上げ、美枝はつられてドアを振り返った。

「あら」

と美枝は声を上げた。

桑名《くわな》総一郎《そういちろう》だった。フリーのカメラマンで北海道へロケに出ていたと聞いていた。

「帰ってたの？　桑名さん」

桑名は、カメラバッグを入口の脇へ下ろした。表情が沈んで見えた。

「ええ、さっきね。ちょっと早めに切り上がったんですよ」

「向うは、どうだったの？」

「いや、忙しいだけ。寒くてね」

桑名は首を振り、煙草を口にくわえた。

「ちょうど良かったわ。十四日から空いてない？」

「十四日？」

そう桑名が聞き返した時、蓮田が椅子から立ち上がり、オイ、と桑名に声をかけた。蓮田は、出よう、と言うように顎《あご》を廊下のほうへ上げ、もったりとした足取りで出て行った。

「すいません。あとで制作部のほうへ行きますから」

桑名は、火のついていない煙草をくわえたまま、美枝にそう断ると、カメラバッグを取り上げて蓮田を追って行った。

なによ、あれ……。

人をばかにしたような蓮田の態度に腹が立った。一人だけ取り残され、戻ろうとして思い直した。一台もないというのは、本当なのか。

机の上のスケジュール表に目を落とした。撮影機材の使用予定を表にしたものである。日付と機材を指で追いながら、美枝は一つ一つを確認していった。

蓮田め……。

機材は、そのほとんどが回転していたが、一台だけ空いているものがある。「6A9」という番号のつけられた機材だ。「6」は16ミリの意味で、「A」はアリフレックスというカメラの頭文字を取ったものである。最後の「9」は、9号機のことだ。今は『日本の民芸』という作品を撮っている撮影班が使っているが、それは十二日までとなっている。

それを言ってやるために、美枝は蓮田を待つことにした。

機材管理課は、もともと撮影課に属していた。機材や車輛が増えるにしたがって、それらを管理する人間が必要になった。蓮田宣男がそこへ配属されたのである。蓮田は以前、撮影課に所属していたが、数年前に総務のほうへ回された。それが一応、形の上では撮影課に戻ってきたような格好になっている。勤務態度が悪く、どこからも煙たがられていた。機材管理課には、蓮田以外の人間はいない。離れ小島のような存在だった。

蓮田も桑名も、なかなか帰ってはこなかった。なんとなく、待っているのがばかばかしくなってきた。

美枝は、連絡を寄越すようにメモを置いておこうと思い、紙を探した。ふと、スケジュール表の上に置かれているノートに目をとめた。

美枝が入って来た時、蓮田がなにか書き込んでいたノートである。大学ノートで、表紙にはなにも書かれていない。なんの気なくそれを取り上げ、パラパラとページを繰った。

機材管理のための覚え書きのようなものだろうが、内容はよくわからなかった。人の名前と、日付、それに機材番号が書かれている。

「宮津《みやづ》貴司《たかし》・10／3〜6・6E2・T4」

などとある。宮津貴司は、美枝も何度か撮影を頼んだことのあるフリーのカメラマンだった。

「おい」

いきなり、手からノートをひったくられて、美枝は思わず声を上げた。

蓮田が、噛み付くような形相で美枝を睨《にら》んでいた。

「なんのつもりだ」

「…………」

蓮田が入って来たのに、まるで気づかなかった。美枝は、小さく唾を飲み込み、背筋を伸ばした。机のスケジュール表を指差した。

「……6A9が空いてるじゃないの」

蓮田は、美枝を睨みつけたまま、自分の椅子へ戻り、引き出しを開けてそこへノートを放り込んだ。鍵まで掛けた。

「見てごらんなさいよ。『日本の民芸』班の撮影は十二日に……」

「空いてないね」

「だって、ここに」

「書き込むのを忘れてただけさ。そいつは『科学万博』班に回ることになってるんだ」

「そんな――」

美枝は、スケジュール表に目を落とした。

「『万博』班は、こっちをずっと確保してるじゃないの」

「修理に出すんでね」

「修理？」

「いいか？」

蓮田は、美枝の言葉を遮《さえぎ》るように声を強めた。

「機材のことは、オレが任されてやってるんだ。あんたに口を出してもらいたくないね。ゴソゴソ嗅ぎ回ったり、へんな真似はしないでくれ」

「嗅ぎ回る？」

「レンタル屋に予約をしておくよ。必要な機材は、これに書いておいてくれ」

そう言って、蓮田はスケジュール表の上に機材予約の伝票の束を叩きつけた。

美枝は、大きく息を吸い込んだ。

「予算が少ないのよ。借りてたら足が出るわ」

知ったことか、というように蓮田は鼻を鳴らした。

「機材は、さっき言ったでしょう。16ミリが一式と……」

「書いてくれと言ってるだろう！」

「…………」

蓮田の語気に、美枝は眼を見開いた。思わず、あとずさりしていた。

3

美枝が自分のデスクに戻ると、桑名総一郎は制作部の隅のソファに腰を下ろしていた。美枝は桑名の向いに腰掛けた。

「どうしたの?」

桑名の浮かぬ顔を見て、美枝は訊いた。

「え? いや、なんでも」

「蓮田に何を言われたの?」

「……べつに」

桑名は、困ったように耳の後ろのあたりを掻いた。

「なんだと思ってるんだろう、あの男。人をばかにして」

つい腹立ちが口に出た。それに自分で気づき、近くにいた女の子にお茶を頼んだ。

桑名に以前頼まれていたことがあったのを、美枝は思い出した。

「竜太《りゅうた》君は? その後どう?」

弟を新日シネマに入れてやってもらえないだろうか、と桑名に言われていたのである。桑名竜太は、来春、大学を卒業する。兄の影響があったのか、竜太も映画のカメラを扱う仕事がしたいらしい。

「いや……奴は、相変わらずですよ」

「あのねえ、就職の件だけど」

と美枝は、いくぶん声を落とした。

「今回は、どうやら採らないことになりそうなの。ちょっと、希望には添えられそうにないのよ」

「ああ、いや、いいんですよ。かえってすみません」

「どこか、みつかりそう?」

「難しいからなあ、今はどこも……まあ、奴は奴で、なんとかしますよ。気にしないで下さい」

「ごめんね。心掛けておくわ。どこか、いいとこがあるかも知れないし」

桑名は、ソファの上で頭を下げた。

「それで、さっきの話なんだけどね、十四日から、空いてない?」

美枝は、本題に戻った。

「どんな仕事ですか?」

「穴埋めなのよ、悪いんだけど。担当してる人間が全員海外ロケに行っちゃっててね、向うで足止めくらってるの」

「ああ、あるんですよ。僕も前、交通の悪いところへ行かされて、天候でひと月近く帰してもらえなかったことがありますからね」

「頼みたいのは『妙念寺修復』ってタイトルの記録ものなの」

「妙念寺」

「うん。愛知にある古いお寺でね、文化財に指定されてるんだけど、傷《いた》みが激しくって国の補助で全面的に修復工事をやることになったわけ。工事はもう始まってて、こっちの制作のほうも去年の夏から掛かっているんだけど、ものがものでしょう？　時間がかかるのよね。完成は三年ぐらい後になる予定なの」

桑名は、ふう、と息を吐いてみせた。

「でね、十五日に本堂の壁を外す工事が行なわれるらしいのよ。それを撮影したいの」

「ははあ、難しそうだな。ライトなんか使えるんですか？」

「あら、どうだろ？　ごめんね。そこらへん聞いてないわ。確かめとかなくちゃねえ」

「穴埋めの演出は誰ですか？」

「田端にやらせようかと思ってるのよ。未熟者だけど、教えてやってくれない？」

「ああ彼ね。いや、段取りさえやってもらえれば、大丈夫ですよ」

「引き受けてくれる？」

「いいですよ。前のやつが予定より早く終わったし、次はまだ先ですから」

「よかった」

美枝は、安心して笑顔を作った。

「十四日から十六日ぐらいの予定で考えてもらえればいいわ。——あら、なにしてるのかしら。お茶頼んだのに、ちっとも持って来ないじゃないの」

そう言って目を上げた時、ちょうど女の子がこちらへやって来た。しかし、頼んだお茶は持っていなかった。

「あのう、警察の方がみえてるんですけど」

「警察？」

美枝と桑名は、同時に驚いた顔を上げた。

「ええ、撮影のほうの責任者の人をって言われたんですけど、新庄課長しか、今、いらっしゃらないもんですから……」

女の子は、言い訳するように眼を伏せた。

4

桑名が席を立ち、入って来た二人の刑事にソファを譲った。美枝が名刺を渡して自己紹介すると、刑事は、

「こちらは？」

と桑名に目を向けた。やや猫背で、日焼けした頰に剃《そ》り残しの髭《ひげ》が二本立っている。もう一人はメタルフレームの眼鏡を掛け、相棒の肩越しに桑名を眺めていた。

「桑名さんです。ウチでよく撮影の仕事をやっていただいています」

美枝が言うと、桑名は名刺を刑事に差し出して一礼した。

「桑名総一郎です。では、僕はあちらで……」

桑名が席を外そうとするのを、ああ、と猫背の刑事がとめた。

「カメラマンの方ならちょうどいい。あなたも、ここにいてくれませんか」

はあ、と桑名は不安な表情で美枝の横へ腰掛けた。

「実はですね」

と、刑事は懐《ふところ》から写真を三枚取り出して、テーブルの上へ置いた。

「この写真をちょっと見てもらいたいんですよ」

美枝は、テーブルから写真を取り上げた。三枚とも映画の撮影機を写したものである。

「これは、こちらの会社のカメラですね」

言われて、美枝は、はい、と頷いた。機体の横に、白く「新日シネマ」の文字が読めたからである。会社の機材には、すべて社名を入れることになっている。

だが、美枝の目は、その社名の脇に書かれている記号に惹きつけられていた。

「6Ａ9」

という番号が打ってあったからだ。

「ええ、確かに、ウチのアリフレックスですが、これが……」

「このカメラを、最後に使っていた人は、誰でしょうかね？」

美枝は顔を上げて刑事を見た。「最後に」という妙な言い方がひっかかった。

「この6Ａ9は、確か『日本の民芸』という作品を制作しているロケ班が使用しているものだと思っておりましたけれど……」

「そのロケ班のメンバーを教えて下さい」

「あの、それは、どういう？」

聞き返すと、刑事は、ふんふんと頷いてみせた。

「人がね」

煙草を取り出し、気をもたせるかのようにゆっくりと火をつけた。

「人が殺されましてね。そのホトケさんの近くに、このカメラが落ちていたんですよ」

「え……？」

美枝は、思わず桑名と顔を見合わせた。桑名は眉をしかめ、首筋を撫で上げた。

「島根県にある湖、というか、池といいますかね、地元では大沼《おおぬま》と呼んでいるところですよ」

「あの……つまり、ウチの人間が犯人だと、おっしゃるんですか？」

「いや、そりゃ、調べてみてからの話ですよ。とにかく、このカメラを扱っていた人物に会いたいんです」

「島根、とおっしゃいましたね」

「そうです。松江市のちょっと先ですな」

「『民芸』班は、今は、東北へロケに出ているんです」

「いや、今日の話じゃありません。五日前のことでしてね。この前の日曜日です」

「ええ、ロケは、ずっと——この十日あまり東北を回っているんです。カメラは一台しか持って行っておりませんし、紛失したというような連絡も……」

しかし、と美枝は写真を取りなおした。

ここには、確かに6A9が写っている……。

「ロケ班が、カメラを持っているかどうか、確かめられますか？」

刑事に言われて、美枝は、はい、と席を立った。

スケジュール表を調べると、今日の今ごろは宮城の市民会館で撮影をやることになっている。番号を調べ、美枝は会館に電話を掛けた。撮影班はちゃんとそこにいた。

「ねえ、ちょっと訊くけど、メンバーは全員揃ってるの？」

「ええ、もちろん。どうしてです？」

電話に出た演出は、怪訝《けげん》な声で聞き返した。

「いや、ならいいの。この前の日曜日に誰かロケを離れなかった？」

「なんですか、そりゃ。観光旅行に来てるわけじゃあるまいし、誰か外れたら、仕事にならないですよ」

「あのさ、へんなこと訊くけどね、カメラはちゃんとある？」

「………」

「もしもし？」

「新庄さん、頭おかしくなったんじゃないの？」

「違うのよ。カメラはあるのね」

「あたりまえでしょう。ここで我々なにやってると思ってるんですか？」

「そのカメラ、6A9？」

「え？　なに？」

「あなたたちの使ってる機械の番号よ。6A9なの？」

「…………」

なんだいったい、と怒った声を残して、電話口を演出が離れた。しばらくして戻ってくると、ぶっきらぼうに言った。

「6A7」

「あら、だって、機材課のほうには6A9となってたわよ」

「新庄さん。なんの真似ですか」

「ごめん。邪魔してるのは謝るわ。大事なことなの、あなたたちの使っている筈の機材がへんなところから出てきたものだから、それで訊いてるだけなのよ」

「6A7です。そんなのは、しょっちゅうですよ。機材を管理してるのが誰だか知ってるでしょう。番号なんて、蓮田はいいかげんに書いてますからね。まあ、こっちとしては、仕事に支障がなけりゃ、何番だってかまわないんですからね」

電話を終え、美枝は、ふう、と溜息を吐《つ》いた。では、どこの班が使っているのだろう……。

美枝は、制作部全体のスケジュール表をもう一度見直した。しかし、松江などに行っている撮影班は一つもなかった。

刑事にそれを伝えると、桑名がソファから立ち上がった。

「蓮田さんに訊いてみましょう」

桑名が機材室へ去ると、刑事は、スケジュール表を写させてもらえないか、と訊いた。美枝は頷き、女の子を呼んで、それをコピーするように言いつけた。

「ああ、それと、名簿のようなものがありますかね？　この新日シネマの社員の」

「ええ、ございます。社外の契約スタッフまで載っているのがあります。それで？」

「ああ、けっこうです。拝見できますか？」

美枝が自分のデスクから名簿を取って来て刑事に渡しているところへ、桑名が戻って来た。

「機材課のほうでも、わからないと言っていますが……」

まあ、あの蓮田ではそうだろう、と美枝は首を振った。

「ああ、それとですね」

刑事が、被《かぶ》せるように言った。

「みなさんの指紋を取らせてもらいたいんですよ。このカメラと、中に入っていたフィルムからいくつか指紋が取れましてね。いや、まずは、今、会社におられる方だけで、けっこうですが」

5

刑事が引き揚げたあと、美枝は総務から新聞の綴《つづ》りを持ってきた。

事件の起こったのは五日だと、刑事は言っていた。そこで六日の朝刊から探し始めた。今日の紙面までくまなく見たが、該当するような事件は載っていなかった。

「地方版じゃないかな」

桑名が、新聞から目を上げて言った。

「よほど大きな事件じゃないと、こっちの新聞には載らないですよ」

「ああ、そうか」

と美枝は気づいて、デスクの電話を取り上げた。下の階に小さな資料室がある。そこへ島根県の新聞が見たいと申し込んだ。

運ばれてきた地方紙を探すと、それは七日の夕刊から九日の朝刊にかけて載っていた。

島根県松江市の西、宍道湖《しんじ》と日本海に挟まれた山中に、大沼と呼ばれている周囲五百メートルほどの沼がある。七日の午前九時ごろ、地元で農業を営んでいる男がその辺りを通りかかったところ、沼の中程に人の背中のようなものが浮いているのを発見した。警察が調べてみると、それは若い女性の死体で、首に絞められた跡があり、足にはロープで重りが縛《しば》りつけてあった。沈めてあった重りのロープが緩《ゆる》み、死体が水面に浮かび上がっていたのである。

また、この沼には、釣人のためにボートが二隻、岸に上げてあるが、その一隻が反対側の岸に流れついたような格好で放置してあった。

警察では、念のために沼の底をさらい、死体を沈めるために使われていた重りの探索を行なった。人の頭大の石が発見され、石についていたロープの跡から、それが使用されたものと断定されたが、沼の底から引き上げられたものが、もう一つあった。それが、映画の撮影機だったのである。

カメラにはフィルムが装塡《そうてん》されており、現像してみると、不完全ながら、そこには生前の被害者が写っていた。そこで、このカメラで撮影をしていた者が犯人であるという推定のもとに、捜査が行なわれることになった。

被害者は、松江市に住む小牧節子《こまきせつこ》という二十二歳の女性で、五日から行方がわからなくなっており、捜索願が出されていた。

どういうことなんだろう……。

美枝は、新聞の綴りをテーブルに戻した。こめかみに指をあてて、小さく揉《も》んだ。なんだか頭が変になりそうだった。

他殺死体の沈められていた沼の底からカメラが見つかり、そのカメラには被害者を写した未現像フィルムが装塡されたままになっていた。とすれば、カメラを扱った者が犯人ということになる。いや、そこまで断言しなくとも、事件の事情をよく知っている人間だろう。

ところが、その問題のカメラは、新日シネマの所有機材だったのである。

だけど……。

美枝は、救いを求めるように横の桑名を見た。桑名は、食い入るようにして記事を繰り返し読んでいる。

ウチのどの撮影班も、松江あたりには行っていない筈なのだ。むろん、すべてのスタッフを監視しているわけではないし、スケジュール表に書かれているのも、予定にすぎない。劇映画と違って、新日シネマで制作されているような、いわゆる「文化映画」は、時には撮影時の機動性が重要なポイントになる。台本にない撮影が行なわれることも、さほど珍しいことではない。しかし、ロケーションの変更は、必ず制作部のほうへ連絡が入る筈だし、それがたとえ事後報告になったとしても、変更後五日も音沙汰《おとさた》がないとは考えられない。

いや、撮影班の全員が行なった犯罪だとしたら……。

そこに頭がいって、美枝は、ぶるっと首を振った。

そんなことは、考えたくもなかった。

とにかく、6A9の行き先だけでも摑《つか》んでおく必要があるわ。

そう思って息を吸い込んだ時、隣の桑名が立ち上がった。

「じゃあ、僕、今日はこれで」

言いながら腕時計を見た。

「もう一つ回るところがあるんですよ」

「ああ、そう。じゃあ、妙念寺の件、お願いね」

「ええ、承知しました」

「あとの細かいことは、田端と打ち合わせてちょうだい」

はい、と桑名はソファの脇からカメラバッグを取り上げた。

6

機材室を覗いてみたが、蓮田宣男の姿はそこになかった。机の上には、スケジュール表が、さっき見た時のまま、だらしなく拡げてあった。

「あれ、蓮田はさっき出て行きましたよ」

廊下を通りかかった事務員が、部屋を覗き込んでいる美枝を見て言った。

「どこに?」

「さあねえ、あの男のことだから」

事務員は、そう言って顔をしかめた。

「なんか、泡食ったような顔して出てったですけどね」

「泡食った……?」

「呑んじまった馬券が的中《あた》っちまったような顔してましたよ」

事務員の妙な表現に、美枝は思わず苦笑した。ふと、気になって訊いた。

「それ、いつのこと?」

「いつって、奴の出てった時間ですか? さあ……」

「警察の人が、指紋を取って回ったでしょう? あの前? あと?」

「ああ……そういやあ、前ですね。奴、それで逃げたのかな」

「え? なに、あの人、警察から逃げなきゃならないようなことやってるの?」

「いや、イメージですよ、奴の。前科ぐらいあってもおかしくないツラしてるじゃないですか」

事務員は、へっへ、と笑いながら伝票の束を抱えて去った。

その蓮田から美枝のところへ電話が掛かってきたのは、退社時間が間もなくという時だった。

「蓮田さん、あなた、どこにいるの？」

「どこだって、いいだろ」

「よかないわよ。仕事をほっぽり出して、あなた何やってるのよ」

「うるさい女だな。だから嫁のもらい手がないんだ」

「あなたに訊ねたいことがあるのよ」

「なんだ」

「6A9が沼の底に沈んでたのは、どういうわけなの？」

「…………」

「そこで女の人が一人、殺されているのよ。どうして、そんなところに、ウチのカメラがあるの？」

蓮田の言葉が、少しだけ途切れた。舌打ちするような音が、電話の向うで聞こえた。

「新庄さんよ、あんた、何を言いたいんだ？」

「いい？　6A9は『民芸』班が使っていると、あなたの机の上の表には書いてあったわ。『民芸』班は6A7を使っていた。これは、どういうこと？」

「……オレを脅すつもりなのか？」

「脅す？　脅されるようなことがあるの？　あたしは、ウチの機材がどんなことになってるのかを訊いてるだけよ」

「知ってるんだな、お前」

「……なにを？」

「コソコソと嗅《か》ぎ回りやがって。誰から聞いたんだ？」

「だから、なにをよ。あなた、何やってるの？」

「……お前さんに、話がある」

「どんな？」

「電話じゃだめだ。会って、直接話したい」

「いいわ。こっちも、いろいろ聞きたいから」

「明日、仕事が終わってから、七時、セントラル・ホテルに来てくれ」

「ホテル……？」

「部屋を取る。そこで話す」

美枝は、受話器を睨みつけた。

「冗談じゃないわ。何を考えてるのよ。ここへ来て話しなさい」

「そこじゃだめだ」

「ホテルの部屋なんて、まっぴらだわ」

へへへ、と蓮田が笑い声を立てた。

「楽しいと思うがね。オレもなかなか捨てたもんじゃないぜ」

「そういうことなら、他の誰かと楽しみなさい」

「どこだったら、来るんだ？」

「個室じゃないところ」

「わかったよ。じゃあ、明日の七時、新橋の淡路だ。それならいいだろう？」

「どうして明日？　今日じゃだめなの？」

「そう、せっつくなよ。今日は予定がある」

「わかったわ」

言ったとたん、電話が切れた。

ばかにしている、と美枝は受話器を置いた。

明日の七時……。

新橋の淡路は小料理屋である。座敷もある。少々、不安になった。

ボディガードを連れて行ったほうがよさそうだわ……。

誰を、と考えて桑名を思いついた。彼は事件を知っているし、いろいろ都合もいい。

手帳を取り出し、アパートの番号を調べてダイヤルを回した。桑名は帰っておらず、留守番電話がその旨《むね》を告げた。遅くてもいいから、と電話をくれるようにテープに伝言を残した。

美枝のマンションに、桑名が電話を掛けてきたのは、夜の十二時過ぎだった。美枝は、不安な頭でぼんやりと眺めていたビデオのスイッチを切って、受話器を取り上げた。

耳の底に響くような桑名の声を聞いた時、美枝は、自分でもわからず溜息を吐いていた。

7

翌日、美枝は仕事で外へ出たついでに、虎ノ門の映電《えいでん》プロへ寄った。フリー・カメラマンの宮津貴司が、そこで仕事をしていると聞いていたからだ。

蓮田は、なにか美枝が嗅ぎ回っていると思っているらしい。その言葉を最初に蓮田の口から聞いたのは、あのノートを見ていた時だ。ノートの内容は機材の管理メモのようなもので、さほどの悪事が書かれているようには見えなかった。しかし、美枝には、あの時の蓮田の猛り狂ったような表情が気に掛かっている。

ノートに、宮津貴司の名前があったことだけが、記憶にあった。

「誰から聞いたんだ」

と蓮田は電話で言った。

つまり、蓮田のやっていることを知っている人物がいるのだ。それは、あのノートに記入されている名前の主かも知れない。

今日、七時に蓮田と会う。それ以前に、なるべく多くのことを知っておきたかった。少しでも、蓮田より優位に立っていたほうがいい。桑名は、ボディガードを引き受けてくれたが、美枝が一人でないとなると蓮田は話をしたがらない可能性もある。先手を打つべきだ、と美枝は考えた。

「おや、おめずらしい」

映電プロへ行くと、プロデューサーの斉藤が擦り寄るような感じで近付いてきた。

「ああ、宮チャン？　ウン、今日は、ラッシュ試写やるから来る筈よ。今、現像所に行ってるんじゃないかな」

あまり近寄らないで欲しいな、と思いながら、美枝は、なまっ白い斉藤の顔を眺めた。

「待たせてもらっていいかしら？」

「どうぞ、どうぞ。美枝さん、ちょっと見ないうちに、なんだか若返ったみたい。ちがう？　ねえ、肌なんてツヤツヤしちゃって」

そう言いながら、頬を触りにくる斉藤の手をかわし、美枝は、どうもありがとう、と勝手に窓際のソファに腰を下ろした。蓮田のようなのも厭《いや》だが、この斉藤みたいな男はもっと苦手だった。一度だけ連れて行かれたことのある六本木のバーを思い出す。女装した男性たちに囲まれて、美枝は背筋が寒くなったものだ。

斉藤は、そんな美枝の反応を、半分は面白がっているのか、ソファの横に座ってきた。なにやかや、話しかけてくる。美枝は、早く宮津が来ないものかと、応接セットの脇のマガジン・ラックから、手に触れた一冊を取り出して開いた。分厚いそれは、雑誌ではなかった。写真を貼り込んだアルバムだった。

電話が斉藤に掛かってきて、ようやく美枝は救われた。

「ごゆっくり」

と去って行った斉藤の後ろ姿に苦笑しながら、美枝はあらためて膝の上のアルバムに目を返した。

面白くもなんともないロケのスナップだった。撮影中のスタッフを脇から撮ったものである。こういうものを来客の座る場所へ置いておく神経が、美枝にはわからなかった。

パラパラとめくっているうちに、美枝は、ふと、手を止めた。

宮津貴司が写っている。カメラを三脚に据えている写真である。そのカメラに、美枝の目が凍りついた。

カメラに「新日シネマ」の文字があった。

ウチの機材が……。

どうして、と思いながら、他の写真に写っているカメラを見ていった。どうやら、新日シネマのカメラが使われているのは、この宮津が参加している時のロケだけのようだった。

それから十五分ほどで、宮津は映電プロにやって来た。抱えていたフィルムの缶を試写室のほうへ運んでから、宮津は美枝の前に座った。

「どういう風の吹きまわしですか。新庄さんが、わざわざオレのところへってのは」

宮津は、びっくりしたような顔を作ってみせて、そう言った。

「教えて欲しいことがあるの」

「こわいですね。なんですか?」

「これは何?」

言って、美枝はアルバムの写真を指差した。

「あわわわ」

宮津は、チラッと写真に目をやり、その眼をぎゅっと閉じて、頭を掻《か》いた。

「言ってちょうだい」

「まいったな、こりゃ」

宮津は、上目づかいに美枝を眺め、えへへ、と笑ってみせた。美枝は、黙ったまま宮津を見ていた。

「借りたんですよ」

「そりゃ、盗んだわけじゃないでしょうけど、借りたって、これはウチのカメラよ」

「そのほうが、安いんですよ」

「安い？」

「ええ、機材屋なんかで借りるよりね、ずっと。ほとんど半額ですんじゃうし」

「ちょっと待って。ウチじゃ、機材のレンタルはやってないわよ」

「よわったな……」

と宮津はまた頭を掻いた。

「恨まれちゃうよ、オレ」

「誰から？」

美枝は、たたみかけるように訊いた。

「オレが話したって、言わないでくれますか？」

「いいわ」

「蓮田さんに借りたんですよ」

「個人的に？」

宮津は、頷いて煙草を取り出した。一本すすめられたが、美枝はそれを断った。

「浮いてる機材がある時は、都合してくれてるんですよ」

「それ、いつごろからなの？」

「さあ、オレはまだ二、三回しか借りたことないですからね。数ヵ月ですよ。フリーの仲間じゃ、かなり有名なんですけどね。だから、もう、ずいぶん前からじゃないかなあ」

8

会社へ帰り、美枝はまず機材室を見に行った。

蓮田は、今日は休んでいた。無断欠勤だ。

ふうん、と思いながら、美枝は自分のデスクへ戻った。

そういうことか……。

美枝は、腕組みをして目を閉じた。

蓮田は、機材管理課にいることを利用してアルバイトをやっていたのだ。撮影や録音の機械、そしてロケバスなど車輛の管理は、すべて蓮田がやっている。彼は、機材の浮きを巧みに作りながら、その空いたカメラや同時録音用のテープレコーダーなどを個人的に貸していたのだ。

むろん、これは横領である。

あのノートは、その個人貸し出し用の記録だったのだろう。それを美枝に見られたために、蓮田は慌ててしまったのだ。

でも……。

ということは、大沼の殺人事件はどうなるのだろう？

美枝は、昨日刑事から見せられた写真を思い出した。

あの殺人にも、蓮田は直接関係しているのだろうか？　あれは、蓮田自身がやったことなのか、あるいは、蓮田からカメラを借りた人間がやったことなのか……。

事件の起こったのは五日——つまり、日曜日である。撮影班は日曜でも動くが、当然、蓮田は休みだ。休みを利用して、松江へ出掛けることは可能だった。

「新庄さん」

声を掛けられて、美枝は、はっと目を開けた。

桑名だった。

「七時でしたね」

桑名は、蓮田との時間を確認して言った。

「ええ、申し訳ないわね。へんなこと頼んじゃって」

「いえ、構わないですよ。これが、新庄さんと二人だけのデートだったら、もっと良かったんですけどね」

「あら、うまいわね。じゃ、今度、誘ってよ」

美枝は、笑って受けながら、おや、と桑名の顔を見返した。桑名が、そんなことを美枝に言ったのは、初めてだったからだ。

そして美枝は、桑名もまた宮津同様、フリーのカメラマンであることに気づいた。

「フリーの仲間じゃ、かなり有名なんですけどね」

映電プロで聞いた宮津の言葉を思い出した。この人は……。

蓮田が機材の浮き貸しをやっているのを知っていたのだろうか？

美枝がそっと唇を噛んだ時、向うの席から田端が台本を手にやってきた。

「桑名さん。どうか、よろしくお願します」

田端はニコニコと笑いかけながら、桑名に挨拶した。桑名は田端を振り返り、こちらこそ、と口許を緩めた。

「じゃあ、課長」

と、声を高めた田端の目が、美枝のデスクの上で止まった。

「なんです、これ？」

くるんだ便箋の端から覗いている露出計を、田端が取り上げた。

「あ、忘れてたわ。撮影課の誰かの落とし物なのよ」

「へえ、ずいぶんカッコイイの持ってるのがいるんですねえ。デジタルじゃないですか」

美枝は、田端からその露出計を受け取り、あ、と気づいて目を上げた。

「じゃ、下でやりましょうか」

田端が桑名に声を掛けた。

「あ？　ああ、そうだね」

桑名がそれに応じ、二人は撮影の打ち合わせのために、一階の喫茶店へ下りて行った。

美枝は、しばらく手の上の露出計を見つめていた。便箋を拡げ、そこに書かれていることを読みなおした。

この露出計は、この前の日曜日、米子のドライブ・インに立ち寄った男が忘れていったものである。男の持っていたカメラバッグには「新日シネマ」という名前が入っていた。ウチの撮影班で米子へロケに出掛けた者はいない。そして、もっと重要なことがある。

米子は松江の手前にある町だ……。

美枝は、そのままぼんやりと机の上の電話機を眺めていた。

ふう、と息を吐き出して、受話器を取った。蓮田宣男のアパートの番号を回した。

「はい？」

男の声が出たが、それは蓮田ではなかった。

「蓮田さんは、そこにいますか？」

「あなたは、どなたですか？」

「………」

男の声の調子がなんとなく不安を感じさせた。

「新日シネマの新庄ですけれど、あなたは？」

「警察の者です」

「警察……」

不意に動悸《どうき》が早くなった。

「あの、蓮田がなにか？」

「亡くなりましてね」

「え？」

美枝は、思わず受話器を持ちなおした。

9

昨日の刑事たちがやって来たのは、それから十分も経《た》たないうちだった。

あまり騒ぎを大きくしたくないと思い、美枝は二人の刑事を応接室へ通した。

「今朝、発見されましてね。酒を飲んで、ガスの栓が開いていたんです」

猫背の刑事は、まるで世間話のような調子で、そう言った。

「あの、それは、殺されたということなんですか？」

美枝が訊くと、刑事は、うーん、と頬を掻いた。

「もうちょっと調べてみないことには、わかりませんね。殺されたという心当たりが、あるんですか？」

「あの、蓮田の部屋にノートがあったでしょうか？」

「ノート？」

「ええ。普通の大学ノートです。中に人の名前と記号が並べて書いてあります」

二人の刑事は顔を見合わせ、そして首を振った。

「いや、そういうものがあったという報告はありませんね。それは、なんのノートですか？」

「ちょっと一緒に来ていただけますか？」

そう言って、美枝はソファを立った。

応接室を出て機材室へ入った。蓮田の机の引き出しに手を掛けた。

鍵が掛かったままだった。

「あの、この鍵を外すことができるでしょうか？」

「鍵を？　そりゃできるでしょうが、それは？」

「ここに、犯人の名前が書いてあるノートが入っているかも知れないんです」

刑事たちは再び顔を見合わせた。眼鏡のほうが頷き、引き出しに手を掛けた。力一杯、把手を引くと、鍵はなんなく壊れた。

だが、昨日美枝が見たノートは、引き出しのどこにも入っていなかった。

「新庄さん。そのノートとは、いったいどういうものですか？　どうしてそれに犯人の名が書いてあるんです？」

美枝は、蓮田宣男のやっていた浮き貸しのことを刑事たちに話した。

「ですから、大沼の底に沈んでいたカメラは、蓮田が個人的に貸し出したものだと思うんです。蓮田は、ノートに貸し出しの記録をつけていたようです。その一番最後に6A9を借りた人間が、小牧節子さんを殺したんです」

「なるほど、浮き貸しね……」

「でも、そのノートが、ここにも蓮田のアパートにも無いということは、犯人がそれを処分したんじゃないでしょうか。蓮田は、その人物に殺されたんですわ」

あ、と美枝は思い出した。

制作部へとって返し、自分のデスクへ戻った。刑事が美枝の後に従って来た。

「あら……？」

美枝は、自分の机の上を見回した。

露出計がない――。

「どうしました？」

刑事が訊ねるのに構わず、美枝は近くの部下に声を掛けた。

「ねえ、ここにあった露出計を知らない？」

「露出計、ですか？　さあ……」

美枝は、部屋のすべての人間に訊いて回った。しかし、それを知っている者は誰もいなかった。

「あたしが、席を外している間に、誰かがここへ来なかった？」

美枝は、もう一度訊いた。

「ええと、カメラの桑名さんが……」

桑名……。

ああ、やはり、と美枝は目を閉じた。

刑事たちのほうへ向きなおった。

「刑事さん」

美枝は、額《ひたい》にかかった髪を搔き上げた。

「桑名総一郎を調べて下さい」

「桑名？」

「ええ。あの人が、やったんだと思います」

「いや、新庄さん。お待ちなさい」

猫背の刑事が、つっ立っている美枝をソファのほうへ連れて行った。

「まあ、まず、落ち着きましょう」

「でも、刑事さん、露出計を盗んだのは、桑名総一郎なんですよ。というより、あの人は、自分の物を取り返したというだけでしょうけど」

「その露出計というのは、なんのことですか？」

言いながら、刑事はソファに腰を下ろした。美枝は、彼の向かいに座った。少しの間、呼吸を整えた。

美枝は、米子での忘れ物のことを話した。刑事は、手帳にメモを取りながら、いちいち頷いて聞いていた。

「なるほどね。でもね、新庄さん。すくなくとも、桑名総一郎は五日に大沼へは行ってませんよ」

「え……」

「我々も、一応の調べはしました。桑名はね、その日は北海道にいるんです。北海道の小樽《おたる》で撮影をやっていた」

ああ……と美枝はそのことを思い出した。

「まあ、一緒に仕事をしていた者の話だと、撮影を急に早めて、むりやり二日もロケを短縮して帰ったと言っていましたがね。しかし、桑名が大沼に行かなかったことだけは確かです。それに、照合した結果、彼の指紋は大沼の底から引き上げたカメラについていたどれとも一致しなかったんです」

美枝は、混乱した頭に手を当てた。

桑名ではなかった……。では、誰なのだ？　いや、しかし、桑名でないとしたなら、彼はなぜ露出計を盗ったのか？　自分の犯行でもないものを、どうして隠す必要があるのか？　いったい、誰を庇《かば》っているのだろう――。

「あ……」

美枝は、刑事に目を返した。

弟だったんだわ――。

10

桑名兄弟が逮捕《たいほ》されたことを、美枝は翌日の新聞で知った。

総一郎の弟竜太は、大学生最後の記念にと、自分の映画を撮ることを兄に話した。機材は、総一郎が揃えた。蓮田に頼み、安く撮影機を借りたのである。

竜太は、それを持って山陰に行った。松江の町に入ってから、兄からのプレゼントの露出計をなくしたことに気づいたが、どこで落としたものか、まるで記憶になかった。

松江で、竜太はぶらぶらと歩いていた小牧節子に声を掛けた。映画に撮ってやると言って車に乗せ、町を出た。大沼で、竜太は岸に置いてあったボートを撮影に使おうと思いついた。節子をボートに乗せ、沼の上でカメラを回した。

そのうち、竜太は妙な気を起こした。節子にいたずらを仕掛けたのである。節子は、ふざけてそれに応じていたが、そうしているうちに、竜太の持っていたカメラを誤って水の中に落としてしまった。

竜太はそのことに激怒し、はずみで節子の首を絞めた。ぐったりした節子が死んでいるのに気づいたのは、だいぶ経ってからだった。

突然、竜太は自分のやったことが恐ろしくなった。そこに人がいなかったのを幸いに、彼は、一度、岸へボートを返し、大きな石を拾ってそれにロープを縛りつけた。ロープの端を節子の足にくくりつけると、再び沼の中程へ出て、そのまま石と節子の死体を水中へ放り込んだ。

竜太は東京へ帰ると、すぐに北海道へロケに出掛けている総一郎に連絡をとった。なんとしてもまずいのは、カメラが大沼の底に沈んでしまったことだった。カメラは蓮田宣男から個人的に借りたものである。それが発見されたら、蓮田はすぐに犯行が誰によるものかを知るだろう。

総一郎は、弟のやったことに慌て、ロケを急がせて帰って来たのである。

ただ、蓮田が会社の機材をそういう形で貸していたことに、兄弟は望みを持った。蓮田さえいなければ、カメラを借りた人間をつきとめることはできない。

そう思って、兄弟は蓮田を殺すことを考えたのである。総一郎は、カメラをなくしたことを蓮田に告げ、彼と話がしやすい状況を作った。警察の捜査が意外に早く、総一郎は慌てた。そこで、警察が浮き貸しを調べていると嘘を言って、蓮田を刑事の訪ねてきている会社から追い出した。

その夜、蓮田の部屋へ兄弟が行くと、蓮田はなにもかもわかっていると言って、彼らを脅した。二人は、ひたすら頭を下げ、蓮田の酔いが回るのを待った。蓮田が酔って寝てしまうのを待ってから、ガスの栓をひねり、二人は総一郎のアパートへ帰った。

美枝は、事件がおおやけになった翌日、社長室へ呼ばれた。

「新庄君、もう少し、言い方を工夫できなかったのかね」

社長は、美枝を睨むようにして言った。

「言い方を……？」

「事件は、むろん大変なことだが、ウチの社員が横領をやっていたというようなことを、べらべら話すことはないじゃないか。え？　どうして、事前に私のところへ報告しなかったんだ」

美枝は、社長のその言葉にうんざりした。

「どうも申し訳ございませんでした」

反論することもなく、美枝は社長に頭を下げた。そのまま、社長室を出た。

ばかばかしい……。

自分のデスクに戻り、部員の出払った部屋を見渡した。

田端は、いまごろ妙念寺の壁を見つめていることだろう。カメラマンは急遽《きゆうきよ》、他の撮影班から回してもらった。事件など、なにも起こらなかったように思えた。

美枝は目の前の電話に手を伸ばした。映電プロの番号を回すと、宮津貴司は相変わらずの声で応えてきた。

「今日、空いてない？」

「仕事ですか？」

「ううん、プライベート。飲まない？」

「新庄さんと？」

「そう。あたしとじゃ、いや？」

「とんでもない。大感激ですよ」

「飲みたいの。なんだか、とっても、飲みたいの」

「ええと……飲むだけですか？」

「どういう意味？」

「いや、へへへ。そのあとってのが、あるかな、なんて思ってみたりして」

「成り行き次第ね」

そう言って、美枝は受話器を置いた。

成り行き次第だわ——。

もう一度、美枝はそう呟いた。

ダブル・プロット

初出：小説現代　'83年7月号

江の島で若い女性が
心中図り、一人死ぬ

十日午前五時ごろ、神奈川県藤沢市江の島の江の島神社西側岩場で、若い女性二人がハンカチで手を結び合い、うつぶせに倒れているのを釣り人が見つけ、藤沢署に届けた。

睡眠薬のようなものを飲んだらしく、一人は死亡しており、一人は意識不明。同署は心中を図ったと見ているが、亡くなった女性は二十五歳から三十歳くらい、身長百五十センチ。もう一人は三十歳から三十五歳で身長百五十六センチ。二人とも眼鏡をかけていた。

クジで負けてしまったので、ぼくがこの原稿を書くハメになった。我が相棒は、この時間、さしずめ女の子でも口説きに行っているのであろう。まったく、あれは、そういうことしか能のない男である。

ぼくらは二人で小説を書いているのだが、実際に原稿を書く段になると一人の作業になる。理由は単純なことだ。二本の手でペンを握ったら、文字など書きにくくてしようがない。

世の中には、書きながら小説を作っていく人と、話のすべての骨組みが出来上がってから原稿用紙に向かう人がいるらしいが、ぼくらの場合は後者である。つまり、原稿を書くのは最後の仕上げで、その九割がたは根気と体力の作業なのである。つねに片方がこの作業を受け持つのは不公平だからということで、クジによって決めている。このところ、ぼくはクジ運が悪い。これで三連敗である。

この話の発端となるネタを、我が相棒が拾って来たのは、ぼくが二連敗目の原稿用紙を睨《にら》んでいた時だった。仕事場に帰って来た相棒に、ぼくはさっそく助けを求めた。

「なあ、ワタシってのはさ、漢字とひらがなと、どっちがワタシって感じがする？」

こういうことは迷い始めるときりがない。相棒がなにも答えないので、ぼくはペンの尻で原稿を叩《たた》きながらさらに続けた。

「ひらがなのほうが柔らかくて、この場合は良いような感じだけど、文の中に置いてみると地の文に埋まっちゃってるような気がしてさ、不安なんだよね。ところが、漢字にしてみると、なんだかワタシばっかりが目についちゃって、煩《うるさ》いんだよな……ってことはさ、ワタシって言葉自体が多過ぎて――」

「おい」

相棒がぼくの言葉を遮《さえぎ》った。声の苛《いら》ついているのに気付いて、ぼくは目を上げた。見ると、さかんに頷《うなず》いている。小鼻が大きく開いていて、息が荒い。ははあ……と、ぼくは思った。何か、みつけたな。

「腰を下ろしたらどうだ？　座る場所ぐらいあるぜ」

「滝口《たきぐち》さんに会って来たんだ」

相棒はカバンを床に下ろし、あぐらをかいた。相変わらず首を縦に振り続けている。

「ああ、七月号の話ね」

「そう」

「どういう話？」

「頼んでおいた短篇、まだかかってないのなら、それを一ヵ月延ばして、一本先に入れてくれと言うんだよ。ひとつ企画があるんだそうだ。それが、どんな企画だと思う？」

「さあね」

「新聞記事を題材にして、ミステリーを書かないかというんだ」

「え？」

ぼくは、自分がなにか聞き違いをしているのかと思った。しかし、相棒は確かに「滝口さんに会った」と言った筈《はず》だ。

「ちょっと待てよ。記事を題材にって、それは『小説現代』の話だろう？」

「滝口さんの話さ」

「…………」

ぼくは相棒の顔を眺《なが》めた。煙草を取り出して、火をつけた。

「二つの雑誌が、同じ企画を言ってきたってわけかい？」

相棒は頷いた。

「まさか、滝口さんのほうも、何人かの作家に競作させるっていうんじゃないだろうね」

「あたり」

「なんだ？」

「新聞の記事を材にとって、そこから発想した、ミステリーを数人の推理作家に書かせようという企画なんだ」

ぼくは頭を掻《か》いた。

「まるで、資生堂とカネボウだな。目には目を、か……それで？　断ったわけだな」

「いや、まだ返事はしていない」

ぼくは顔をしかめた。

どうかしてるんじゃないのか、こいつ。

「伺いますがね、二つの雑誌の企画を、両方共、お書きになるおつもりなんですか？」

「いや、どうも様子がおかしいんだ」

「おかしい？　どういうふうに？」

「見てくれ」

そう言うと、我が相棒はカバンから一枚のコピーを取り出した。受け取って驚いた。

「江の島で若い女性が心中図り、一人死ぬ……おい、これは！」

「そう」

と、相棒は眉を上げてみせた。

「な？『小説現代』の言ってきたのと、まったく同じさ」

「どういうことだ？」

「つまり、二つの雑誌が、まったく同じ企画を、まったく同じ時期に立てたってことになるね」

「待てよ。同じってだな、記事を題材にしたミステリーの競作ってのは、まあ、人間の考えることで、重なることはあったとしてもだな、その記事までが同じってのは……」

「ヘンチクリンだろ？」

「ヘンチクリンもいいとこだよ。おい、かついでるんじゃあるまいな。おれはこいつを書いちまわなきゃならないんだからな」

「じゃあ、滝口さんに電話してみろよ」

怒ったように言ったが、相棒はにたにたと笑っている。あまり人様に見せられるような顔じゃない。ネタを見つけた時のこいつの顔は、不気味としか言いようがない。気持悪いんだから、ホント。

「偶然……ってことは、ないよな」相棒は、言って自分で頷いた。「そんなことあるわけない。こんなの小説の中だって偶然として書いたら、本、ぶん投げられちまうぜ。偶然では有り得ないな」

「編集者の間で情報が漏《も》れたんじゃないか？　『小説現代』でも、かなり気を遣《つか》ってたみたいだけど、どこからか漏れるってことはあるだろう」

「ばかな。いくら漏れたとしたって、ネタの記事までが同じものになるわけはないじゃないか。見たろ？　一字一句、全部おんなじなんだぜ」

その通りだった。たとえ情報が漏れたのだとしても、記事を同じものにする必要など、どこにもない筈だ。企画は、『江の島心中』でなければ成り立たないものではない。極端な言い方をすれば、ミステリーの素材として面白そうな事件が載《の》っていれば、なんだっていいのだから。

「こいつはだな」

と、我が相棒は嬉しさを隠しきれずに声を張り上げた。

「明らかに、ある人物の意志によってなされた企みだ」

「だとすると、そいつの意図はなんだ？」

「それは、この記事の中にあるんじゃないかな――」

相棒は、コピーの文面に目を落とした。ぼくは、ふと、あることに気付いた。

「なあ。ダブってるのは、他にもいるのか？」

「ダブってる？」

「競作に参加する作家さ。『小説現代』は、都筑道夫《つづきみちお》さん、佐野洋《さのよう》さん、石沢英太郎《いしざわえいたろう》さん、海渡《かいと》英祐《えいすけ》さん、それと我々だろ？ 滝口さんのほうは、なんて言ってた？」

「ああ、そういうことか。いや、向こうも五人の競作だけどね、ダブってるのはぼくらだけさ。あとはバラバラ」

「どうしてだ？」

「どうして……？」

「なんで、ぼくらだけがダブってるんだ？」

「なるほど……」

「てことはだな、この企画は、岡嶋二人にこの記事を見せるのが目的ってことも考えられないか？」

「しかし……いや、そうか……」

相棒は記事に目を戻した。「ぼくらに、これを？」と、つぶやいた。「なんのためだ……」

言ってはみたものの、ぼく自身その考えが当たっているとは思えなかった。ぼくらに『江の島心中』の記事を読ませて、何が起こるだろう。別段、どうということはないではないか。せいぜい、小説がひとつ出来るぐらいのものだ。

「あ、いや」

相棒が、突然、顔を上げた。

「なるほどな。そうかも知れないぜ、こいつは」

「ぼくらのための企画だって言うのか？」

「違うよ。あのさ、滝口さんはきのう電話を掛けてきて、今日急に企画の話を持ち出したんだ。『小説現代』のほうは、もうずいぶん前から聞かされてたじゃないか。どうして、滝口さん、今日になって言ってきたんだと思う？」

「ああ、そうだな」

「急に差し替えてくれと言ってきた。それは、どんな場合だ？」

「つまり、ぼくらのところへ話がくる前に、誰かのとこへいってたってわけだな。もともとは、誰かが書くことになっていた。それが駄目になって、急遽《きゅうきょ》、ぼくらにお鉢《はち》が回ってきたと」

「その通りだ」

そう言うと、我が相棒は床の紙屑を掻き分けはじめた。的確な見当で電話機を掘り当てると、受話器を取り上げた。が、思い直したように受話器を戻し、立ち上がって書棚の上からブック・エンド代わりのテレコを下ろした。電話の背中にピック・アップを取り付け、テレコにセットしてから、あらためて受話器を取った。
滝口氏との、その会話をここに再録しよう。

相棒「(前略) ええと、ところで、先程うかがったあの企画のお話ですけど」
滝口「あ、いかがですか。是非《ぜひ》、やって戴《いただ》きたいんですよ。急な話で、申し訳ないんですけれども――」
相棒「いや、その急な、というところなんですがね」
滝口「はい」
相棒「あれは、ぼくらの前に、どなたかがお書きになることになってたんでしょう?」
滝口「あ、はい。いや、じつは、そのう……」
相棒「やっぱり」
滝口「ええ、おっしゃる通りなんです。つい、そこのところの事情をご説明するのを忘れておりましてですね……」
相棒「いや、別にいいんです。お訊きしたいのは、もともとはどなたの予定だったのかということなんですが」
滝口「は……ええ、あのう、奈良重喜《ならしげき》さんですが、それが……」

相棒「奈良重喜さん――。ああ、なるほど。それが、どうして、ぼくらに？」
滝口「いや、あのですねえ。困っちゃいましてねえ」
相棒「なにがですか？」
滝口「つかまらないんですよ」
相棒「つかまらない？」
滝口「電話をしても、お出にならないし、お訪ねしてもどこにもいないんです。まるで連絡のつけようがなくなっちゃったんですよ。あちこちに訊いて回ったんですが、誰も奈良さんの行先を知らないんです。それでまあ、岡嶋さんにですね――いや、しかし、穴埋めは、確かに穴埋めなんですが、これは是非、岡嶋さんに書いて戴きたいと……」
相棒「いや、それは、どうでもいいんです。なるほど、奈良重喜さんですか。ええと、それと、この企画は、どなたの発案なんですか？」
滝口「はあ……？　ええと、ウチの佐久間《さくま》という者ですが」
相棒「佐久間さん。そうですか。（後略）」

推測どおりだった。奈良重喜氏が書くことになっていたのである。

スーパーで買ってきた二百グラム四百七十八円という激安の「スペシャル・ブレン

ド」をコーヒー・メーカーにセットしている後ろで、我が相棒は「奈良さんの最新作というと……」と、うなるような声で言った。

「去年、書下《かきおろ》しが出たじゃないか」

「ああ、『島へつづく道』ね」

「けっこう面白かった」

「そうか？　ちょっとトリッキーすぎて、あまり好きじゃなかったな」

「奈良さんのは、それが良いんじゃないの？」

「浮いてるんだよ。あの動機じゃ、予告殺人なんて不自然じゃないか。読者にとっては、犯人が予告してくれたほうが面白いのかも知れないけど」

「まあね……」

ぼくは、いいかげんに相槌《あいづち》を打った。さっきから、気にかかっていることがある。

「ねえ、こいつは、もしかしたら、『小説現代』のほうもわかったもんじゃないぜ」

「なにが？」

「この企画にぼくらが参加することになったのがさ」

「こっちもピンチ・ヒッターだって言うのか？」

「ああ。そう思わないか」

「いや、しかしだな、『小説現代』のほうは、かなり前から話がきてるんだぜ」

「考えてみろよ。メンバーの顔触《かおぶ》れをさ」

「顔触れ……」

「都筑さん、佐野さん、石沢さん、海渡さん——錚々《そうそう》たるメンバーじゃないか。キャリア二十年三十年のベテラン揃《ぞろ》いだ。そこに、素人に毛のはえたようなぼくらが……」

「なんだ、ずいぶん気の弱いことを言うんだな」

「そうじゃないさ。しかし、ぼくらはデビューして、まだ一年も経っちゃいないんだぜ。企画には、バランスってもんがあるだろう」

「バランスねえ……。いいバランスだと思うけどねえ」

相棒は、ごぼごぼと音を立てるコーヒー・メーカーを睨みつけながら、口を尖《とが》らせた。

「まあ、いささか情けない発想だが、一応、考慮《こうりょ》することにしよう。——つまり、『小説現代』でも、我々は代替え要員だったとなれば、この怪しげな企画の正体が見えてくるかも知れないと、こういうわけね」

やれやれ、と相棒は頭を振り、あまり気の乗らない腕を受話器のほうへ伸ばした。

以下は、『小説現代』編集部の岡圭介《おかけいすけ》氏とのやりとりである。

相棒「(前略) いや、あのね、この企画のメンバーの人選は、どなたがなさったんですか?」
岡「人選……ですか? 編集長ですよ」
相棒「オリジナル・メンバーは、どうなっていたんですか?」
岡「え? なんですか?」
相棒「ぼくらは最初からのメンバーじゃなかったわけでしょう?」
岡「あ……」
相棒「違うんですか?」
岡「いや、あの、どうして……?」
相棒「別に、文句を言おうっていうんじゃないんですよ。なにも文句はないんです。お訊きしたいのはね、どうして奈良重喜さんのところからぼくらに回ってきたのかってことなんです」
岡「ちょっと待って下さい。どうして知ってるんですか?」
相棒「推理ですよ。ちょっとした推理」
岡「スイリ? どんなふうに考えると、奈良さんが出てくるんですか?」
相棒「いやまあ、直感といっても、いいかな」
岡「直感……」

相棒「奈良さんには、原稿を頼まれたんでしょう？」
岡　「ええ」
相棒「断られたんですか？」
岡　「いや、あのう……最初はね、そりゃ面白いって、書いて貰えるような感じだったんですけどね」
相棒「うん」
岡　「あの、お送りしたでしょう？　あの記事が気に入らなかったみたいなんですね」
相棒「気に入らない？」
岡　「ええ、こういうのは好きじゃないからって言われて……」
相棒「ふうん……」
岡　「あのう――」
相棒「もうひとつ。そもそも、この企画は、どなたの発案ですか？」
岡　「……編集長ですけど。（後略）」

我が相棒は、この電話のあと、しばらく不機嫌だった。言うまでもなく、ぼくの仮説が立証されてしまったからである。

「バランスだって？」

相棒は、コーヒーをがぶ飲みすると、パソコンの前に座り込んでテレビ・ゲームをやり始めた。機械の発する電子音がいささか耳についたが、ぼくは「私」か「わたし」か、の問題に戻ることにした。

「みろ！　二万五千点をクリアしたぞ！」

テレビ・ゲームの高得点が、ようやく相棒の機嫌を直してくれたらしい。我が相棒は、この仕事場に置いてあるパソコンでなら、高い点数を上げることが出来るのである。ゲーム・センターのデストロ・エイリアンでは、いつも惨憺《さんたん》たるものなのだ。

「要するに、だ」と、相棒はパソコンの電源を勢いよく切り、声を上げた。「ふたつの雑誌が、まったく同じ企画を立て、その両方が奈良重喜氏に原稿を依頼した。ところが、奈良さんは一方では記事を見たとたん執筆を断り、もう一方ではギリギリになって姿をくらませてしまった。まったく同じ企画が、偶然ふたつ重なるとは考えられない。それは、奈良重喜氏の奇妙な行動にどこかでつながっている。それは何か？」

「ポイントはこの『江の島心中』の記事だよ」

ぼくは壁にとめてある記事のコピーを眺めた。

「うん、そうだね。それに違いない。奈良さんは記事を見るまでは、企画に乗り気だったんだからね」

「記事の中に、奈良さんに対するメッセージが隠れているのかも知れない」

「キーワードは何か？　江の島。女性二人。心中。ハンカチ。釣り人。睡眠薬。眼鏡……」

相棒は赤鉛筆で、記事の中の単語を丸で囲んでいった。ぼくは、ふと、違うことを考えた。

「ちょっと思ったんだけどさ」

「よし。どんどん思っちゃってちょうだい」

「奈良さんの『島へつづく道』ね」

「うん」

「あれ、江の島じゃないのかな」

「え……」

「いいかい？　あの中で使われているトリック。あれは、島が一本の橋だけで陸と結ばれていて、島の中央には島全体を見渡せる展望台があり、陸のほうにはすぐ近くに水族館がある――それが、トリックを成立させる要因になってるだろ。いままでは、そんなこと思ってもみなかったけど、小説の舞台は、あれ、まるで江の島だぜ」

「なるほど。そう言われりゃ、そうだ。江の島だとは、どこにも書いてなかったから気がつかなかった……」

「つまり、キーワードは『江の島』さ。奈良さんは、記事の『江の島』に驚かされたんだ」

「ちょっと弱いな」

相棒は首を振った。

「弱い？」

「ああ。それだけじゃ、人間を動かせない。第一、面白くもなんともない」

「待てよ。小説のストーリーを考えてるわけじゃないんだ。そりゃあ、ミステリーの登場人物の行動なら、もっと説得力のある行動をとらなきゃ読者が承知しないだろうけど、奈良重喜さんは現実の人物だからね。生身の人間は、かなり不可解な行動をするぜ」

「いや、小説を考えるのと同じさ。同じように考えたほうがいい」

相棒は、そう言うと再び記事のコピーに目を戻した。口の中で、しきりにぶつぶつ言っている。こういう時は、あまり触らないほうがいい。放っておくのに限る。

我が相棒、さほど頭の出来がいいわけではないのだが、不幸なことに、自分ではそれに気付いていない。むしろ、天才的な頭脳を持っていると思い込んでいる。悲劇である。まあ、そう思わせておいてやろうと、ぼくはそっと相棒を見守ってやっているのだ。親心というものである。

どうせそのうち、『島へつづく道』が発行されたのはいつだっけ？　などと言い出すに決っていると思いながら、ぼくはコーヒーを淹《い》れ直し、カップに注いで相棒の前へ置いてやった。

原稿を三枚ほど書きすすめた頃、相棒は突然、顔を上げた。

「おい、『島へつづく道』の発行はいつだったたっけ？」

「発行？」

訊き返しながら、ぼくは書棚の中から、奈良重喜著『島へつづく道』を探し出した。

「ええと、発行年月日は――去年の十月二十日になってるね」

「十月二十日……ってことは、出版社に原稿を入れたのは、その二ヵ月ぐらい前ということだな。よし」

相棒は、そう言って立ち上がり、カバンを肩にかけた。

「どこへ行くんだ？」

「図書館」

「何をしに？」

「新聞記事を漁《あさ》るんだ。決ってるじゃないか」

言い置くと、我が相棒は仕事場から飛び出して行った。

相棒が小鼻をふくらませ、息を荒らげて帰って来た時は、もう夕方が近かった。ぼくは原稿にひと区切りつけて、仮眠をとっているところだった。

「なんだ、寝てたのか」

相棒は不満そうな顔で、カバンを勢いよく放り出した。

「ああ、この原稿は今晩中に上げなきゃならないからね。その前に、休んでおこうと思ってさ」

ぼくは、起き上がって煙草をとった。

「で？　みつかったの？」

相棒は大きく頷いた。

「ああ、小さな記事だったから、危うく見逃すところだったけどね。去年の七月十日付の夕刊にポツンと載ってたよ」

「どういう記事？」

「江の島の北側の崖下に若い男の死体がみつかったという記事だ。崖《がけ》から転落したものだが、落ちたのは明け方だったらしい。自殺か、事故か、ということでその結論は現在に至っても出ていない」

「現在？」

「藤沢署に問い合わせた。まあ、事故だろうということだった。男ってのは、街のチンピラでね。高校の頃から何度か窃盗《せっとう》や、たかりで挙げられたことがあるらしい。どれも、みみっちい悪さだけどね。自殺ってのは考えられないから、事故だろうという判断さ」

「明け方、そいつは江の島の崖の上で何やってたんだ？」

「家にはほとんど帰らずに、女の部屋とか、友達の部屋を泊まり歩いていたそうでね。江の島神社の境内も、ねぐらのひとつだったらしいよ」

「ふうん……」

「おわかりかな？」

相棒は、にたにた笑いながら、ぼくの顔を覗《のぞ》き込んだ。ぼくは、はいはい、と頷いてみせた。

「わかりますよ。先生のお考えはね。だけどさ、それが奈良重喜さんと、そして、今度のダブル企画と関係があるかどうかは、単なる憶測《おくそく》にすぎんぜ」

「それを、これから確かめようというんじゃないか」

相棒は楽しげに電話を引き寄せた。

ぼくのほうとしては、あまり楽しくなかった。相棒の推測が、もし、正しかったとしたら、これからこの企画をどう考えればよいものか、判断がつかなかったからだ。

だとしたら、この企画自体、ぶっ壊してやらなきゃならないんじゃなかろうか……。
滝口「(前略) あ、ご検討いただけましたか?」
相棒「いえ、もうちょっと待ってもらえませんか。あと少し、お訊きしておきたいことがあるんですよ」
滝口「はあ……どういう?」
相棒「奈良重喜さんですがね」
滝口「はあ」
相棒「オタクの担当の編集者はどなたですか?」
滝口「奈良さんの担当ですか? 佐久間ですが……あの、それは、どういう?」
相棒「佐久間さん、というと、今度の企画をオタクで発案された方ですね」
滝口「はあ……」
相棒「なるほど。それとですね。奈良さんの『島へつづく道』——あれは、オタクの出版部で出されたんですよね」
滝口「そうです」
相棒「あの舞台設定、モデルは江の島でしょう?」
滝口「あ、そうです。よくおわかりですね」

相棒「やっぱりそうですか。あれ、どうして地名を伏せたんですか？　伏せる必要は別にないでしょう？」
滝口「ええ、どうしてなんですかね。私にもわかりませんね。ゲラの段階では、あれ、ちゃんと『江の島』だったんですよ」
相棒「あ、そうなの？」
滝口「ええ。いや、私も聞いた話ですから、よくは知りませんけどね。著者校正で全部、奈良さんが地名を変えちゃったらしいんです」
相棒「ふうん。取材には、行かれてるんでしょう？」
滝口「奈良さんがですか？　それは、行ってると思いますよ。どうしてですか？」
相棒「いや、あのですね。ちょっと妙な頼みなんだけども、去年の七月十日の明け方に、奈良さんは江の島に行ってるんじゃないかと思うんですよ。それを、調べて教えてもらえませんか？」
滝口「はあ？（後略）」

一時間ほど後、滝口氏から電話がかかってきた。滝口氏はその電話で、奈良重喜氏が昨年の七月十日に江の島へ取材に行ったことを告げたのだ。そして、彼は、こう付け加えた。

「あのう、まことに勝手なんですが、お話しした原稿、ちょっとペンディングに——ストップしておいて下さいませんか。岡嶋さんは、もうおわかりなのかも知れませんが、こちらでの調整がありますので、あの、またご連絡いたしますから……」

その滝口氏が、会って話がしたいと言ってきたのは、それから四日後だった。ぼくらの狭《せま》い仕事部屋に、滝口氏はでかい図体《ずうたい》を精一杯ちぢこませながら、神妙《しんみよう》な顔で入ってきた。

「どうも、ご連絡が遅くなりまして」

ぺろんと顔を撫《な》で、いやあ、どうにもこうにも、と首筋を掻《か》いた。

「あの企画、急遽、とりやめになりました」

滝口氏のその言葉に、ははあ、とぼくらは顔を見合わせた。

「穴は埋まるんですか？」

「ええ、なんとか。その調整で、この数日は、てんやわんやですよ」

「結局、どういうことだったんです？」

「はい……その前に、岡嶋さんがどうやってこれに気付かれたのか、教えていただけませんか」

相棒は、待ってましたとばかりに頷いた。小説の中だけじゃなくて、一度、こういうのをやってみたくて仕方がなかったのだろう。

『小説現代』でも、同じ企画を立てているのは、ご存じですか？」

「はい。佐久間からそれを聞いてびっくりしました」

「ああ、やっぱり、元凶は佐久間さんだったわけか」

「どうも、申し訳ございません」

「いや、けっこう楽しかったですからね――まあ、ぼくらとしては、『小説現代』とオタクと、同じ企画が入ってきて面喰らってしまったわけですよ。こりゃ、どういうことだってね」

「はい」

「まず、単純に考えて、ぼくらのこの反応、これがひとつの答えじゃないかと思ったわけなんです。つまり、ひとりの作家のところへ――まあ、ぼくらは二人なんだけども――そっくり同じ企画が持ち込まれたら、これは驚きますよね。まして、こっちは推理小説なんか書いてるんだから、こいつはなんか裏があると思ってしまう。驚かすのが目的か、何かの脅迫《きょうはく》か――ところが、いくら考えてみても、ぼくらに対してこんなことをする必要なんか、どこにもみあたらなかった。で、これは、ターゲットが別なんじゃないかと思ったわけです」

「奈良重喜さんだったと……」

「そうです。つまり、企画は何者かが、奈良重喜にプレッシャーをかけるために行なわれたものではないか？　では、そのプレッシャーとは、なんなのか。それは『江の島心中』の記事です。あの記事の中の『江の島』という場所、そして、『十日午前五時ごろ』という時間、それが答えだと思いました。要するに、奈良さんは、十日の明け方の江の島に、何か大きな恐怖感を抱かされるようなものを持っていた——探してみたら、それは去年の七月十日でした」

我が相棒の名推理（？）は、いまや佳境《かきょう》に入ろうとしていた。それは、彼の声が、話を始めた時から一オクターブ近くもトーンを上げていることからも明らかだ。もう、ほとんどうわずっている。

「ここからは、まったくの憶測です。その日、奈良さんは、明け方の江の島を取材するために、そこへ行ったのです。そこへ若い男が現れた。たぶん、男が奈良さんにたかるかなにかして、喧嘩《けんか》のようなことになったのではないでしょうか。ただ、とっくみあいをした場所が悪かった。なにかの拍子《ひょうし》で、奈良さんは男を崖下に突き落としてしまった。普通なら、すぐに警察を呼ぶところでしょうが、奈良さんはそうしなかった。そのまま逃げてきてしまったのです。『島へつづく道』の舞台の『江の島』を架《か》空《くう》の場所に変えたのも、そのことの恐れからだったんじゃないかと思います。つまり、ミステリー作家の考えすぎですよ。そこから自分の犯行がバレてしまうのではないかと恐れたのです。今度のこの企画は、その奈良さんの犯行を知る者が、オタクと

『小説現代』の誌上を借りて、奈良重喜を糾弾《きゆうだん》するために、いや、心理的な圧迫を与えるために考えたことではないか。ぼくらは、そう思ったんですよ」

うーん、と言って滝口氏は腕を組んだ。口を開くまで、いささかの間があった。

「ウチの佐久間には大学生の娘がいるんです。以前、佐久間の家に奈良さんが泊まりがけで遊びに来たことがあって、その時から、奈良さんはその娘が気に入ってしまったんです。娘のほうでも、奈良さんにすっかり惚れ込んでしまって、佐久間は大弱りしていました。なにしろ、どんなことがあったのか、娘さんは奈良さんと結婚するとまで、言い出したんですからね。佐久間としては、あまり乗り気ではありませんでした。なにせ、ご存じかどうか知りませんが、奈良さんは小説家としてはともかく、あまり良い噂《うわさ》のある人じゃなかったですからね。それと、佐久間は去年から、奈良さんにある疑いを持っていたんです。『島へつづく道』の出版前から、奈良さんの様子がおかしくなってきて、それがどうやら、江の島で男が変死したことと関係があるようなんです。佐久間は、岡嶋さんが言われたように、あれは奈良さんの犯行だと見当をつけました。しかし、証拠もなにも無いんですから、下手に口に出すわけにもいきません。佐久間は思いあまって、ある作家に相談したんです。今度の企画はそこで生まれたものだったんです。テストだったんですよ。奈良さんに対する、テストだったんです。もし、奈良さんが江の島で殺人を犯したのなら、それが、彼に何かの行動を起こさせるだろう。そして、そうなれば、娘も奈良さんを諦《あきら》めるだろうと……」

「佐久間さんが、相談を持ちかけた作家というのは誰ですか？　たぶん、その作家が『小説現代』のほうへ企画を持ち出したんだと思うんだけど」

滝口氏は、おずおずとある推理作家の名前を告げた。ぼくらは思わず顔を見合わせた。


「おい、『小説現代』のほうはどうするよ」

滝口氏が帰ってから、ぼくは相棒に言った。

「どうするって？」

「『小説現代』のほうは、まだ企画が生きているんだろう？　あっちじゃ、何も知らないんだから」

「まあ、書くしかないな」

「だけど、書くといっても、ストーリーなんか、まるで考えてないぜ」

「ばらしちまえば、いいじゃないか」

「ばらすって……これをか？」

「書いちゃえ、書いちゃえ。『ダブル・プロット』とかってタイトルにしてさ」

そう言って、我が相棒は、ほれ、とマッチを二本、ぼくの目の前に突き出した。

「知らないぜ、おい」

そう言いながら、ぼくはマッチを一本引いた。折れたマッチだった。

――クジで負けてしまったので、ぼくがこの原稿を書くハメになった。我が相棒は、この時間、さしずめ女の子でも口説きに行っているのであろう。まったく、あれは、そういうことしか能のない男である。

解説　——懐かしいです

井上夢人

　この『ダブル・プロット』は、一九八九年に刊行した『記録された殺人』に、未収録の岡嶋作品三作を加えた新装版です。（なんだか遣り口がとってもあざとく感じられますが、目を瞑《つむ》ってやってください。この不況の中、出版社も必死なのですね）
なにせ、どれも三十年近くも前の短篇です。読み返して、そのあまりの若書きに、気を失いそうになりました。洟《はな》垂れ小僧が精一杯背伸びをして虚勢を張っているのが、とても恥ずかしく感じたのです。ただその一方で、そういう若かったころの自分たちに、どこか懐かしく郷愁めいたものを覚えていたりもします。
　そこで、今回新たに収録されることになった三作品について、執筆当時の記憶をほじくってみたいと思います。

　最終的にはどうやら芸能誌のような形態に変化しちゃったようですが、創刊当時「月刊カドカワ」という雑誌は《総合文芸誌》という触れ込みでした。「こっちむいてエンジェル」と「眠ってサヨナラ」は、デビューして間のない、まだよちよち歩きをし始めたばかりの岡嶋二人が、そんな「月刊カドカワ」に書いたシリーズ連作です。

ただ、このシリーズはここに載せた二作しか書いていません。ちょうどそのころ「野生時代」に書いた『タイトルマッチ』という長編をきっかけにして、作者と角川書店の折り合いが悪くなり、「月刊カドカワ」にも書くことをやめてしまったからなのです。

もともと、このシリーズは女性編集者を主人公に据えて、《性差別問題》を取り上げたいという主眼で書こうと目論んだものでした。なので、担当編集者を通じて女性編集者の何人かに取材をさせてもらいました。でも、作家経験の浅い僕たちは、あまりにも取材の仕方に無知でした。「女であることが仕事をやりにくくさせていることはないか」だの「どんなハラスメントを受けているか」といった質問ばかり繰り返したために、作者は取材相手から「とんでもない女性差別者だ」という目で見られることになってしまい、完全に拒絶されてしまったのです。あの時代、男の作家が女性の立場を描くなんて、あまりに無謀な試みだったのかもしれません。差別者側のお前が何を言うか、と女性に言われたら、沈黙するしかありませんよね。

結局、このシリーズは中断ということになり、他の雑誌へ引き継がれることもなく自然消滅してしまいました。シリーズものでありながら二篇しかないというのは、まことに座りが悪く、これまで、どの短篇集にも収められることがありませんでした。

一方、「ダブル・プロット」は一風変わった形で書かれたものです。

一回かぎりのものでしたが、「小説現代」が「同一新聞記事挑戦競作『江の島心中』」という企画を立てたことがあります。その競作に参加したのは、佐野洋氏、都筑道夫氏、石沢英太郎氏、海渡英祐氏、そして岡嶋二人でした。つまり作品冒頭に登場する新聞記事は同じもので、その記事をネタにして、それぞれが三十五枚の短篇を書くというものだったのです。

デビューしてまだ一年も経っていない僕らは、大先輩たちとの競作だと聞かされて大いにビビりまくった覚えがあります。精一杯の背伸びをして書いたものの、その出来栄えはやはり新人作品の域を超えるものではありませんでした。こういう企画物だったこともあって、この作品はどの短篇集にもそぐわず、今まで未収録として取り残されていました。

実は、この作品は、原稿提出間際になって急遽《きゅうきょ》書き直した記憶があります。最初に書き始めていたものが、かなりヤバイと思われたからでした。

最初僕たちは、冒頭の新聞記事は編集部の創作だろうと思い込んでいたのです。ところが、これは実際に新聞に報道されたものそのままでした。とんでもない勘違いでした。

記事は女性二人の心中事件を扱ったものだったのですが、僕と相棒は、この記事からこれが心中などではなく《殺人事件》であるという完璧な根拠と推論を引き出してしまったのです。しかし、記事が事実だということを知らされて、僕たちはまたビビってしまいました。

まことに思い上がっていたものだと赤面するしかありませんが、自分たちの推理が事件の真相をついているように思えて仕方がありません。亡くなられた女性の遺族のことを考えたとき、とてもそのままの形では発表できないと僕たちは結論しました。遺族の方たちの誰かがもし僕らの小説を読まれたら……と考えると、原稿が書けなくなってしまったのです。

担当編集者と相談の上で、作品はまったく荒唐無稽の物語に置き換えられることになりました。作品が記事の内容には踏み込まず、楽屋落ち風の仕上がりになっているのはそのためです。

なお念のために申し上げておきますが、実際の岡嶋二人が、ここで描いたような執筆をしていたわけではありません。くじ引きでどちらが書くか決めるなんてしないですよ、そんなこと（笑）。

いやあ、どうにも懐かしいです。

解説

新保博久

J子さんが離婚《わか》れたって？　いや初耳だけど、同期生を呼びつけてからに、話ってそれだけなの？

彼女がフリーなら、僕が高校時代ふられたリベンジをするとでも。しかし僕がこのトシなんだから、J子さんだって粗還暦《アラカン》でしょ。ちょっとねぇ……え、まだ美人で四十代といっても通る？　じゃ……って今さら、どのツラ提《さ》げて連絡するのさ。

何、彼女のほうから僕に連絡が取りたいと言ってる？　娘が総合人間学部にかよっていて卒論のテーマが「コンビの研究」って、それが何か？　マルクス－エンゲルスから藤子不二雄、とんねるずまで、さまざまなコンビを取り上げるってのに知恵を貸してくれってねえ。いま娘が大学生とは、ずいぶん晩《おそ》く作ったもんだ――そんなこたぁどうでもいいか。どうせ僕の商売が商売だから、エラリー・クイーンあたり……え？　じゃなくて、岡嶋二人についてレクチャーしてほしいんだって。

そりゃま、岡嶋二人の文庫解説は何冊か書いているけどさ。それにしたって、いまどきの大学生で岡嶋二人なんて、よく知ってるなあ。ミステリ界の、ひとも羨《うらや》む名コンビといわれた岡嶋二人が解散したのは一九八九年、J子さんの娘さんって、生れたのがそのころじゃない？　まあ、マルクス－エンゲルスはもっと古いか。たぶん『この文庫がすごい！』効果だな。『このミステリーがすごい！』の姉妹冊子として、年刊で出たり出なかったり、最近も休刊中だけど、しばらくぶりに出た二〇〇五年版は特に注目された。二〇〇四年に岡嶋二人の『99％の誘拐』が講談社文庫で再文庫化されていたから、これがミステリー&エンターテインメント部門の一位に輝いた結果、現役時代の岡嶋二人を知らない若い読者にも〝発見〟されたってわけだ。いま大学生ぐらいの読者が熱烈なファンになったって、ちっとも不思議じゃないか。

　というのは岡嶋二人の長篇二十一冊と短篇集五冊は総じてレベルが高い。長篇では特に初期の『焦茶色のパステル』『あした天気にしておくれ』『チョコレートゲーム』、後期では『そして扉が閉ざされた』『99％の誘拐』『クラインの壺』がそれぞれベスト3だろうけど、そういう信頼のブランドだから、『99％の誘拐』を読んだ人はたいてい次々岡嶋本に手を伸ばしたくなったはずだ。

『クラインの壺』も再文庫化されて、岡嶋作品を読みたければ講談社文庫の棚だけを探せば済むようになった。岡嶋二人のひとり井上夢人さんは単独で小説を書き続けているけれど、岡嶋二人の新作が出ることはもうない。だから、全作品を制覇したいという熱心な読者が出てきても無理ないところだ。

それに応えるように、単行本未収録だった短篇も増補されるようになってきている ね。山本山シリーズ、上から読んでも下から読んでも同じという回文名をもつ織田貞《おださだ》夫《お》と土佐美郷《とさみさと》のコンビが活躍する短篇で、一つだけ宙に浮いていた「はい、チーズ!」が連作集『三度目ならばABC』に付け加えられて新装再刊されている。さきゆき山本山第二集をまとめるつもりで一本書いたのに、その一九八四年をほぼ最後に長篇に専念することに急遽《きゅうきょ》なったので、行き場がなくなっていたものだ。短篇をやめたのは、井上夢人さんが『おかしな二人——岡嶋二人盛衰記』で書いている通り、作者同士の打ち合せに時間のかかる合作が、短篇では効率が悪すぎるからだね。

本当はシリーズをいくつか抱えていたほうが、主人公や設定を一作ごとに考えなくて済むだけ省力化できるはずなんだけど、岡嶋二人の場合、シリーズは非常に少ない。山本山コンビがほかに長篇『とってもカルディア』があって計二冊、警視庁0課シリーズが『眠れぬ夜の殺人』『眠れぬ夜の報復』と二長篇あるほかは、全部主人公が違う。あ、なんでも屋大蔵が探偵役の作品は五篇あるけど、それで一冊だしね。

これは、似たようなものばかり量産したくないという作者の姿勢のあらわれだと思う。最後の長篇『クラインの壺』を出したとき、こんなふうに述べていたものだ。「『まだやっていないこと』というのが、僕たちが小説を書くときにいつも持っていた気持ちでした。他の人がすでにやり終えたものであっても、それが自分にとって『まだやっていないこと』なら、僕たちはそれに飛びつきました。この『クラインの壺』も、その一つでした」（『波』一九八九年十月号）

これは岡嶋二人の、というより井上夢人の意見だろう。井上さんの新作『魔法使いの弟子たち』についてのインタビューでも、「たぶん、僕、自分がまだ書いたことないものを書こうと思ったときに、一番モチベーションが上がるタイプの人間なんです」（『IN★POCKET』二〇一〇年六月号）と言っているし、『おかしな二人』でも似たような想いが披瀝《ひれき》されていたはずだ。

その『おかしな二人』を読んでいると、一九八四年四月五日の日記が引用されていて、「月刊カドカワ・佐藤氏。『伸子』の第三弾を、ということだが、とにかく今は差し込む余地がまるでない」と、唐突に出てくる「伸子」とは誰だろうと不思議がる読者がいるかも知れないが、実は、入江伸子という文芸誌編集者を主人公にしたシリーズもあったんだよね。結局その第三弾は書かれなかった。そういう中途半端に終った連作だから、今までどの本にも収録されなかったけれど、これからは手軽に読める。

というのは、ジャーン！ ここに、本当に最後の岡嶋二人短篇集『ダブル・プロット』のゲラがあるけど、これに入ることになったから。また僕が解説を書くので、再読するのに持ち歩いてるんだ。偶然が過ぎる？ そういえば、さっきから僕は日記の日付まで正確に諳《そら》んじたりしてるけど、まるで君に呼び出されて会ってるんじゃなくて、自宅でパソコンに向ってでもいるみたいだね。

岡嶋短篇集は『三度目ならばＡＢＣ』と『なんでも屋大蔵でございます』とがそれぞれ主人公を統一した連作集、『ちょっと探偵してみませんか』が犯人当てパズル形式のショートショート集で、純然たる単発短篇だけを集めたのは『開けっぱなしの密室』と『記録された殺人』の二冊しかない。この『ダブル・プロット』は『記録された殺人』に、以前は省かれた伸子シリーズ二篇と表題作を増補して、岡嶋作品を全部読みたいというニーズに応えたものといえる。『記録された殺人』を持っている読者には気の毒だけどさ、まさか三短篇で一冊作るわけにはいかないだろう。

さて、これで岡嶋二人小説全集は講談社文庫版で完結……といっていいかどうか、ちょっと微妙。というのは、『増補版 三度目ならばＡＢＣ』七篇、『なんでも屋大蔵でございます』五篇、『ちょっと探偵してみませんか』二十五篇、『開けっぱなしの密室』六篇、『ダブル・プロット』九篇で合計すると、ええと……たくさん……五十二篇？ そうだろう。ところが『おかしな二人』には、「二十一の長篇小説と五十三の短篇、そしてゲームブックとノンフィクションを一つずつ書いた」とある。あと一短篇はどうなってしまったんだろう。

いくら調べても分らなかったので、岡嶋二人を構成していた井上さんと徳山さんに問合せたところ、共同通信社の一九八四年上旬の配信で地方紙にショートショート「地中より愛をこめて」というのが掲載されたそうだ。これはある意味、最大の異色作で、どの短篇集に入れても場違いなので、『IN★POCKET』二〇一一年二月号にだけ再録されることになっている。あとから知った読者は、そのバックナンバーを探すのにまた苦労するだろうな。

苦労するといえば、今度の表題作「ダブル・プロット」は、『小説現代』の一九八三年七月号で同じ新聞記事を素材に五作家に競作させた課題小説の一篇で、ほかの四人が書いた、佐野洋「武士の情」は短篇集『緊急役員会』（一九八六年、集英社文庫）、石沢英太郎「レズビアン殺人行」は『狙われた部屋』（八九年、天山文庫）、海渡英祐「喰いちがった結末」は同題短篇集（八八年、光文社文庫）、都筑道夫「小説を書くシルビア」は『泡姫シルビアの華麗な推理』（八六年、新潮文庫）と各作家の作品集に収められてるけれども、都筑さんの以外は文庫オリジナルだったし、読み比べるのに全部集めるのは大変だよ。図書館で掲載誌を見たほうが早いんじゃないかな。

卒論のためにそこまではしないって、そりゃそうだ。じゃ少し実のある話をすると、『ダブル・プロット』は収録作品のほとんど全部、若い人が読むと、風俗的にあれれって思うだろうな。冒頭の「記録された殺人」では監視カメラにフィルムが使われているし、次の「こっちむいてエンジェル」はファクシミリが普及していたら冒頭の展開がもっと違っていただろう。「ＯＡブームだとかで、オフィスには、やれファクシミリだ、コンピューターだ、ワープロだと、最新鋭の機械が次々に現われる」時代だったけれども、携帯電話はまだどれにも登場していない。「バッド・チューニング」はＣＤ以前のレコードの時代だし、「遅れてきた年賀状」でも、作中で使われているような悪用を出来なくさせるため現在はチェックがきびしくなっている。

いっぽう文章や会話は、四半世紀以上前に書かれたものなのに、きのうきょう発表されたかのように古びていない。それで昔の作品だなという感じがしないだけに、風俗の変化にときどき違和感を覚えてしまうんだな。だけど全体の印象が古臭くなっていないのは、岡嶋二人の長篇のほうにもいえることで、だからいま現役で読まれていておかしくないんだ。

会話がいま読んでも生き生きしているのは、岡嶋作品のアンカーを受け持っていた井上さんがはじめ映画製作を志し、シナリオの勉強をしていたせいが大きいかも知れない。ソロになってからも『もつれっぱなし』なんて、全篇会話だけの短篇集も出しているくらい。これも『おかしな二人』によれば、どういう短篇が書きたいと徳山さんに聞かれて、たとえばローレンス・サンダースの長篇『盗聴』のように、「小説全部が、資料みたいになっているの。ＦＢＩとか、警察とか、保険会社とかに保管されている資料。盗聴テープから起こした記録ファイルだけでできてるような小説」と答えたという。実際、初めて書いた短篇「罠の中の七面鳥」や、この「記録された殺人」はそういうスタイルだし、井上さんがソロになって最初の「書かれなかった手紙」は書簡だけで構成されていた。それら三篇が、日本推理作家協会が年間のベスト短篇を選ぶ推理小説年鑑『推理小説代表作選集』の、それぞれ一九八三年、八五年、九一年版に選ばれているのは、決して偶然ではないよ。短篇では、そういう手法を採ったとき、いちばん美点が発揮されるようなんだ。

え？　評論家みたいなことばかり言うなって。評論家みたいなことってねぇ。いちばん知りたいコンビのありようがどうだったかは、J子さんの娘さんも『おかしな二人』を読んで知っているって。じゃあ僕に聞くなよ。

ただ、あれは井上さんの視点からであって、徳山さん側からどう見えていたか知りたい？　ご本人は公にしてないからね。岡嶋二人解散後、徳山さんは別なパートナーと一時組んで、現在は僕が三代目の相棒といえなくもない。だんだん相方の質が落ちてきている？　ほっといてくれ。ともかく普段は別々に仕事していて、それ向きの依頼があったときだけ臨時に組んでるのが、細く長く続いてきた秘訣かな。別に隠すようなこともないけど、でも君に話したってしょうがないだろ。J子さんの娘さんに直にしゃべるんならいいよ。母親に似ていればきっと美人……おっとっと。

だったらウチへ来いって。なんで君んちなんだよ。J子さんは再婚した、君と?
君にとっても義理の娘の卒論なんだって。
あほらし。帰る。ここの勘定はとうぜん君が持つんだからね。

〈岡嶋二人著作リスト〉

1『焦茶色のパステル』（第二十八回江戸川乱歩賞受賞）講談社（82・9）／講談社文庫（84・8）
2『七年目の脅迫状』講談社ノベルス（83・5）／講談社文庫（86・6）
3『あした天気にしておくれ』講談社ノベルス（83・10）／講談社文庫（86・8）
4『タイトルマッチ』カドカワノベルズ（84・6）／徳間文庫（89・2）／講談社文庫（93・12）
5『開けっぱなしの密室』講談社（84・6）／講談社文庫（87・7）
6『どんなに上手に隠れても』トクマノベルズ（84・9）／徳間文庫（88・9）／講談社文庫（93・7）
7『三度目ならばABC』講談社ノベルス（84・10）／講談社文庫（87・10）
8『チョコレートゲーム』（第三十九回日本推理作家協会賞受賞）講談社ノベルス（85・3）／講談社文庫（88・7）／双葉文庫（00・11）
9『なんでも屋大蔵でございます』新潮社（85・4）／新潮文庫（88・5）／講談社文庫（95・7）
10『5W1H殺人事件』双葉ノベルス（85・6）／改題『解決まではあと6人』双葉文庫（89・4）／講談社文庫（94・7）
11『とってもカルディア』講談社ノベルス（85・7）／講談社文庫（88・6）
12『ちょっと探偵してみませんか』講談社（85・11）／講談社文庫（89・3）
13『ビッグゲーム』講談社ノベルス（85・12）／講談社文庫（88・10）

14『ツァラトゥストラの翼』講談社スーパーシミュレーションノベルス(86・2)/講談社文庫(90・5)
15『コンピュータの熱い罠』カッパ・ノベルス(86・5)/光文社文庫(90・2)/講談社文庫(01・3)
16『七日間の身代金』実業之日本社(86・6)/徳間文庫(90・1)/講談社文庫(98・7)
17『珊瑚色ラプソディ』集英社(87・2)/集英社文庫(90・4)/講談社文庫(97・7)
18『殺人者志願』カッパ・ノベルス(87・3)/光文社文庫(90・11)/講談社文庫(00・6)
19『ダブルダウン』小学館(87・7)/集英社文庫(91・11)/講談社文庫(00・1)
20『そして扉が閉ざされた』講談社(87・12)/講談社文庫(90・12)
21『眠れぬ夜の殺人』双葉社(88・6)/双葉文庫(90・12)/講談社文庫(96・7)
22『殺人! ザ・東京ドーム』カッパ・ノベルス(88・9)/光文社文庫(91・3)/講談社文庫(02・6)
23『99%の誘拐』(第十回吉川英治文学新人賞受賞) 徳間書店(88・10)/徳間文庫(90・8)/講談社文庫(04・6)
24『クリスマス・イヴ』中央公論社(89・6)/中公文庫(91・12)/講談社文庫(97・12)
25『記録された殺人』講談社文庫(89・9)
26『眠れぬ夜の報復』双葉社(89・10)/双葉文庫(92・4)/講談社文庫(99・7)
27『クラインの壺』新潮社(89・10)/新潮文庫(93・1)/講談社文庫(05・3)
28『熱い砂——パリ~ダカール11000キロ』講談社文庫(91・2)

本書は一九八九年九月に講談社文庫より刊行した『記憶された殺人』に未収録作品三本を加え、再編成した文庫オリジナルです。

|著者|岡嶋二人　徳山諄一（とくやま・じゅんいち　1943年生まれ）と井上泉（いのうえ・いずみ　1950年生まれ。現在、井上夢人で活躍中）の共作筆名。ともに東京都出身。1982年『焦茶色のパステル』で第28回江戸川乱歩賞を受賞。1986年『チョコレートゲーム』で第39回日本推理作家協会賞を受賞。1989年『99％の誘拐』で第10回吉川英治文学新人賞を受賞。同年、『クラインの壺』が新潮社から刊行されるのと同時にコンビを解消する（詳しくは、本書巻末の著作リストおよび井上夢人『おかしな二人』をご覧ください）。井上夢人氏の近著に『魔法使いの弟子たち』がある。

ダブル・プロット

岡嶋二人《おかじまふたり》

講談社文庫
定価はカバーに
表示してあります

2011年2月15日第1刷発行

発行者――鈴木　哲
発行所――株式会社　講談社
東京都文京区音羽2-12-21　〒112-8001
電話　出版部（03）5395-3510
　　　販売部（03）5395-5817
　　　業務部（03）5395-3615

デザイン―菊地信義
本文データ制作―講談社プリプレス管理部
印刷―――豊国印刷株式会社
製本―――株式会社若林製本工場

Printed in Japan

ISBN978-4-06-276880-1

講談社文庫刊行の辞

二十一世紀の到来を目睫に望みながら、われわれはいま、人類史上かつて例を見ない巨大な転換期をむかえようとしている。

世界も、日本も、激動の予兆に対する期待とおののきを内に蔵して、未知の時代に歩み入ろうとしている。このときにあたり、創業の人野間清治の「ナショナル・エデュケイター」への志を現代に甦らせようと意図して、われわれはここに古今の文芸作品はいうまでもなく、ひろく人文・社会・自然の諸科学から東西の名著を網羅する、新しい綜合文庫の発刊を決意した。

激動の転換期はまた断絶の時代である。われわれは戦後二十五年間の出版文化のありかたへの深い反省をこめて、この断絶の時代にあえて人間的な持続を求めようとする。いたずらに浮薄な商業主義のあだ花を追い求めることなく、長期にわたって良書に生命をあたえようとつとめるところにしか、今後の出版文化の真の繁栄はあり得ないと信じるからである。

同時にわれわれはこの綜合文庫の刊行を通じて、人文・社会・自然の諸科学が、結局人間の学にほかならないことを立証しようと願っている。かつて知識とは、「汝自身を知る」ことにつきていた。現代社会の瑣末な情報の氾濫のなかから、力強い知識の源泉を掘り起し、技術文明のただなかに、生きた人間の姿を復活させること。それこそわれわれの切なる希求である。

われわれは権威に盲従せず、俗流に媚びることなく、渾然一体となって日本の「草の根」をかたちづくる若く新しい世代の人々に、心をこめてこの新しい綜合文庫をおくり届けたい。それは知識の泉であるとともに感受性のふるさとであり、もっとも有機的に組織され、社会に開かれた万人のための大学をめざしている。大方の支援と協力を衷心より切望してやまない。

一九七一年七月

野間省一

講談社文芸文庫

杉浦明平

夜逃げ町長

出馬予定の県会議員選挙の前夜、町長が行方をくらました。地方の平和な田園風景に繰り広げられる滑稽な人間模様。事実に基づく題材を鋭利に軽妙に描く傑作集。

解説＝小嵐九八郎　年譜＝若杉美智子

978-4-06-290113-0　すB2

庄野潤三

野鴨

机の前の定位置から外へは庭の木々や野鳥など身近な自然を、内では家族に生起する小事件を揺るぎない観察眼で描く。『夕べの雲』『絵合せ』に続く作家充実期の長篇。

解説＝小池昌代　年譜＝助川徳是

978-4-06-290112-3　しA9

永井龍男

へっぽこ先生その他

〈講談社文芸文庫スタンダード〉

身辺の雑事を透徹した視線でとらえ、また菊池寛、横光利一、小林秀雄、井伏鱒二たち文士との深い交友を味わい深い文章で綴る名随筆五十九篇。新装版にて刊行。

解説＝高井有一　年譜＝編集部

978-4-06-290114-7　なD7

2010年12月15日現在